本书由

湛江师范学院中国语言文学学科平台建设经费资助
中央财政支持地方高校发展专项资金项目（财教[2012]140号）资助

湛江师范学院中国语言文学学科新视野学术文丛

语言世界观视野中的理论与文学

赵志军 著

YUYANSHIJIEGUAN SHIYEZHONG DE LILUN YU WENXUE

中国社会科学出版社

图书在版编目(CIP)数据

语言世界观视野中的理论与文学 / 赵志军著. —北京：中国社会科学出版社，2014.6

ISBN 978-7-5161-4128-1

Ⅰ.①语… Ⅱ.①赵… Ⅲ.①中国文学—文学研究 Ⅳ.①I206

中国版本图书馆 CIP 数据核字 (2014) 第 066723 号

出 版 人	赵剑英
责任编辑	周晓慧
责任校对	石春梅
责任印制	李 建

出 版	中国社会科学出版社
社 址	北京鼓楼西大街甲 158 号（邮编 100720）
网 址	http://www.csspw.cn
	中文域名：中国社科网　010-64070619
发 行 部	010-84083685
门 市 部	010-84029450
经 销	新华书店及其他书店
印 刷	北京大兴区新魏印刷厂
装 订	廊坊市广阳区广增装订厂
版 次	2014 年 6 月第 1 版
印 次	2014 年 6 月第 1 次印刷
开 本	710×1000　1/16
印 张	13.25
字 数	207 千字
定 价	39.00 元

凡购买中国社会科学出版社图书，如有质量问题请与本社联系调换
电话：010-64009791

版权所有　侵权必究

湛江师范学院中国语言文学学科
新视野学术文丛

顾　问　刘海涛　刘周堂
主　编　刘惠卿
编　委　朱　城　熊家良　李新灿　唐雪莹　马显彬
　　　　阎开振　陈云龙　张德明　王　阳　杨泉良
　　　　宋立民　蓝国桥

总　序

"湛江师范学院中国语言文学学科新视野学术文丛"即将付梓——这是近三年来人文学院出版的第二套学术文丛，看着老师们多年的研究心血凝成硕果，真是发自内心地感到高兴。

学科建设是高等学校永恒的主题，联结着学术研究、专业建设、师资建设、人才培养等众多领域，是高校一项基础性和根本性工程，是构建高校核心竞争力的必由之路，其重要性不言而喻。人文学院是湛江师范学院历史久远的二级学院，其前身可追溯到1935年成立的广东省立雷州师范学校语文科，经过多年建设和积淀，形成了自身特有的传统，积累了诸多办学经验，其中之一就是非常重视学科建设，尤其是新时期以来，与国家发展大环境相适应，人文学院的学科建设走上了规范化和重质量的快速发展轨道。

我院学术前辈劳承万教授是全国公认的著名美学专家。1986年，劳先生在上海文艺出版社出版《审美中介论》，该著在学术界产生了巨大反响，让学界同行认识了湛江师范学院中国语言文学学科的力量。1993年，由劳先生主编的"文艺学美学丛书"共十本由新疆大学出版社陆续出版。学科建设经费紧张、搞学科建设有心无力，是当时学界的普遍状况，但劳先生却一口气推出了十本著作，这无疑需要相当的学术魄力和学术眼光。这批丛书的有些作者如刘海涛教授、李珥平教授、刘士林教授等后来都成为各自领域的著名专家。近年来，劳先生致力于构建其"美学三论"学术体系。2010年，经过多年积累，劳先生推出了《中国古代美学（乐学）形态论》（中国社会科学出版社2010年版）和《中国诗学道器论》（安徽教育出版社2010年版）两部著作。其中《中国诗学道器论》一书，获得中国"三个一百"原创性图书奖，为人文学院学科建设再立新功。刘海涛教授、刘周堂教授、朱城教授、熊家良教授也是人文学院学科建设的身体力行者和积极推动者：刘海涛教授长期以来致力于微型小说理论、写作学和海外华文文学的研究，学术成果丰硕，在全国乃至东南亚都有着较大影响。早在2001年，刘教授在中国社会科学出版社出版"微型小说学研究丛书"一套三本，即《规律与技法：转型期的微型小说研究》《群体与个性：世界华文微型小说家研究》《历史与理论：20世纪的微型小说创作》，在学术界产生了很大影响。近年来更是成果不断。刘周堂教授长期从事儒家和道家文化研究，20世纪80年代中期，刘教授撰写的关于孔子、荀子思想研究的系列论文在学界产生了较大反响，被学界公认为儒学研究的重要新进展和标志性成果，其学术观点曾被1987年第11期的《新华文摘》转摘。1998年，刘教授出版专著《前期儒家文化研究》，接着又推出《周易象数》《中国道德文化》（合著）、《汉代文化研究》等著作，显示出雄厚的研究实力和很高的学术建树。朱城教授是广东省省级特色重点学科——汉语言文字学学科带头人。早在1997年，朱教授即在四川人民出版社出版专著《古书词义求证法》，该著产生了良好的学术反响。2011年，朱教授带领语的言文字学学科成员荣获广东省优秀教学团队称号，朱老师长期从事古代汉语教学与研究，在研究汉语词汇史和语法史等方面造诣颇深。熊家良教授长期从事中国现当代文学研究，其著作《现代中国的小城文化与小城文学》由中国社会科学出版社出版，曾被中国社会科学院《中国文学年鉴》"现代文学研究综述"、"当代文学研究综述"重点推介，其中的诸多学术观点被《鲁迅研究月刊》、《文艺争鸣》等刊所发的文章多次引用，产生了较大的学术反响。2008年，熊教授带领团队积极奋战，使我院汉语言文学专业获批为教育部第三批国家级特色专业建设点，这是我校学科建设方面的新突破。此外，我院还有一批教授在各自的领域勤奋耕耘，作出了特色鲜明和令人瞩目的成果：如张应斌教授的文学发生学研究，方平权教授的古汉语词义理论研究，陈云龙教授的粤西方言研究，王阳教授的模态叙事学研究，李珺平教授的美学和文化学研究，张德明教授的新诗研究，阎开振教授的京派文学研究，李新灿教授、唐雪莹教授的明清小说和戏曲研究，王钦峰教授的法国文学研究，杨泉良教授、周立群教授、李斌辉教授等的中学语文教育研究，等等，在校内外都产生了一定的影响，部分成果得到了国内同行的高度认可。

除了出版专著外，老师们在地处南海一隅的湛江伏下身来，守住寂寞，还公开发表了许多高水平的学术论文。据统计，近5年来，在《中国语文》《文艺研究》《方言》《文艺理论研究》《文艺理论与批评》《外国文学研究》《国外文学》《民族文学研究》《语言研究》《古汉语研究》《中国现代文学研究丛刊》《语文研究》《课程·教材·教法》等权威期刊共发表论文90余篇，核心期刊发表论文近400余篇。另外，获取科研教研项目60余项，其中国家社科基金项目7项，部级项目15项，省级项目24项，市厅级项目19项，总经费450余万元。老师们视野开阔，对学术交流也非常重视，既走出去，也请进来，还积极克服资金不足的困难，举办了一系列学术反响良好的高层次高水平学术研讨会。这些研讨会既提高了学校知名度，又活跃了学术气氛，使人文学院形成了一股你追我赶的学术氛围。

回顾人文学院多年来学科建设的历史，其中一些实践或经验值得总结：

第一，重视学科规划和制度激励，酿造气氛，大力鼓励学术研究。学科建设主要包括学科定位、学科队伍、学术研究、人才培养等诸多要素，是高校工作的重心。我们作为省属地方普通高校的二级学院，学术平台不高，学科规划难以面面俱到，因此只能根据自身实际情况作重点布局，在对接省厅和学校学科规划的前提下，在队伍规划、人才培养规划、项目规划、基地规划方面努力，力争早规划，早培育，早出成果。如2008年下半年汉语言文学专业获批为教育部国家级特色专业建设点后，我院马上制定了《人文学院汉语言文学特色专业和学科建设分项实施办法》，提前谋划，以专业建设带动学科建设，从而促进了学科建设的良性发展。如队伍规划，语言文字学科力量雄厚，该学科一连拿下了广东省优秀教学团队、广东省特色重点学科等诸多荣誉，但前两年也一度面临骨干调走、队伍年龄整体偏大的局面，为此，我院积极支持两位青年老师外出攻读博士学位，去年又从外省调入一位科研实力雄厚的青年老师，现在正与外省一位科研实力雄厚的青年老师积极联系调动事宜。这样通过提前规划，提前布局，从而保证了该学科的队伍优势。如人才培养规划，除了积极制定人才培养方案外，还根据中文系大学生的自身特点，狠抓读说写核心竞争力，从 2012 年下半年以来，我院专门制定了中文本科大学生读说写三年培养规划，并对原来的网络写作学校进行了五次改版升级，发展为具有强大互动功能的"椰风新韵读说写网络学校"，作为学生训练读说写能力的基地。从目前就业反馈的信息来看，得益于读说写能力训练的学生不在少数。人文学院还非常重视科研激励，每年都会拿出一定的资金对老师们的科研成果进行奖励，鼓励学术研究，为此，老师们学术热情高昂，这正是学科建设具有可持续性的保证。

第二，重视队伍建设、团队发展和学术交流。一是抓住省里和学校多层次拔尖人才遴选制度实施的良机，鼓舞符合条件的老师积极申报。二是在申报项目、发表论文、出版著作等方面为老师们积极创造条件、搭建平台，使老师们在职称评审时能以较好条件顺利通过。三是在引进人才时，在年龄和研究特长方面注重与既有团队的搭配、融合，以组建优质、合理的学术团队。四是多次召开专门研讨会，积极营造各学术团队的特色，打造研究优势，增强团队的凝聚力和战斗力。近 5 年来，人文学院有 2 人入选广东省千百十工程省级培养对象，有 10 人获评教授职称，各学术团队基本形成了自己的研究优势和特色，出了不少研究成果。人文学院还非常重视学术交流，每年都会给老师们一定的经费支持，鼓励老师们外出参加各种学术会议，同时，每年还邀请许多著名专家来校为师生举办讲座，仅以 2013 年为例，我们就邀请了刘中树、饶芃子、张福贵、张新科、尚永亮、王杰、袁鼎生等二十几位著名学者来校交流。另外，我们还积极鼓励各学科召开高层次的学术研讨会，近 5 年来，我们基本上每年都要举办二、三场高层次学术研讨会，去年交流尤其活跃，共举办了五场高层次学术研讨会。通过学术研讨，大家以文会友，以友辅仁，砥砺思想，交流感情，扩大了学术影响，激励了教师尤其是青年教师的学术热情。

第三，尊重学科建设的特殊规律，顺势而为，努力挖掘新的学科增长点。学科建设是一项薪火相传的事业，在这场接力赛中，既要发扬传统，保持优势学科的发展态势，又要努力挖掘和培育新的学科增长点，这样才能使学科建设常盛不衰。近几年来，陈云龙教授领衔的方言学研究团队成果不断，并表现出鲜明的研究特色。为支持和促进该团队更好地发展，我们支持该团队两位成员到暨南大学攻读方言学博士学位，同时又接纳学校后勤一位考上方言学博士的青年教师进入该团队。目前，该团队年龄结构合理、研究实力雄厚，正成为人文学院学术团队中的佼佼者。

本丛书是人文学院多年来重视学科建设的又一硕果，涉及多个学科老师们的多年心血，有着鲜明的特色，现简介如下：

陈云龙《粤西闽语字音》：本著作调查描写粤西闽语字音，共分三个部分。第一部分对粤西闽语的来源、分布、分区及历史变迁等进行了全面调查研究，认为粤西闽语可以分为东区（电白区）、西区（雷州区）和北区（云浮区），粤西闽语也是最早大规模进入粤西的汉语方言，历史上的分布范围比现在大。第二部分归纳了三个区八个代表点的音系。第三部分为全书的主体，共收集八个代表点，近3000个字的读音。这是第一部全面反映粤西闽语字音的著作，在一定程度上改变了粤西闽语研究薄弱的现状。

赵志军《语言世界观视野中的理论与文学》：本著作对洪堡特等欧美持语言世界观的理论家的相关观点进行了梳理，然后用这一理论与方法对中国文论和文学史中让我们感到疑惑的理论和文学问题进行分析研究。这些问题包括：为什么《牡丹亭》中的杜丽娘在未见到真正的柳梦梅之前已坠入情网？为什么《马桥词典》这样一本原汁原味地描绘中国某地乡村但有世界视野的书被有些人视为抄袭剽窃之作？为什么曾经引领新时期文学借鉴外国现代派文学经验，探索当代中国文学新形式的王蒙最后居然赞同起中国传统文化来？谢榛"辞后意"的内涵到底是什么？为什么"文"能生"情"？本书试图用世界观理论解答这些令人疑惑的问题。

陈迪泳《多维视野中的〈文心雕龙〉 兼与〈文赋〉》《〈诗品〉比较》：本著作借用古今中外的文学、文艺心理学、美学、哲学、艺术学等相关的理论和方法，对《文心雕龙》及其与《文赋》《诗品》展开新的探索性比较研究和追根溯源。《文心雕龙》研究的新视野着眼于文艺心理学视阈下的心物关系新探、生命体验、艺术品格三个方面。《文心雕龙》与《文赋》的比较研究立足于哲学视阈下的物象美、艺术思维、文体风格等理论形态，从道家哲学、海德格尔哲学、生命哲学、存在主义哲学等方面进行溯源。《文心雕龙》与《诗品》的比较研究立足于文学视阈下的文学形式、心物关系、情感符号等理论形态，从民族与时代文化、作家心理、生命意识、审美人格等方面展开溯源。《文心雕龙》与《文赋》《诗品》的比较研究立足于艺术学视阈下鉴赏批评的理论形态，从立体主义观念角度进行溯源。在多维视野中研究的《文心雕龙》兼与《文赋》《诗品》相互比较，旨在使这三部中国古代文论著作的研究更加富于理论性阐释和诗意性解读。

赵越《雷州半岛客家方言字音》：本著作在对雷州半岛从北到南均有分布的客家话进行拉网式普查的基础上，选取了八个较有代表性的点进行了近三年的深入调查（每点选取了 3420 个单字），既展示了本地客家话所具有的一般客家方言的特点，也展示了在与闽、粤方言接触的背景下所发生的一系列变化；既让我们看到其与闽西、粤东客家话的渊源关系，也让我们看到了在闽语（雷州话）及粤语（本地白话）的影响下已经或正在发生的变化，展示了雷州半岛客家方言的多姿多彩，为解决本地客家方言的归属问题提供了依据，为广东客家方言的综合研究提供了较可靠的一手材料。此外，对雷州半岛客家人群分布情况的详细调查，也刷新了以往人们对此地客家方言人口的认识，弥补了以往调查的缺憾。

胡明亮、郑继娥《汉英语序对比研究》：本著作认为汉语和英语的语序都受制于各自的句法规则，同时也表示特定的语义关系，以及各种语用功能。汉英语序在句法、语义和语用上，有同有异。从句法结构看，汉语的语序更为灵活，英语则比较固定。从语义关系看，两者都受某些语义规则的限制，但是具体表现有所不同。从语用功能看，汉英语序都用来表示语境中句子的话题结构、新旧信息，具有语篇衔接功能。其相同和相异之处体现在汉英的主语、宾语、定语、状语和补语等句子成分的位置上，也体现在倒装句、存现句、强调句和疑问句等不同的句式中。汉英语序对比研究，对于汉语教学、英语教学和汉英翻译都有一定的参考价值。

李健《吴化粤语研究》：本著作认为吴化粤语是粤方言最小的一个次方言，这个次方言地处偏远的粤西地区，在南北朝时期就基本定型。

1000多年来，中心城市方言已经发生了多次巨变，吴化粤语却保留了上古汉语的很多语音词汇材料。加之，此地又是古百越民族原居之地和中古以来汉民移居之所，吴化粤语中夹杂了多种民族语言和多种汉语方言的成分，因此吴化粤语很有历史研究和多语言共存研究的价值。本书主要目的是向读者提供吴化次方言第一手的语音和词汇材料；并作古今汉语和粤壮、粤闽、粤客方言的语料比较分析，以探求该次方言的语源和构成。

殷鉴《新诗创作十五讲》：本著作将新诗创作的原理和方法放在一起来讨论，因为创作诗歌不仅涉及材料、灵感、词语、情感、思想和想象，也涉及许多具体的方法与技巧。但可惜的是，许多谈论新诗创作的著作更多谈的是创作常识和原理，而很少涉及具体的创作方法和技巧，虽不能说完全没有意义，但实用价值的确较低。本书就是为了纠正此种情况而撰写的，虽然也谈原理，但更偏重创作方法与技巧。著者希望通过这种讨论，为想进行新诗创作的人提供更多方法和技巧上的参考。

今年对湛江师范学院来说，是一个有着重要意义的年份，它是学校从事师范教育110周年校庆年，同时，湛江师范学院改名为岭南师范学院，将开始新的征程。我们默默祝愿：祝愿人文学院在学校的引领下，事业破浪前进，蒸蒸日上！

刘惠卿
二〇一四年六月十日

目　录

第一章　语言世界观 …………………………………………… (1)
　第一节　威廉·冯·洪堡特的语言世界观 ………………… (1)
　　一　在语言中生活 ………………………………………… (1)
　　二　语言的民族性和语言世界观 ………………………… (3)
　　三　语言的限制性与创造性 ……………………………… (5)
　　四　语言的贫乏与丰富 …………………………………… (8)
　第二节　恩斯特·卡西尔和伽达默尔的语言世界观 ……… (10)
　　一　恩斯特·卡西尔的语言世界观 ……………………… (10)
　　二　伽达默尔的语言世界观 ……………………………… (14)
　第三节　爱德华·萨丕尔和本杰明·李·沃尔夫的语言
　　　　　世界观 …………………………………………… (16)
　　一　爱德华·萨丕尔的语言世界观 ……………………… (16)
　　二　本杰明·李·沃尔夫的语言世界观 ………………… (21)
　第四节　巴赫金的语言世界观 ……………………………… (31)
　　一　作为人类认识、理解现实和思维手段的言语体裁 …… (31)
　　二　诗歌的托勒密世界和小说的伽利略世界 …………… (38)

第二章　"情生于文""辞后意"等的语言世界观阐释 …… (54)
　第一节　"情生于文"和"意随笔生" ……………………… (54)
　　一　创作中"情生于文"和"意随笔生"现象 …………… (54)
　　二　作为创作准备的阅读中的"情生于文" ……………… (56)
　　三　创作过程中的"情生于文"和"意随笔生" ………… (64)
　第二节　"辞后意"和"辞前意" …………………………… (69)

一　"辞后意"和"辞前意"提出的历史语境 …………………(69)
　　二　"辞后意"和"辞前意"的具体内涵 ………………………(72)
　　三　区分"辞后意"和"辞前意"的理论意义 …………………(78)
　第三节　辞意相属而不离——诗歌语言的完美性 ……………(82)

第三章　《牡丹亭》爱情的语言世界观阐释 …………………(97)
　第一节　语言对经验世界的构建 …………………………………(97)
　第二节　《牡丹亭》中爱情的前因与后果 ………………………(99)
　第三节　语言构建爱情的前提:白日梦文本的真实性 …………(104)

第四章　王蒙创作的语言世界观阐释 …………………………(113)
　第一节　王蒙的语言观 ……………………………………………(113)
　　一　从文化的自觉到语言的自觉 ………………………………(113)
　　二　从语言的不及物性到语言的文化性 ………………………(116)
　　三　作为民族文化记忆宝库的语言对人的塑造 ………………(118)
　　四　突破语言陷阱,创新民族语言和文化 ……………………(119)
　　五　王蒙语言观的意义 …………………………………………(122)
　第二节　王蒙小说中的抒情语言和戏仿语言 …………………(124)
　　一　王蒙小说的抒情语言及其相应的世界观 …………………(125)
　　二　王蒙小说戏仿语言及其对应的世界观 ……………………(131)
　第三节　王蒙的元小说 …………………………………………(139)
　　一　元小说对小说成规的戏仿 …………………………………(139)
　　二　王蒙创作元小说的必然性 …………………………………(147)
　　三　王蒙元小说的意义 …………………………………………(150)

第五章　韩少功创作的语言世界观阐释 ………………………(152)
　第一节　韩少功的语言观 …………………………………………(152)
　　一　语言与人生世界的复杂关系 ………………………………(152)
　　二　动态的过程语言观 …………………………………………(160)
　第二节　词典体——智者的文体选择 …………………………(179)
　　一　小说作为叙述现实的成规 …………………………………(179)

二　叙事艺术的危机 …………………………………（183）
　三　探索新的小说言语体裁 ……………………………（185）
　四　词典体长篇随笔小说的意义 ………………………（190）

后记 ………………………………………………………（195）

第一章

语言世界观

第一节 威廉·冯·洪堡特的语言世界观

一 在语言中生活

语言世界观这一概念是 19 世纪德国语言学家威廉·冯·洪堡特首先提出的。他提出这一概念和他对人类本质的理解密切相关。在他看来，人的本质和语言的本质密不可分："人因语言才成为人，但为了发明语言，人首先必须成为人。"① "相对于动物的自然本能，我们可以把语言称为理性的智力本能。"② 在此，语言和人相互规定，相对于动物，人的本质是理性，而语言的本质恰恰又是理性的，人类的语言因而不是一般意义上的工具，而是构成人的本质的思想（理性）的器官："语言是构成思想的器官。智力活动完全是精神的和内在的，一定程度上会不留痕迹地逝去，这种活动通过声音而在言语中得到外部表现，并为感官知觉到。因此，智力活动与语言是一个不可分割的整体。但智力活动本身也有必要与语音建立联系，否则思维就无法明确化，表象就不能上升为概念。"③ 作为规定人的理性本质的思想的器官，语言与智力是一个不可分割的整体，这就导致了语言和人类思维活动之间的密切而复杂的关系。一方面，人的内在主观精神世界必须经由语言的切分和组织才得以形成明确、清晰的观念和概念，如果没有语言，人的心灵只能停留在

---

① 威廉·冯·洪堡特：《洪堡特语言哲学文集》，姚小平译，湖南教育出版社 2001 年版，第 20 页。
② 同上书，第 21 页。
③ 威廉·冯·洪堡特：《论人类语言结构的差异及其对人类精神发展的影响》，姚小平译，商务印书馆 2004 年版，第 65 页。

简单的感知水平上,这即后来索绪尔所明确指出的:"从心理方面看,思想离开了词的表达,只是一团没有定型的、模糊不清的浑然之物。哲学家和语言学家常一致承认,没有符号的帮助,我们就没法清楚地、坚实地区分两个观念。预先确定的观念是没有的,在语言出现之前,一切都是模糊不清的。"① 另一方面,外部世界也只有借助语言才能成为心灵的对象,人类心灵也只有借助语言才能认识作为对象的世界:"没有语言,就不会有任何概念,同样,没有语言,我们的心灵就不会有任何对象。因为对心灵来说,每一个外在的对象唯有借助概念才会获得完整的存在。而另一方面,对事物的全部主观知觉都必然在语言的构造和运用上得到体现。"② 威廉·冯·洪堡特认为,外部世界只有借助语言形成的概念才能成为心灵的对象,而对事物的内部的主观知觉也体现在语言的构造和运用上,因此,无论是通向内部的精神世界还是外部的物质世界,人类都离不开语言,语言因此在人与人之间、人与外部世界之间起中介作用,它沟通人与外部世界:"语言的特性在于,它在人和外部事物之间起着中介作用,使一个思想的世界附着在声音上面。"③ 它沟通人与人,把个人导向统一:"语言努力把人的内在世界导向统一,同时也在做外部的努力,即把整个人类维系起来,因此,它在所有方面都是一个起着中介、联络作用的原则,通过个别化而使不致蜕化。"④ 它是不同思维之间不可或缺的唯一中介:"一种思维力量与另一种思维力量之间的唯一中介,便是语言,因此,在这里语言对于思想的完成也是不可或缺的。"⑤ 作为人与人以及人与世界之间的中介,语言无处不在,它帮助人类认识自我与世界,人类因此只能生活在语言之中:"人始终被束缚在语言的圈界内,无法在语言以外争得一个立足点。如果他要摆脱一个词,直接涉入这个词所指称的概念,那么,(除了直观的对象)

---

① 费尔迪南·德·索绪尔:《普通语言学教程》,高名凯译,商务印书馆1999年版,第157页。
② 威廉·冯·洪堡特:《论人类语言结构的差异及其对人类精神发展的影响》,姚小平译,商务印书馆2004年版,第72页。
③ 威廉·冯·洪堡特:《洪堡特语言哲学文集》,姚小平译,湖南教育出版社2001年版,第82页。
④ 同上书,第241页。
⑤ 同上书,第276页。

他只有一条路可走,即把它翻译成另一种语言;否则就只用一个仍由词语合成的定义来转述。"① 显然,在洪堡特看来,一个人不是生活在这种语言之中,就是生活在另一种语言之中,或者是生活在多种语言之中,不可能生活在语言之外。这其实就是海德格尔后来所说的语言是存在的家园。

二 语言的民族性和语言世界观

威廉·冯·洪堡特认为,语言是通过音节切分来界定和组织主观世界和客观世界的:"语言必须把现实带给感官和感知的印象导向它作为思维器官所独有的分音节的领地,唯有如此,事物才有可能与体现着世界关系的明晰、纯粹的观念建立起联系。"② 随着文字的出现,语言将这种切分原则扩展到语言的所有方面:"分节乃是语言本质所在,没有分节音,语言根本就不可能存在;而且,切分的原则作用于语言的整个领域,不独限于语音方面。"③ 然而,不同的民族由于精神世界的不同,其语言对世界的切分原则和方式是不一样的,由此形成了对世界的不同的切分和看法,亦即形成不同的世界观。由于世界上实际上存在着不同的民族语言,这意味着存在着不同的语言世界观,语言的差异因而是世界观的差异而不是声音、符号的差异:"语言的差异不是声音和符号的差异,而是世界观本身的差异,一切语言研究的根据和目的均在于此。"④ "由于在同一民族中,影响着语言的是同一类型的主观性,可见,每一语言都包含着一种独特的世界观。"⑤ 洪堡特之所以说语言的差异就是世界观的差异,是因为声音和符号的差异其实是概念的差异,而概念的差异影响着人对世界和自我的感知和认识,进而影响世界观的形成:"各种语言的差异并不仅仅在于符号有别;词语与词语的接合同时也构成并确定着概念;就其内在的联系、就其对认识和感知的影响而

---

① 威廉·冯·洪堡特:《洪堡特语言哲学文集》,姚小平译,湖南教育出版社2001年版,第6页。
② 同上书,第298页。
③ 同上书,第88页。
④ 同上书,第29页。
⑤ 同上书,第298页。

言，不同的语言也即不同的世界观。"①

虽然洪堡特也认为"语言严格说来只有一种，也只有这种语言才是人类语言，它在世界上无数的语言中得到了不同的显示"②，但我们能谈论的是得到了不同显示的无数的具体的语言，即世界上所存在的各种自然语言即民族语言，而不是唯一普遍的人类语言。因此，任何一种自然语言都不是个体的，而是民族的，语言是民族精神和意识的产物："语言的所有最为纤细的根茎生长在民族精神力量之中，民族精神力量对语言的影响越恰当，语言的发展也就越合乎规律，越丰富多彩。语言就其内在联系方面而言，只不过是民族语言意识的产物，所以，要是我们不以民族精神力量为出发点，就根本无法彻底解答那些跟最富有内在生命力的语言构造有关的问题，以及最重大的语言差异缘何而生的问题。"③"语言的实际存在证明，有些精神创造绝非源自个人，再由个人传递给其他人，而是导源于所有个人同时进行的自主活动。语言无时无刻不具备民族的形式，民族才是语言真正的和直接的创造者。"④ 既然语言是民族精神和意识的产物，那么，语言与民族精神和意识是高度同一的："语言仿佛是民族精神的外在表现；民族语言即民族精神，民族精神即民族语言，二者的同一程度超过了人的任何想象。"⑤

在威廉·冯·洪堡特看来，由于民族精神和切分世界方式的不同，不同民族的语言凝聚着不同民族代代相传的世界观，作为个体，每个民族成员主要是在包围着自己的民族语言中形成自己的世界观的："但个人更多的是通过语言而形成世界观，因为正如我们下面还要讲到的那样，词会借助自身附带的意义而重新成为心灵的客观对象，从而带来一种新的特性。……由于在同一个民族中，影响着语言的是同一类主观性，可见，每一种语言都包含着一种独特的世界观。……人同事物生活在一起，他主要按照语言传递事物的方式生活，因而人的感知和行为受

---

① 威廉·冯·洪堡特：《洪堡特语言哲学文集》，姚小平译，湖南教育出版社2001年版，第63页。
② 同上书，第227页。
③ 威廉·冯·洪堡特：《论人类语言结构的差异及其对人类精神发展的影响》，姚小平译，第17页。
④ 同上书，第47页。
⑤ 同上书，第52页。

制于他自己的表象,我们甚至可以说,他完全是按照语言的引导在生活。"①因此,虽然每个人的个性也对世界观的形成产生影响,但语言对世界观的形成影响更大:"任何客观的知觉都不可避免地混杂有主观成分,所以撇开语言不谈,我们也可以把每个有个性的人看做世界观的一个独特出发点。但个人更多的是通过语言而形成世界观,因为词本身会重新成为心灵的客观对象,从而带来一种区别于主体的特性。"② 在洪堡特看来,没有民族语言的引导,所谓个人的主观世界只是一种模糊不清的感觉印象而已,不可能形成清晰而系统的世界观。

三 语言的限制性与创造性

语言世界观这一概念意味着每一种民族语言都有其独特的切分世界的原则和方式,都有其独特的观察世界的角度和方式。按语言世界观的逻辑,个体只能通过民族语言形成自己的世界观,这是否意味着作为个体,人只能被动地被语言所决定呢?洪堡特并不认同这一逻辑。威廉·冯·洪堡特的研究者姚小平认为:"语言世界观之说的直接理论根据是这样一个认识:语言不仅仅是表达手段,而且更主要是认识手段。"③在洪堡特看来,作为认识手段,语言确实不仅对人类的思维、认识及行为产生影响,而且内在地建构人的经验和观念世界:"语言对人的主要影响施及它的思维力量,施及它的思维过程中进行创造的力量,因此,在更深刻的意义上说,语言的作用是内在的和构建性的。"④ 这造成了一个民族很难超越民族语言的规约,一切从这一语言外部添加进来的东西都按照语言的内在规约进行:"一个民族可以将一种不大完善的语言用作工具,构成它起初并非想要形成的思想,然而,一个民族不可能超越已经深深扎根于语言之中的内在规约。在这一点上,即使最发达的教化也起不了作用。一种原初的语言,甚至可以控制以后的岁月从外部添

---

① 威廉·冯·洪堡特:《论人类语言结构的差异及其对人类精神发展的影响》,姚小平译,商务印书馆2004年版,第72页。
② 威廉·冯·洪堡特:《洪堡特语言哲学文集》,姚小平译,湖南教育出版社2001年版,第297—298页。
③ 姚小平:《洪堡特》,外语教学与研究出版社1995年版,第133页。
④ 威廉·冯·洪堡特:《论人类语言结构的差异及其对人类精神发展的影响》,姚小平译,第35页。

加进来的东西,并按自身的规律予以改造。"① 但这只是问题的一个方面,在洪堡特看来,民族语言对民族成员的影响须从两个方面来看:"正如在整个语言学中那样,在此也必须区分两个方面,其一是在思维、感知、行动着的人身上发挥作用的语言,其二是语言在某种程度上已经僵化和实体化的形式,——在这种形式里,语言作为词语储备和类推——规则系统,似乎是对立于人的某种异物。"② 在洪堡特看来,语言对个体的影响可以是积极的,也可以是消极的。在语言对个体的积极影响中,它帮助和引导个体感知和思维,形成丰富的精神世界,在此意义上,语言如同一片沃土,一条道路,为个体对语言的创造性使用提供条件:"语言联络起不同的个性,通过口头传说和书面文字把本来注定要消逝的东西保存下来;每时每刻,语言都为一个民族保持着它的全部思维——感知方式和全部精神成就,而对此这个民族本身并无多少意识。语言所保持的这一切,乃是现实的沃土,每一代人正是脚踩着它而迈向新的飞跃。在此,语言的作用有如这样一条道路:它并不强使精神活动变得窄小,而是通过限定其范围使其力量变得强大。"③ 后来被海德格尔说得玄而又玄的"道说"在洪堡特看来无非是凝聚在民族语言中的民族的全部思维——感知方式和全部精神成就像道路一样引导民族成员的成长,使每一代人和每一个人通过创造性地使用民族语言而脚踩着它迈向新的飞跃,通向更宽广的世界,获得更强大的精神力量。

语言的这种积极影响将作为客体的语言对个体的规范和引导以及作为个体对语言的创造性运用的主观性统一起来:"这里提出的两种对立的观点,即语言有异于、独立于心灵和语言隶属于、依赖于心灵,实际上可以统一起来,说明语言的本质特性。——事实上,语言既是一个客体,具有独立的存在,另一方面它恰恰又在同一程度上依附于主体,并没有独立存在。因为,语言在任何场合,哪怕是在文字作品中,都不会停滞不动,而是必须始终在思维中不断更新创造,并最终全部转入主

---

① 威廉·冯·洪堡特:《论人类语言结构的差异及其对人类精神发展的影响》,姚小平译,商务印书馆2004年版,第36页。
② 威廉·冯·洪堡特:《洪堡特语言哲学文集》,姚小平译,湖南教育出版社2001年版,第243页。
③ 同上书,第240页。

体；而正是通过这同一种创造行为，语言成了客体；语言每次都以这样的方式经受着个人的全部影响，但这种影响却受到了语言本身正在造就和业已造就的东西的束缚。"① 确实，对于个体来说，语言在它出生以前，已经作为客体客观地存在着，它是独立于每一个个体的，但是，语言又不是抽象的存在物，任何一种活的语言都存在于个体的运用之中，在运用之中得到更新创造，得到发展，得到延续，因而，语言离不开个体成员的充满主观性的创造性运用，否则便会停滞不前，变成死的语言。正是从这一角度看，洪堡特认为："语言属于我，因为我生成着语言。但语言又不属于我，因为我只能以此种方式生成语言，而由于语言的基础存在于历代人们的讲话行为和所讲的话之中，它可以一代一代不间断地传递下去，所以，语言本身又对我起着限制作用。然而，语言中限制、确定着我的东西，出自与我有着内在联系的人类本性，因此语言中的异物只是异于我的瞬时的个人本性，而非有异于我原初的真正本性。"② 洪堡特认为，语言之所以属于我，是因为我以我的方式使用语言，参与语言的生成创造。而语言之所以不属于我，是因为语言是历代民族成员集体创造的产物，它规定了我只能以这种方式来认识世界和自我，但语言只与我的瞬时的个人本性相异，语言的理性本质与我的原初的真正本性即人类的理性本质是相同的。因此，洪堡特反复阐述语言的集体性、民族性、客观性与个体性、主观性、自由性、创造性的统一："语言是民族创造的（关于这个表达，需要排除种种误解），同时，它也是个人的自我创造，因为，语言的创造只有在每一具体个人的身上才能进行，而另一方面，个人只有在求得所有的人理解，并且所有的人都满足了他的这一要求的情况下，才能创造出语言。所以，我们可以把语言看作是一种世界观，也可以把语言看作一种联系思想的方式，实际上，语言在自身中把这两种作用统一了起来。"③ "语言及其形式的规律性，决定着语言对人的影响，而决定着人对语言反作用的是一种自由性

---

① 威廉·冯·洪堡特：《洪堡特语言哲学文集》，姚小平译，湖南教育出版社 2001 年版，第 300 页。
② 同上。
③ 威廉·冯·洪堡特：《论人类语言结构的差异及其对人类精神发展的影响》，姚小平译，商务印书馆 2004 年版，第 49 页。

原则。"①

四 语言的贫乏与丰富

如前所述,在洪堡特看来,语言对个体的影响可能是积极的,也可能是消极的。语言对个体的消极影响是已经僵化和实体化的语言对个体的限制和束缚,在这种形式的影响中,语言异化为异物并因此丧失其创造性和自由性:"语言在某种程度上已经僵化和实体化的形式,——在这种形式里,语言作为词语储备和类推——规则系统,似乎是对立于人的某种异物。"② 在这种消极影响中语言确实限制和束缚了个体,个体在此无法形成丰富的精神世界,也无法认识丰富的客观世界。

在洪堡特看来,已经僵化和实体化的语言限制和束缚着个体,但将客观规范与引导和个体创造性统一起来的语言却可以"指称事物,并将表达赋予感知"③,语言像绘画一样可以将一切事物及其隐蔽关系展示出来:"在语言内部却存在着一幅完整的图景,展示着一切事物及其隐蔽的关系。换言之,语言就像艺术家的绘画那样程度不同地忠实于自然,或掩藏、或展现其艺术,以这一或那一色调为主要表现对象。"④ 洪堡特认为,客观存在是可以认识的,但必须借助不同的语言,因为每一种语言都是从特定的角度对现实进行切分的,所以注定仅仅是对现实的某一方面进行切分和反映:"客观存在始终是可认识的,但是,当人通过一种特定语言的主观途径接近这一目标时,他必须再度努力,才能排除主观因素,尽可能真实地把握客观存在。而要做到这一点,他或许不得不用一种语言主观性来替代另一种语言主观性。"⑤ 所以,为了全面掌握世界,掌握多种语言是必要的。

为了使语言能指称现实并构建丰富而强大的精神世界,个体必须与僵化、实体化的贫乏语言进行抗争:"人只能在语言中思维、感知和生

---

① 威廉·冯·洪堡特:《论人类语言结构的差异及其对人类精神发展的影响》,姚小平译,商务印书馆2004年版,第77页。
② 威廉·冯·洪堡特:《洪堡特语言哲学文集》,姚小平译,湖南教育出版社2001年版,第243页。
③ 同上书,第239页。
④ 同上书,第77页。
⑤ 同上书,第29页。

活,他必须通过语言接受教养,而后才能理解那种并非通过语言产生作用的艺术。不过,人能感受和意识到,语言对于他只是一种手段,在语言之外还存在着一个不可见的领域,而这个领域唯有借助语言才能了解。最普通的感知和最深在的思维都不能容忍语言的贫乏,它们把上述不可见的领域看做一个遥远的国度,虽然语言是唯一的领路人,但它永远无法把感知和思维最终带到目的地。一切较高层次的讲话行为,都是语言与思想的一场搏战,有时更多地表现出力量,有时让人感觉到某种欲望。"[1] 既然人类只能在语言中思维、感知和生活,既然人类只能借助语言才能到达那个丰富而复杂的不可见的领域,那么语言的贫乏也就意味着思维、感知和世界的贫乏,意味着那个不可见的领域的遥不可及。为此,人类必须千方百计克服语言的贫乏。在洪堡特看来,人类对克服语言贫乏的途径源于语言之间的两种极为奇特的差异:"一种差异源于人们对语言贫乏的不同感觉,以及企图克服这种贫乏的努力;另一种差异源于人们对表达方式的不同把握,因为事物是多方面的,认识途径也是多种多样的,二因相加,便使表达方式有无限的可能。"[2] 洪堡特虽然没有具体地讨论如何克服语言的差异,但从他的观点中我们可以推导出,前一种努力就是力图丰富本民族语言,这一努力尤其表现在作家的创作之中。一般来说,这一努力一般较易意识到,因此,任何一个民族有创造力的作家总是被当做语言大师来尊崇。后一种努力则是通过掌握不同的民族语言或民族语言中的不同方言,从不同的角度,用不同的表达方式,通过多种途径认识世界和事物的不同方面。在洪堡特看来,既然语言是世界观,每一民族的语言也就是每一民族世界观的体现,因而民族语言就意味着一种界限:"语言指称事物,并将表达赋予感知;它拥有独特的语音系统和构词类推方式,还拥有一系列语法规则,——语言便以这种形式为一个民族指引方向,但因此也把这个民族包围起来,设下限界;语言用这种形式为一个民族打开世界,但又把自

---

[1] 威廉·冯·洪堡特:《洪堡特语言哲学文集》,姚小平译,湖南教育出版社2001年版,第74页。

[2] 同上书,第74—75页。

身的色彩渗入事物的形象之中。"① 洪堡特认为，每一民族语言虽然以自己独特的视角、独特的语音系统和构词类推方式、独特的语法规则为本民族成员打开了一个独特的世界，但同时也被这一独特的视角所遮蔽，看不到其他民族语言所打开的世界，因而必须掌握尽可能多的语言和表达方式。因此，洪堡特强调学习外语的重要性，认为只有外语才能摆脱民族语言的藩篱，获得新的立足点，打开新的世界："每一种民族语言都在它所隶属的民族周围设下一道樊篱的约束，一个人只有跨过另一种语言的樊篱进入其内，才有可能摆脱母语樊篱的约束。所以，我们或许可以说，学会一种外语就意味着在业已形成的世界观领域里赢得一个新的立足点。"② 这一观点尤为重要，因为直到现在，很多人学外语只是把外语当做简单的交流工具，未能看到它对人类扩展自己的视野，更新自己的精神世界方面的积极作用。

　　总而言之，洪堡特认为，任何具体的语言都是民族的，都是民族精神的产物。作为民族精神的产物，每一种民族语言都有其独特的切分世界的原则和方式，都有其独特的描绘世界的词汇，都有其独特的观察世界的角度和方式，都有其独特的世界观。民族语言像道路一样引导着个体形成自己的世界观，个体一方面似乎被语言所限制，但另一方面在语言的积极影响中，个体可以在语言的道路上发挥自己的创造性，丰富和发展语言。当然，既然语言是民族的，语言也就意味着一个民族的界限，因此，必须借助不同的民族语言才能获得对世界的全面掌握，获得精神世界的丰富与强大。

第二节　恩斯特·卡西尔和伽达默尔的语言世界观

一　恩斯特·卡西尔的语言世界观

　　语言世界观这一概念为不少德国哲学家所认同。恩斯特·卡西尔就在他的著作中多次引用威廉·冯·洪堡特的观点，认为洪堡特强调

---

　① 威廉·冯·洪堡特：《洪堡特语言哲学文集》，姚小平译，湖南教育出版社2001年版，第239页。
　② 威廉·冯·洪堡特：《论人类语言结构的差异及其对人类精神发展的影响》，姚小平译，商务印书馆2004年版，第72页。

"各种语言之间的差异并不是语音或记号的差异,而是世界观的差异"①。卡西尔认为,洪堡特的这一观点使他看到了不同语言中所对应的词汇虽然指称对象相同但概念却并不相同这一现象,例如,"希腊语和拉丁语的月亮这个词虽然都指称同一个对象,但并不表示相同的旨义或概念。希腊语的月亮(men)是指月亮的衡量时间的功能,而拉丁语的月亮(luna,lucna)则是指月亮的清澄或明亮状况。这样,我们就已经明显地分离了并将注意力集中到了同一对象的两个非常不同的特性。——一个对象的名字并没有权利要求成为该对象的本质,它不打算成为存在者,并不打算给我们以一事物的本来面貌。一个名字的作用永远只限于强调一事物的一个特殊方面,而这个名字的价值恰恰在于这种限定与限制"②。确实,如我们在第一节所分析的那样,洪堡特认为,每一个民族的语言都从不同的民族精神出发,从同一对象中切分出不同的特性从而形成不同的概念,因此,不同民族语言的词汇虽然指称对象相同,但概念和旨义却并不相同。这一观点也意味着,对同一对象的全面掌握离不开不同的语言,只有不同的语言共同协作,才能从多方面展现对象世界。

恩斯特·卡西尔发展了威廉·冯·洪堡特语言世界观这一概念,将它应用于所有的符号系统,而不仅仅是语言这一符号系统,从而得出了人是符号的动物这一观点。卡西尔认为,一般动物只有感受系统和效应系统,而人除了感受系统和效应系统之外,还有符号系统。这个符号系统使得人类除了拥有和动物共有的物理世界之外,还有一个比物理世界更为广阔的由符号构成的新的实在世界,那就是符号所构成的世界:"除了在一切动物种属中都可看到的感受系统和效应系统以外,在人那里还可发现可称之为符号系统的第三环节,它存在于这两个系统之间。这个新的获得物改变了整个的人类生活。与其他动物相比,人不仅生活在更为宽广的实在之中,而且可以说,他还生活在新的实在之维中。"③在卡西尔看来,人类的符号系统构成了符号宇宙和世界,这一符号宇宙

---

① 恩斯特·卡西尔:《人论》,甘阳译,上海译文出版社1985年版,第154页。
② 同上书,第171页。
③ 同上书,第33页。

和世界横亘于人和物理宇宙之间,人必须通过符号宇宙和世界才能通达物理宇宙,从此,"人不再生活在一个单纯的物理宇宙之中,而是生活在一个符号宇宙之中。语言、神话、艺术和宗教则是这个符号宇宙的各部分,它们是织成符号之网的不同丝线,是人类经验的交织之网。人类在思想和经验之中取得的一切进步都使这符号之网更为精巧和牢固。人不再能直接地面对实在,他不可能仿佛是面对面地直观实在了。人的符号活动能力进展多少,物理实在似乎也就相应地退却多少。在某种意义上说,人是在不断地与自身打交道而不是在应付事物本身。他是如此地使自己被包围在语言的形式、艺术的想象、神话的符号以及宗教的仪式之中,以致除非凭借这些人为媒介物的中介,他就不可能看见或认识任何东西。"[①] 在卡西尔看来,人类的符号系统不仅仅包括语言,而且还包括神话、艺术和宗教等文化领域,它们组织人类思想与经验,并把人类包围起来,如果没有这些符号系统作为中介,人类就无法认识自我与世界,因此,他并不完全同意索绪尔只将语言当做符号的观点:"索绪尔——说:离开了语言,我们的思想就只是一团杂乱无章的东西——在语言之前,一切都是模糊不清的。——作了这样判断之后,我们切莫忘了,除了语言世界之外,还有另一个具有自己的结构和意义的世界。这似乎是另一个符号世界,它在言语世界和语词符号世界之外,这就是艺术世界。"[②] 如上所述,洪堡特曾将语言比做思想的器官,思想只有通过语言才得以清晰地界定和表达,卡西尔则从另一角度将符号比做实在的器官,实在只有通过这些器官的媒介作用,才能被确定和组织起来,成为心灵的对象:"唯有通过这种内在的辩证法则,才能有任何实在,才能有任何确定的、组织起来的实在。因此,这些特定的符号形式并不是些模仿之物,而是实在的器官;因为,唯有通过它们的媒介作用,实在的事物才得以转变为心灵知性的对象,其本身才能变得为我们所见。"[③] 我们一般总是认为符号形式是对外部世界的模仿,殊不知,没有符号形式作为媒介和器官,外部世界的实在事物根本无法成为心灵知

[①] 恩斯特·卡西尔:《人论》,甘阳译,上海译文出版社1985年版,第33页。
[②] 恩斯特·卡西尔:《语言与神话》,于晓等译,三联书店1988年版,第133—134页。
[③] 同上书,第36页。

性的对象，为我们所看见和认识。

虽然恩斯特·卡西尔不同意索绪尔将语言当做唯一能把观念清晰化的符号这一观点，但他承认，在人类的所有符号中，语言是一种最基本的符号："在这个人类世界中，言语的能力占据了中心的地位。因此，要理解宇宙的意义，我们就必须理解言语的意义。如果我们不能发现这个方法——以语言为中介而不是以物理现象为中介的方法——那我们就找不到通向哲学的道路。"[1] 和洪堡特一样，卡西尔认为，如果说，语言中的名称对于儿童来说，类似于盲人借以探路的拐杖，那么语言作为整体则是人类通向新世界，开辟新的视野，开阔和丰富人类具体经验的通道："一个儿童有意识地使用的最初一些名称，可以比之为盲人借以探路的拐杖。而语言作为一个整体，则成为走向一个新世界的通道。这里的一切进步都为了开辟新的视野，开阔和丰富了我们的具体经验。"[2] 离开了语言，事物无法得到确定，存在的概念也无法形成，因为"事物的界限必须首先借助于语言媒介才能得以设定，事物的轮廓必须首先借助于语言媒介才能得以规划，而人类活动之从内部组织起来，他关于存在的概念之获得相应的明了而确定的结构则是随着所有这一切的完成而完成的。"[3] 因此，语言既不是一个拥有自身实在性的实物，也不是实在本身，而是构造客观世界的媒介和工具："语言世界不是一个拥有自身实在性的实物，不是一个原初的或者派生的实在，而是作为人类思维的工具，它引导我们去构造一个客观的世界。"[4] 正是在这一意义上，卡西尔认为，言语活动决定了人类所有其他的活动，人类的任何观念活动都和我们与生俱来的母语天然地结合在一起："我们的知觉、直观和概念都是和我们母语的语词和言语形式结合在一起的。要解除语词与事物的这种联结，是极为困难的。"[5] 卡西尔因此和洪堡特一样认为，如果一个人真正学会一种新的语言，就会感到"似乎进入了一个新的世

---

[1] 恩斯特·卡西尔：《人论》，甘阳译，上海译文出版社1985年版，第143页。
[2] 同上书，第163页。
[3] 恩斯特·卡西尔：《语言与神话》，于晓等译，三联书店1988年版，第63页。
[4] 同上书，第129页。
[5] 恩斯特·卡西尔：《人论》，甘阳译，第170页。

界，一个有着自己的理智结构的世界"①。在卡西尔看来，只有借助语言，人类才能认识世界和自我，这正是人不同于动物的地方，正是语言的命名过程改变了甚至连动物都具有的感官印象世界，使这个动物的感官印象世界变成了一个人类所特有的心理的世界，一个观念和意义的世界。动物不经过语言符号直接面对物理世界，获得感官印象，而人则必须通过语言符号才能通向物理世界，人类不是与客观的物理世界直接生活在一起的，而是通过语言这一中介，与语言这一媒介所呈现的客体对象生活在一起的。因此卡西尔认为："全部理论认识都是从一个语言在此之前就已赋予了形式的世界出发的：科学家、历史学家以致哲学家无一不是按照语言呈现给他的样子而与其客体对象生活在一起的。"②

在卡西尔看来，如果说语言作为一种理智符号，探讨和构建了人类的理智和概念世界，那么艺术作为直觉的符号则通过对自然和生活的新探讨和新解释来构建人类的直觉、感受和经验世界："凡伟大的艺术品都给我们对自然和生活的新探讨和新解释。而且这解释只有按照直觉，而非概念，按照形式，而非抽象符号才可能。"③ 人类只有通过各种符号的协作，才能构建一个完整的符合人性的世界。

总而言之，卡西尔是认同洪堡特的语言世界观理论的，他的贡献是将这一理论推向所有的人类符号，认为一个完整的世界和人性不仅需要理性的语言符号来构建，而且还需要宗教、艺术等符号来构建。

二 伽达默尔的语言世界观

另一位德国哲学家伽达默尔也认同洪堡特将人的本质和语言的本质相互界定的观点："赫德尔和洪堡特认为，语言本质上就是人类的，而人类在本质上就是语言的生物，他们还指出了这种见解对于人关于世界的观点所具有的根本性的意义。"④ 和洪堡特语言是思想的器官而不是一般的工具这一观点一致，伽达默尔也认为语言不是一般的器械或工具。对一般的器械或工具，人们可以即取即弃，使用时拿来用，不用时

---

① 恩斯特·卡西尔：《人论》，甘阳译，上海译文出版社1985年版，第170页。
② 恩斯特·卡西尔：《语言与神话》，于晓等译，三联书店1988年版，第55页。
③ 同上书，第138页。
④ 伽达默尔：《哲学解释学》，夏镇平等译，上海译文出版社1994年版，第60—61页。

放到一边，而语言作为无形的存在，它包围着我们，我们无意识地使用它，在其中长大成人，认识世界，构建自我，须臾不可离开："语言并不是意识借以同世界打交道的一种工具，它并不是与符号和工具——这两种无疑也是人所特有的——并列的第三种器械。语言根本不是一种器械或工具。因为工具的本性就在于我们能掌握对它的使用，这就是说，当我们要用它时可以把它拿出来，一旦完成它的使命又可以把它放在一边。但和我们使用语言的词汇大不一样，虽说我们也是把已到嘴边的词讲出来，一旦用过之后又把它们放回到由我们支配的储备之中。这种类比是错误的，因为我们永远不可能发现自己是与世界相对的意识，并在一种仿佛是没有语言的状况中拿起理解的工具。毋宁说，在所有关于自我的知识和关于外界的知识中我们总是早已被我们的语言所包围。我们用学习讲话的方式长大成人，认识人类并最终认识我们自己。学着说话并不是指学着使用一种早已存在的工具去标明一个我们早已在某种程度上有所熟悉的世界；而只是指获得对世界本身的熟悉和了解，了解世界是如何同我们交往的。"① 既然我们总是早已被我们的语言所包围，那么我们认识世界和自我都离不开语言这一中介，因此，"认为事物先于它们在语言中的展示这种谬见掩盖了我们的世界经验所具有的语言性质"②。我们的世界经验所具有的语言性质意味着语言对我们关于世界经验的组织的优先地位而不是事物和思想的优先地位："对事物的意见一致发生在语言之中，它既不意味着事物的优先地位，也不意味着利用语言理解工具的人类思想的优先地位。毋宁说，在对世界的语言经验中实现其具体化的符合才是绝对优先的东西。"③ 这种语言对我们关于世界经验的组织的优先地位在由语言所构成的韵律中得到最好的描述，正是由语言所构成的韵律组织了心灵的韵律并作为一种中介沟通了灵魂和存在："这个事实可以由一种自身就为一切语言构成一种结构性的现象即韵律现象很好地描述出来。正如里夏德从思维心理学观点出发所进行的分析中强调过的，韵律的本质处于存在和灵魂之间的特殊中间领域。

---

① 伽达默尔：《哲学解释学》，夏镇平等译，上海译文出版社1994年版，第62页。
② 同上书，第78页。
③ 同上。

由韵律节奏化了的连续过程并不一定代表现象本身的韵律。相反,韵律甚至可以被我们的听觉归因到一种有规律的连续,从而使它表现为按照韵律组织起来的东西。或者更换一种说法,只要一种有规律的连续被心灵感受到,那么这种韵律就不仅能发生而且最终必然会发生。"[1] 诗人对这一现象最为清楚,语言在此显示出其中心地位:"诗人知道这种现象——当他们把最初的诗意的经验从语言的前给定性质以及世界的前给定性质(即事物的规律)中区分出来,并把诗的构思描述为在成为诗的语言具体化过程中世界和灵魂达致的和谐。他们所描述的就是韵律经验。变成了语言的诗的结构保证了灵魂和世界作为有限的东西相互诉说的过程。正是在这里,语言的存在显示出它的中心地位。"[2]

显然,伽达默尔和洪堡特一样,并不认为语言仅仅是表达先于它的世界和观念的工具,而是人类无法割舍的内在功能,参与构建人类的经验世界。

第三节 爱德华·萨丕尔和本杰明·李·沃尔夫的语言世界观

威廉·冯·洪堡特语言世界观这一概念也影响了一些美国语言学家。姚小平认为,出生于德国的爱德华·萨丕尔虽然很少提及洪堡特,但其后期著作明显受到洪堡特的影响。而爱德华·萨丕尔又影响了本杰明·李·沃尔夫,形成了"萨丕尔—沃尔夫假说"。这一源于洪堡特语言世界观的假说"被视为新洪堡特主义在美洲的表现"[3]。如果说,洪堡特及其卡西尔、伽达默尔主要从哲学角度讨论语言世界观,那么萨丕尔和沃尔夫则不仅从哲学角度而且从具体的语言研究中阐发他们的语言世界观。

一 爱德华·萨丕尔的语言世界观

爱德华·萨丕尔认为,每一种语言都源于经验,其中的词汇系统更

---

[1] 伽达默尔:《哲学解释学》,夏镇平等译,上海译文出版社1994年版,第79页。
[2] 同上书,第80页。
[3] 姚小平:《洪堡特》,外语教学与研究出版社1995年版,第201页。

是对该语言得以产生的自然环境和社会环境的反映："如果有一本特定部落的语言辞典可供随意使用，我们可以在很大程度上推测出该辞典使用群体的自然环境特点和文化特征。许多实例显示，一种语言的词汇最能清晰地反映说话者的自然环境和社会环境。"[①] 萨丕尔发现，生活在沿海地区的努卡特印第安人的词汇系统中有很多精确地指称海洋中脊椎和无脊椎动物的词语，可以和作为欧洲渔民代表的巴斯克语词汇相比较。相对于生活在沿海地区的努卡特印第安人，在生活于亚利桑那州、内华达州和犹他州荒原上的南派尤特人语言的特殊词汇中，用来指称地形特征的词汇不仅非常详尽，而且十分精确。萨丕尔因此认为，造成这种差异的原因不仅在于这两个印第安部落自然和社会环境的不同，"更重要的是人们对环境特征的兴趣。假如努卡特印第安人的食物供给主要依靠陆地狩猎和蔬菜产品，那么尽管他们靠近大海，其词汇不会像现在这样完全被海洋知识占据。"[②] 因此，"每件事物都自然取决于人们因兴趣而决定的视角"[③]。对于这一语言事实，英语也提供了相关的证据。说英语的人如果不是植物学家或草药专家，一般都会把周边生活环境中不知道如何称呼的植物笼统地称为"杂草"，而对于以野生植物和蔬菜为食的印第安人来说，被英语世界笼统地称为"杂草"的每一种植物都有自己的名称，因为说英语的人并不以这些植物为生，对它们不感兴趣，而印第安人以野生植物和蔬菜为食，必须对它们有详细的了解。

但是，这并不意味着语言仅仅是反映现实的工具，仅仅是个人经验的清单，语言一旦产生，就会形成一个独立自足的系统，这一系统就会像暴君一样控制我们对世界的认识和相关经验："人们往往天真地以为，语言不过是为与个人有关的经验提供了一张较为系统的内容清单。事实上除此以外，语言还是一个自足的、创造性的符号系统，它不仅指称那些基本独立于它的帮助而获得的经验，而且，由于其形式完整性，由于我们不自觉地将语言暗含的预期投射于经验领域，语言还为我们界定经验。——性、数、格、时、语气、语态、体及其他许多印欧语中没

[①] 爱德华·萨丕尔：《萨丕尔论语言、文化与人格》，高一虹等译，商务印书馆2011年版，第49页。

[②] 同上书，第50页。

[③] 同上书，第51页。

有被系统承认的范畴，最终自然可以溯源于经验。但是这些范畴一旦从经验中提取出来，就逐渐变成语言中复杂的系统，与其说它们是从经验中发现的，不如说是强加于经验之上的，这是因为，语言形式暴君似地掌控着我们认识世界的倾向。"① 在萨丕尔看来，语言中的词汇以及性、数、格、时、语气、语态、体等语法范畴都像暴君一样强有力地将它们所蕴含的预期投射于我们的经验领域，并因而界定我们的经验。这和洪堡特认为每种民族语言都蕴含着独特的民族精神，都是一种独特的世界观，都规范和引导着该民族成员认识自我和世界，形成相应的世界观这一观点一致。根据这一观点，生活在沿海地区的努卡特印第安人语言中精确地指称海洋中脊椎和无脊椎动物的词语使他们能更清晰地观察海洋动物及其特征，获得有益于他们生活的各种海洋动物知识；而生活于亚利桑那州、内华达州和犹他州荒原上的南派尤特人语言中用来详尽、精确地指称地形特征的词汇使他们对赖以生存的荒原地形观察得更敏锐细致，获得更多、更精确的荒原地形知识。相反，英语世界中的人们由于缺乏丰富的植物名称，他们对植物的感受是迟钝、粗糙、贫乏的，所获得的相关知识也是贫乏的。因此，即便是我们熟悉的周边的自然环境，离开了语言，我们也无法真正掌握它们："对于一个正常人来说，所有实际或潜在的经验都充满言辞。因此，许多热爱自然的人只有在掌握了众多花卉和树木的名称之后，才真正感觉到自己与大自然的接触，就好像第一现实世界是语言的，就好像人们必须先掌握奇妙地表述自然的术语，才能接近自然。"② 按照萨丕尔的观点，正是像梨花、玫瑰花、水仙花、菊花、梅花、荷花、桃花和松树、桦树、橡树、榕树、柏树等花卉和树木名称才使我们得以清晰地认识和掌握周边的自然环境。

萨丕尔还认为，语言不仅帮助我们认识外部世界，形成经验，而且还可以使我们超越具体的直接经验，帮助我们发现新的意义："语言形式一旦建立起来，就会为其使用者发现新的意义，而这些新的意义并不能简单地追溯到经验本身的特性，而必须解释为潜在意义在经验原材料

---

① 爱德华·萨丕尔:《萨丕尔论语言、文化与人格》，高一虹等译，商务印书馆 2011 年版，第 103—104 页。

② 同上书，第 6 页。

上的投射。"① 例如，一个人即便一生只见过一头大象，但他不会被自己的这一现实经验所束缚，只会说"一头大象"，而是会超出个人的经验，毫无障碍地说出"十头大象""一百万头大象""一群大象""三三两两一起走着的大象""一代一代的大象"等话语。因此，"语言具有这样一种力量，可以将经验在理论上分析成相互独立的成分，并创造出一个与现实有着潜在联系的世界，从而使人们能够超越个人的直接经验，达到更广泛的、普遍的理解。"② 其实，萨丕尔的这一观点可以进一步延伸，即语言可以引导我们思维的远行和飞翔，探索超出日常经验的超验意义世界，像"上帝""神圣""道""太极"等词汇会引导人们探索一个超出日常经验的超验意义世界，发现迥异于日常经验的新的意义世界。

萨丕尔因此认为，语言是社会现实的向导，是我们通向真实世界的中介，没有语言的帮助，我们就不能思维，不能认识现实，适应现实："语言强有力地控制着我们对社会问题及社会进程的思维。人类并不只是生活在一个客观的世界中，也不是一般为人理解的社会活动的世界中，而是生活在一种具体语言的掌控之中，这种语言已经成为这个社会的表达中介。认为无须使用语言就能适应现实，认为语言不过是交流和反省问题的偶然手段，这些都是无根据的幻想。事实是，'真实世界'在很大程度上无意识地建构于一个民族语言习惯之上。"③ 萨丕尔发现，语言对人类的控制无所不在，其程度远远超过我们的想象，甚至相对于比较简单的感知也受到词语这种社会模式的控制，比如我们对线条的感知就是经由像直线、斜线、曲线、锯齿线等词汇自身给予的分类暗示进行的，因此，"我们之所以有现在的这些视觉、听觉及其他经验感受，都是因为我们所在社会的语言习惯预设了某些解释的可能"④。

语言的向导作用使其具有双重的性质："语言帮助我们探索经验，

---

① 爱德华·萨丕尔：《萨丕尔论语言、文化与人格》，高一虹等译，商务印书馆2011年版，第4页。
② 同上书，第5页。
③ 同上书，第97—98页。
④ 同上书，第98页。

同时又阻碍我们探索经验。"① 这种双重的性质使语言对其使用者来说，一方面既具有启发性，另一方面又具有限制性："语言具有启发性，这种启发性并不局限于上述例子中的简单意义，它还有更深远的意义，即语言形式预先决定了我们需采取某种解释和观察模式。"② 根据语言对人类影响的实际情况，萨丕尔所谓语言的启发性的更深远意义即语言形式本身预先决定了我们如何观察和解释现实。以古汉语为例，因为有"阴""阳"这两个词汇，而且"一阴一阳谓之道"，所以古代中国人习惯以"阴""阳"观察并解释万物，物分"阴""阳"，人分"阴""阳"，气也分"阴""阳"，而且二者之间在价值上的高低定位寓含其间，"阴"卑而"阳"尊，解释已寓含其中。确如萨丕尔所言，我们古人的"阴""阳"这一对词汇范畴确实帮助他们探索宇宙和人生经验，但同时又阻碍了他们探索新的宇宙和人生经验，一切都被纳入了"阴""阳"这一对词汇范畴，"阴""阳"之外的一切都视而不见了，"阴""阳"所寓含的"阴"卑而"阳"尊之外的价值观念因而也进不了他们的心灵视野，一切都被局限在"阴""阳"之中。

　　对印欧语言及美洲本土语言的研究使萨丕尔认识到，不同的民族由于周边环境及生存的需要和兴趣的不同，其语言对外部世界的关注点及切分方式是不一样的，其世界观与价值观也是不一样的。萨丕尔因此认为，没有任何语言是近似的，更不用说相同了，不同的民族都是无意识地按照本民族语言习惯构建自己的"真实世界"，因此，"不同社会居住的世界是不同的世界，而不仅仅是带有不同标签的同一个世界"③。这导致了语言相对论在语言学家中的普遍存在："在所有人类行为研究者中，语言学家出于其学科本质，应当是最突出的感觉相对主义者，受其言语形式的欺骗最少。"④ 语言学家之所以是最突出的感觉相对主义者，是因为他们研究不同的语言，发现不同语言对外部世界的关注点及切分方式是不一样的，它们的世界观与价值观也是不一样的。

---

① 爱德华·萨丕尔：《萨丕尔论语言、文化与人格》，高一虹等译，商务印书馆2011年版，第5页。
② 同上。
③ 同上书，第97—98页。
④ 同上书，第101页。

当然萨丕尔对语言决定论和语言相对论是谨慎的,他承认民族语言与民族文化之间的高度相关性,但又否认二者存在一一对应:"语言的具体内容和形式有助于较深层次的文化理解,这也是一清二楚的。然而我们不能由此推论,在语言形式与其使用者的文化形式之间有简单的对应——在文化类型与语言结构之间没有普遍相关。就我们所知,孤立语、黏着语、屈折语在任何层次的文明中都是可能的。同样,语法中是否有性的范畴,与我们对有关文化的社会组织、宗教、民俗的理解无关。假如真的存在此类平行的话,就无法解释为什么文化能够在语言根本不同的群体间迅速传播。"① 这一观点应该说是辩证的,因为语言产生于人们的现实需要,而人们基本的现实需要有共同性,所谓"食色性也",所谓"性相近",指的无非是这一事实,语言既然用来帮助人类满足这些共同的基本需要,那么不同的语言以及相应的价值观会有共同之处。但是,由于不同民族生存环境的不同,他们用于满足基本需要的条件和方式是不一样的,更重要的是,不同民族基本需要之外的其他心理需要差异是巨大的,因而他们的语言及其相应的世界观和价值观在这一方面存在着巨大的差异。因此,确如萨丕尔所说的,民族语言与民族文化之间虽然存在着高度相关性,但二者之间不存在一一对应。

从以上分析看,萨丕尔的语言观和洪堡特的语言世界观理论是一致的,在洪堡特的语言是民族的基础之上,他谨慎地提出了语言相对论的观点,为沃尔夫假说的出现埋下了伏笔。

二 本杰明·李·沃尔夫的语言世界观

萨丕尔的语言观极大地影响着本杰明·李·沃尔夫,在《习惯性思维、行为和语言的关系》一文中,他直接引用了萨丕尔的经典论述:"人类并不仅仅生活在客观世界中,也不仅仅像一般人所理解的那样生活在社会活动中,而更大程度的是生活在特定语言之中,语言已经成为人类社会的表达媒介。如果以为一个人可以不运用语言而使自己基本适应现实,或以为语言仅仅是一种解决特定交际问题或思考的随行工具,

---

① 爱德华·萨丕尔:《萨丕尔论语言、文化与人格》,高一虹等译,商务印书馆2011年版,第21页。

那完全是一种错觉。事实是，现实世界在很大程度上是无意识地建立在一个社团语言习惯基础之上的——我们看到、听到及以其他方式获得的体验，大都基于我们社会的语言习惯中预置的某种解释。"[1] 显然，沃尔夫完全认同萨丕尔的观点，认为人类世界已经在很大程度上无意识地建立在语言之上，人类生活在语言构建的世界之中，而不是直接生活在物理世界之中。

和萨丕尔一样，本杰明·李·沃尔夫认为，一种语言是在特定的环境中出于现实的生存需要而产生的，是一种切分现实以满足自己需要的形式，印第安霍皮语充分说明了语言是特定文化和环境相互作用的结果。霍皮人生活在"一个宁静的农业社会，因地理环境和游牧敌人而与世隔绝。那里久旱无雨，要在贫瘠的农业生产中获得成功，唯有依靠极度坚忍（因而重视持久与重复的价值）和团结合作（因而强调集体心理和广义的精神因素）。庄稼和雨是主要价值标准，需要采取充分的准备和预防措施来保证庄稼在贫瘠的土地和多变的气候中的生长。深刻认识到生存依赖于祈祷自然保佑，有赖于对自然力量的宗教态度，尤其是对于永远需要的赐福——雨水的宗教态度。上述这些与霍皮的语言形式相互作用，既模铸了霍皮语的形式，又反过来被语言形式所模铸，由此一点一点地形成了霍皮世界观。"[2] 在沃尔夫看来，霍皮语及其相应的世界观、价值观产生于他们的生存环境以及他们的生存需要，但这种语言一经形成、定型，变成稳定的语言形式，那么，它就会反过来影响霍皮人对世界、宇宙和人生的看法，形成他们独特的世界观、宗教观、价值观。沃尔夫认为，由于语言形式的不同，霍皮人的时间、空间及物质概念不同于说印欧语的欧洲人："时间和物质的概念并不是由经验以完全同样的形式给予所有人的，而是依赖于某种语言或某些语言的本质。——我们自己的时间与霍皮语的持续非常不同，它被构想成一个有严格维度限制的空间，有时又像这一空间上的运动，并因此用作一个智力工具。霍皮语的持续是无法用空间或运动观来理解的。在它的模式中

---

[1] 本杰明·李·沃尔夫：《论语言、思维和现实》，高一虹等译，湖南教育出版社2001年版，第119页。

[2] 同上书，第146页。

生命与形式不同，意识与意识的空间成分完全不同。"①正是在这一意义上，牛顿的空间、时间、物质概念是印欧语言和文化的产物而不是霍皮语言的产物："牛顿的空间、时间、物质概念非关直觉，它们是语言和文化的心像。牛顿是从我们的文化和语言中获得这些概念的。"② 因此，语言不是简单地表达先于它的世界或观念的技术或工具，而是通过对世界进行切分，对经验进行分类和组织，构成世界和经验的秩序："我们倾向于把语言简单地当成一种表达的技术，而没有认识到，语言首先是对流通的感性经验的分类和组织，它产生出某种世界秩序。运用特定的符号象征方式，一种语言很容易将世界的某个侧面表达出来。换言之，语言与科学所做的工作是一样的，虽然语言不像科学那样精致，却比科学涉及更宽广的范围，显示出更多样的能力。我们已经看到霍皮语如何细致的描绘出可被称为原始物理学的特定领域，看到它如何根据变形过程的基本类型，将所有振动现象加以分类，其分类具有高度的一致性和真正的科学精神。——霍皮语中的体对比关系是其动词形式所必须考虑的因素，它强迫霍皮人去注意并观察振动现象，并进一步鼓励他们为这些现象命名，将它们分类。"③ 在沃尔夫看来，每种语言对世界进行切分的方式和原则的不同，对经验进行分类和组织的方式与原则的不同，因而只能描述世界和经验的特定方面，霍皮语动词形式的体对比关系迫使霍皮人注意并观察振动现象，并进一步鼓励他们为这些现象命名，将它们分类，而印欧语则将时间空间化，这说明每一种语言都只能表达世界的某一侧面。

　　沃尔夫发现，人类对自然的切分和对经验的组织以及价值观是一种隐性的存在物，它隐藏在背景性的语言系统中，暗中约束我们，塑造我们的思想，规划和引导个人的心理活动，组织我们对世界的印象之流："背景性的语言系统（或者说语法）不仅是一种用来表达思想的再生工具，而且它本身也在塑造我们的思想，规划和引导个人的心理活动，对头脑中的印象进行分析并对其储存的信息进行综合。——我们从现象世

---

① 本杰明·李·沃尔夫：《论语言、思维和现实》，高一虹等译，湖南教育出版社2001年版，第147页。
② 同上书，第141页。
③ 同上书，第23—24页。

界中分离出范畴和种类,并不是因为它们客观地呈现于每一个观察者面前;相反,呈现在我们面前的世界是千变万化的印象流,它们是通过我们的大脑组织起来的——在很大程度上用我们大脑中的语言体系组织起来的。我们将自然进行切分,用各种概念将它组织起来,并赋予这些概念不同的意义。这种切分和组织在很大程度上取决于一个契约,即我们所在的整个语言共同体约定以这种方式组织自然,并将它编码固定于我们的语言形式之中。当然,这一契约是隐性的,并无明文规定,但它的条款却有着绝对的约束力;如果我们不遵守它所规定的语料的编排和分类方式,就根本无法开口说话。"① 通过对欧洲语言和霍皮语言的对比,沃尔夫发现,不同语言对自然的切分方式是不一样的,所形成的概念体系也是不一样的:"不同语言以不同的方式切分自然这一事实就显而易见。所有概念体系,包括我们的在内,其相对性及其对语言的依赖性是很明显的。"② 他因此认为:"这一事实对现代科学来说意义重大,因为它意味着没有人能够对自然进行绝对公正的描述。"③ 因为现代科学思维是欧洲语言的产物,它所描述的世界不同于霍皮语言以及其他语言所描述的世界。由此,本杰明·李·沃尔夫提出了"语言相对论",所谓"语言相对论""用通俗的语言来讲,就是使用不同语法的人,会因其使用的语法不同而有不同的观察行为,对相似的观察行为也会有不同的评价;因此,作为观察者他们是不对等的,也势必会产生某种程度上不同的世界观。——这种世界观是朴素的、未经概括的。人们可以对孕育了这种世界观的基本语法模式进行高层面的特征概括,从而由每一种朴素世界观发展出一种清晰的世界观。由此看来,现代科学世界观是根据西方印欧语言的基本语法特征概括而成的。"④ 在沃尔夫看来,由于人类对自然的切分和对经验的组织或价值观是一种隐性的存在物,它隐藏在背景性的语言系统中,暗中约束我们,塑造我们的思想,规划和引导个人的心理活动。因此,运用某种特定语言、持特定世界观的人对自

---

① 本杰明·李·沃尔夫:《论语言、思维和现实》,高一虹等译,湖南教育出版社2001年版,第211页。
② 同上书,第212页。
③ 同上。
④ 同上书,第220—221页。

己说话和思考方式的独特性习焉不察，以为这是天经地义的，是逻辑的必然。但是，在运用某种特定语言、持特定世界观的人看来合乎逻辑、必然的天经地义的事情，在一个不用这种语言而使用其他语言的人，或者一个熟知多种不同的语言和文化的人，甚至一位使用基本类型相同但多少有些差异的语言的科学家看来，却不一定是合乎逻辑、必然的天经地义的事情。在这些人看来，那种语言及其相应的世界观并非是天经地义的，而是一种非常独特的对世界的切分和组织方式，蕴含着独特的世界观。沃尔夫认为，在语言的比较研究中，人们将清楚地看到不同的语言都是不同的复杂系统，都有特定的思维形式和规律，都有独特的切分世界的方式，都引导出特定的推理过程，构筑自己独特的意识的房屋："语言研究显示，一个人思维的形式受制于他没有意识到的固定的模式规律。这些模式就是他自己语言的复杂系统，它目前尚未被认识，但只要将它与其他语言，特别是其他语族的语言做一个公正的比较和对比，就会清楚地展示出来。他的思维本身就是用某种语言进行的——英语、梵语或汉语。而且，所有语言都是一个与其他语言不同的庞大的形式系统，这个形式系统包含了由文化规定的形式和范畴，个人不仅用这些形式和范畴进行交流，而且也通过它们分析自然、注意或忽略特定种类的关系和现象、引导推理过程、构筑自己意识的房屋。"[1]

从语言相对论出发，沃尔夫认为："也许根本就没有大写的'语言'！'思维的问题就是语言的问题'是错误的概括，较为正确的说法是'思维的问题是不同的语言的问题'。"[2] 因为世界上并没有一种统一的语言，因此笼统地说"思维的问题就是语言的问题"是不恰当的，相反，在人类社会中，我们所看到的语言都是不同的民族语言，所以"思维的问题是不同的语言的问题"才较为准确。因为所有的语言都是具体的民族语言，每个人都是在母语中长大的，因此，我们每个人都是无意识地用母语来切分和组织我们的世界经验的："我们之所以将流动、扩散的事件做目前这样的切分和组织，主要是因为我们的母语规定

---

[1] 本杰明·李·沃尔夫：《论语言、思维和现实》，高一虹等译，湖南教育出版社2001年版，第255—256页。

[2] 同上书，第242页。

如此，而不是自然本身已经切分成既定的模样给所有人看。语言的差异不仅在于如何组织句子，而且在于如何切分自然，以便将切好的模块放到句子中去。"① 也正是从语言相对论出发，沃尔夫反对未来世界只讲一种语言这样错误的设想："有人将未来构拟成只讲一种语言的世界，在我看来这是错误的理想。无论英语、德语、俄语还是任何其他语言充当这一角色，一元语言世界会对人类思维能力的进化造成极大损害。"② 如果说，每一种语言都是一种特定的世界观，都是每一民族独特的切分世界、组织经验、设定价值的不同方式，那么，一种语言的世界就意味着人类只能从某一特定的角度描述客观世界，从某一特定的角度理解人生和世界的意义，世界的丰富性以及人生的丰富性因此被遮蔽了，这是沃尔夫所不能接受的。这一观点和洪堡特所认为的不同的民族语言都是一种特定的世界观，都具有主观性，因而只有通过不同的民族语言从不同的角度描述世界，客观世界才得以从多方面得到展现是一致的。

　　作为一位工程师，沃尔夫认为，语言不仅模铸人的世界观和思维，而且实际影响人的具体行为："我们认为，霍皮人的行为，在很多方面可以被视为与语言模铸的微观世界一致。就像我选辑的火灾案例中所看到的那样，人们针对某些情景采取的行为方式与人们谈论这些情景采取的语言方式是相同的。"③ 这是作为工程师的沃尔夫不同于前述持语言世界观的语言学家之处，作为消防工程师，他在实际工作中发现，一个用完的汽油桶如果被称为"汽油桶"，人们会小心翼翼地对待，从而减少火灾发生的概率，如果被称为"空汽油桶"，人们则会麻痹大意，在其旁边随便吸烟或乱扔烟蒂，增加了发生火灾的概率，因为日常语言的"空"意味着没有危险，"语言就这样制约人的行为，引人误入歧途"④。因此，"在语言和心理现象中，有意义的行为（或者说相互联系的行为与意义）受制于特定的系统或组织结构，即每种语言特有的形式原则几何。这种组织结构强加于狭窄的个人意识范围之上，个人意识

---

　　① 本杰明·李·沃尔夫：《论语言、思维和现实》，高一虹等译，湖南教育出版社2001年版，第242页。
　　② 同上书，第247页。
　　③ 同上书，第136页。
　　④ 同上书，第120页。

纯粹是木偶,其语言活动受控于意识之外的、无法挣脱的形式的束缚。人的大脑、心理选择词语却难以觉察形式,就好像被一个更高级、更富有智慧的大脑玩握于掌心。"①

一般人在讨论沃尔夫的语言相对论时,总是认为语言相对论就是语言决定论,但问题并不这么简单。沃尔夫并不是彻底的语言决定论者,这一点在如下的表述中就可以看出:"在文化规范和语言形式间存在着联系,但不是相关或诊断上的一致,虽然我们不可能从霍皮语缺乏时态推断霍皮社会存在着传令长,或从传令长的存在推断霍皮语缺乏时态,但一种语言与使用该语言的社会的其他文化方面存在着一种联系。"②在这里,沃尔夫显然认为,文化规范和语言形式虽然存在着联系,但不是相关或诊断上的一一对应的决定关系,因此,虽然他认为现代科学世界观是根据西方印欧语言的基本语法特征概括而成的,但他接着又补充说,这并不是说这种语法导致了科学的产生,而只是影响了科学。影响科学产生还有一连串历史事件所刺激的某个地区的商业、度量制度、制造业以及技术革新等因素:"现代科学世界观是根据西方印欧语言的基本语法特征概括而成的。当然,这并不是说这种语法导致了科学的产生,它只是影响了科学。科学产生于该语系之中,是因为一连串历史事件刺激了某个地区的商业、度量制度、制造业以及技术革新,而在那个地区,该语系的语言占了主导地位。"③

如前所述,萨丕尔认为,语言中的词汇系统与该语言得以产生的自然和社会环境存在对应关系,但否认语言形式与其使用者的文化形式之间有简单的对应,认为在文化类型与语言结构之间没有普遍相关性。对于这一问题,沃尔夫则分别从高层心理和低层心理来谈,与高层心理对应的是具有构型性质的系统的语言形式,它制约着词汇系统:"由于高层心理具有系统、构型的性质,语言的形式化总是高于并制约词汇化(名)或命名。因而具体词的意义并没有我们天真幻想的那么重要。语言的核心是句子,而不是词,正如数学的精髓是等式和函数,而不是具

---

① 本杰明·李·沃尔夫:《论语言、思维和现实》,高一虹等译,湖南教育出版社2001年版,第262页。
② 同上书,第148页。
③ 同上书,第220—221页。

体的数字。"① 词汇系统则与低层心理感觉相对应，它受高层的语言形式制约，在其规则允许的范围内被人们所运用："我们要强调的是，语言的词汇化使人们更鲜明地意识到某些模糊的低层心理感觉，它实际上导致了低于自身层面的意识，这像是一种魔力。语言似有瑜伽的功力，它可以独立于低层心理事实，驾驭它们，展示它们，或者掩盖它们，按照自己的规则铸造丰富多彩的词语，无论声音的低层心理表象是否与之相符。"② 因此语言中更重要的是与高层心理相对应的具有构型性质的系统的语言形式，它虽然更隐蔽，但更稳固、更具普遍性："语言中的种种关系形式也许只是一个摇摆不定、扭曲、苍白、没有实体的原因世界的映射。语言是由词汇化——切分（名——色）和有层级的形式构成的，其中，后者更具背景性特征、更隐蔽，但更稳固、更具普遍性。"③ 显然，沃尔夫认为，系统的语言形式虽然更隐蔽但更稳固、更具普遍性，因而对人的思维的影响更大，与文化形式联系更明显，也表现出更多的独特性，而与低层心理事实相对应的词汇则对人的思维影响相对较小，与文化形式的联系相对松散，在不同的语言间有更多的相似性。我们在讨论萨丕尔时说过，语言产生于人们的现实需要，而人们的基本的现实需要有共同性，这种共同需要其实就是低层心理，语言既然用来帮助人类满足这些共同的基本需要，那么不同的语言以及相应的价值观会有共同之处，这种共同之处主要表现在词汇上，因此，一方面，不同语言之间在词汇上多有共同之处，可以相互比较和对译。另一方面，由于不同民族生存环境的不同，它们用于满足基本需要的条件和方式是不一样的，更重要的是，不同民族基本需要之外的其他需要尤其是高层心理需要的差异是巨大的，因而它们的语言及其相应的世界观和价值观在这一方面存在着巨大的差异，这种差异大多表现在更隐蔽、更稳固的系统的语言形式上，因此不同语言在系统的语言形式方面相似性较小，可以相互比较和对译的可能性也较小。

沃尔夫的研究一半是哲学的，一半是实证的，不像洪堡特、卡西

---

① 本杰明·李·沃尔夫：《论语言、思维和现实》，高一虹等译，湖南教育出版社 2001 年版，第 263 页。
② 同上书，第 274 页。
③ 同上书，第 276 页。

尔、伽达默尔那样哲学化，因而后来一些语言学家企图通过实验来印证他的假说。这些实验在 D. W. 卡罗尔的《语言心理学》第十四章中有详细的介绍，其中被认为对沃尔夫假说最为不利的是伯林（Berlin）和凯（Kay, 1969）所做的颜色词调查。在他们的调查中，每一种语言的基本颜色词都来自以下 11 种名称：白、黑、红、黄、绿、蓝、棕、紫、粉红、橘黄和灰。有些语言如英语全部使用这 11 种颜色词，而有些语言则只有两个，如果一种语言只有两个颜色词，那一定是黑和白，如果有三个颜色词，那一定是黑、白和红。在伯林和凯的调查基础之上，罗什（Rosch）对丹尼（Dani）人的颜色词进行研究。丹尼人的语言只有两个颜色词：白（亮）和黑（暗）。但在实验中，他们和美国人一样能认识和记忆各种颜色词。这一研究被看做是与沃尔夫假说相违背的，尽管其出发点是为了证实沃尔夫假说。对于这一调查和实验，我们应该从不同的角度来看。D. W. 卡罗尔认为，所谓"语言决定思维"可以有两种不同的理解和解释：一种是强式决定论，一种是弱式决定论。强式决定论认为语言决定认知，有什么样的语言范畴就有什么样的认知范畴，没有相应的语言范畴就没有相应的认知范畴。如果沃尔夫的假说是强式决定论，那么，罗什对丹尼人的颜色词的研究对沃尔夫假说是不利的，因为尽管丹尼人的语言只有两个颜色词白（亮）和黑（暗），但并不妨碍他们认识并记忆其他颜色词。弱式决定论则"认为语言范畴影响完成各种认识操作的难易程度。相对于另一个不同的语言群体中的成员，某一个语言群体成员可能比较容易通达或比较容易完成某些思维过程"[1]。从我们前面对沃尔夫假说的讨论看，沃尔夫的语言世界观显然是弱式决定论的，他并不认为语言与思维之间存在完全对应关系。事实上，从弱式决定论角度看，罗什对丹尼人颜色词的研究也是支持沃尔夫假说的，尽管丹尼人的语言只有两个颜色词白（亮）和黑（暗）并不妨碍他们认识并记忆其他颜色词，但比起其他语言群体（例如英语或汉语）的成员来说，认识白（亮）和黑（暗）之外的其他颜色词事实上要困难一些。因此，有关词汇的这些调查与研究基本上是支持沃尔夫

---

[1] D. W. 卡罗尔：《语言心理学》，缪小春等译，华东师范大学出版社 2007 年版，第 386 页。

假说的，列文森（Levinson）就认为："当一个儿童学习一种语言时，他是在经历一次认知革命，在学习建构新的宏观概念。作为我们文化一部分的这些宏观概念正说明语言对我们思维的作用因素。语言侵入了我们的思维，因为语言适合于用以进行思维。"[1] 其实，由于白（亮）和黑（暗）这些颜色词以其鲜明的特征与人类的基本需要即低层心理相对应，因而不同的语言群体成员均能容易认识也就没什么可奇怪了。相反，越是特征不鲜明，或是属于事物抽象性质和事物间关系的词汇，与基本需要或低层心理关系不大，就需要语言的引导才能比较容易掌握。因此，如果一种语言缺乏这方面的词汇，那么，其成员显然倾向于忽视这些抽象的性质和关系，不易认识和掌握它们。博罗迪斯基（Borodisky, 2001）就认为："语言的影响在习得抽象的（如一个观点）和关系概念（一般用动词和空间词语表达）时应该比较明显。"[2] 显然，语言对抽象思维影响更明显。一种语言如果有严密的语法和逻辑，有丰富的关于事物的抽象的性质和关系的词汇，那么其成员也更易于运行抽象思维。当代著名作家韩少功就认为，虽然不知道是欧洲公理化思维造就了他们的语言，还是他们的语言促成了欧洲公理化思维，"但欧洲文化的遗传性，在他们理论语言中表现得十分明显，这是一张言必有理的逻辑之网，却不一定是一面言必有据的生活之镜。形而上学，理性主义，乃至经院哲学，在这种语言里水土相宜，如鱼得水，似乎只能在这一类语言里，才能获得抽象不断升级和逻辑无限演绎的可能"[3]。

　　如何评价自洪堡特以来的语言世界观理论呢？从哲学角度来看，语言世界观这样的概念最大的贡献是引发人们对语言与思维、语言与现实、语言与文化等问题的讨论。法国哲学家德勒兹认为，哲学本来就不提供可操作的方法与结论，只是提供概念来引发对问题的发现与讨论，就像语言一样。因此，我们最好不下确定性的结论，以免把问题和思考封闭起来。在这方面，语言学家海然热的态度值得我们学习："我们无法演示语言结构如何决定思想体系。因此，用影响一词比较慎重。如果

---

[1] D. W. 卡罗尔：《语言心理学》，缪小春等译，华东师范大学出版社 2007 年版，第 394—395 页。
[2] 同上。
[3] 《韩少功王尧对话录》，苏州大学出版社 2003 年版，第 159 页。

有人仍然认为这个词过于明确，那就不妨采用有关联之类的概念。无论如何，语言是一种社会交往的机制。依照母语，儿童学会能说什么，不能说什么。此时他们发现的世界已经被语言分成不同的范畴，符号也已经被它协调地组织起来了。从这方面看，语言塑造了表象活动。对于自己语言没有命名的东西，我们总是不那么重视。"① 在海然热看来，语言和思想结构的关联是无可置疑的，没有得到母语命名的东西，我们总是不那么重视，甚至可能视而不见。但是，我们没有必要因此倒向因果决定论，而"应该跟有关因果连续性的哲学保持一些距离"。"实际上，语法对哲学模式的影响并不意味着思维完全被语言所塑造。——不过，尽管有这些保留，语言结构和思维模式之间的平行现象确实经常见于差别悬殊的文化，令观察者瞩目。通过语言把握世界，通过受语言影响的思维重组世界，这大概是现象的同一循环过程的两个不同的阶段。"②

正因为语言世界观理论是一个能启发人们思考的概念，虽然洪堡特早已在一个多世纪以前离开我们，但他的语言学思想仍活着，他的著作不断再版，译为英语、法语、意大利语、西班牙语、俄语、日语和汉语，而沃尔夫的语言思想也越来越受到关注和研究。

第四节　巴赫金的语言世界观

如果说洪堡特、萨丕尔、沃尔夫等人是从不同民族语言的比较来阐述语言世界观的，那么，巴赫金则更进一步，他不仅从不同民族语言的比较来阐述语言世界观，而且还进一步从同一民族语言分化出不同的言语体裁、不同的社会方言（杂语）等角度来阐述他的语言世界观。他认为，民族语言内部的分化，其实是世界观和意识形态的分化，不同的社会方言、不同的言语体裁其实对应着不同的世界观和意识形态。

一　作为人类认识、理解现实和思维手段的言语体裁

虽然在《马克思主义和语言哲学》中，巴赫金并不完全认同洪堡

---

① 克洛德·海然热：《语言人》，北京大学出版社2012年版，第140页。
② 同上书，第140—141页。

特的观点，但他承认洪堡特的语言观是复杂的，是有哲学深度的。事实上，巴赫金论证个人意识是在凝结于符号中的意识形态环境中形成的这一思路与洪堡特认为个人世界观是在作为世界观的民族语言中形成的思路是一致的。在《马克思主义和语言哲学》中，巴赫金认为，意识形态是一种符号现象："一切意识形态的东西都有意义：它代表、表现、替代着在它之外存在着的某个东西，也就是说，它是一个符号。哪里没有符号，哪里就没有意识形态。"① 在我们生存的世界上，除自然现象和技术现象等之外，还有一个特别的世界，那就是符号世界。符号产生于个体之间而不是个体的内心之中，它产生于个体所组成的社会集体之中，并在社会中形成符号环境。个人的意识作为一种社会意识形态事实只能产生于这一符号环境之中："意识是在由有组织的集体的社会交际过程中创造出来的符号材料中构成并实现的。个人意识依靠符号，产生于符号，自身反映出符号的逻辑和符号的规律性。意识的逻辑就是意识形态交际的逻辑、集体的符号相互作用的逻辑。""个人意识，不是意识形态上层建筑的构造者，而只是栖身于意识形态符号这座社会大厦里的住户。"② 显然，在巴赫金那里，没有符号，就没有意识形态和个人意识的产生。

关于语言符号，巴赫金认为，首先，在所有的符号中，语言符号最能体现符号的交际性，是最典型的和纯粹的符号。其次，作为语言具体实现的话语是普遍适用的符号。它不像其他符号那样只适用于专门领域，而是普遍适用于社会的任何领域。它既适用于生活中的交际，又可以承担任何一种意识形态功能：科学的、美学的、伦理的和宗教的。最后，话语最重要的特点是它不依赖于工具或躯体以外的材料，这使它成为个体意识的较为重要的工具。"这就确定了，话语已成为内部生活——意识的符号材料（内部言语）。要知道，意识之所以能够发展，这就是具有了灵活的和物质表现的材料。这就是话语。如果可以这样说的话，话语是可以内部运用的符号；它能够像符号那样存在着，用不着外部彻底表现出来。所以，作为内部的话语的（一般说来内部的符号

---

① 《巴赫金全集》第二卷，李辉凡等译，河北教育出版社1998年版，第349页。
② 同上书，第353—354页。

的）个体意识问题是语言哲学的最重要问题之一。"① 这就是说,话语是意识的媒介,这就使得话语尤其是内部言语伴随着任何一种意识形态创作。

巴赫金认为,作为一种主要的意识形态符号,语言是人类认识现实,进行思维的手段和媒介,离开了语言,我们就无法思维,也无法认识和理解现实:"存在着一个旧的,总的说来是正确的原理,即认为人是借助语言认识和理解现实的。确实,离开词语,就不可能有思想上比较清楚和明确的意识,在意识折射存在的过程中,语言及其形式起着重要作用。"② 但巴赫金并不是从一般意义上论述语言对认识和理解现实以及意识折射存在的作用的,而是从表述即言语体裁角度来论述这一问题的:"对现实的认识和理解完全不是借助准确的语言学意义上的语言及其形式来进行的。在认识和理解现实中起着极其重要作用的是表述,而不是语言形式。""我们用内部统一的复合体——表述——来思维和理解。"③ 在巴赫金看来,不是索绪尔那里抽象的语言形式,而是具体的言语表述,才是人类用来理解和思维的手段。

巴赫金为了避免像索绪尔那样将语言抽象化,同时也为了避免个人主义的主观主义将语言看做纯粹的个人行为,他选择了一方面既体现了语言的社会性和规范性,另一方面又存在个人的某种程度上的创造性和灵活性的言语体裁作为研究对象。言语体裁一方面既是社会的,另一方面又是个人的,它可以说是语言的社会性和个人性的中间环节。伊格尔顿曾批评索绪尔在社会的语言和个人的言语之间缺乏中介。巴赫金实际上已经发现了二者间的这一中介,那就是言语体裁。早在20世纪20年代末,他就强调对言语体裁研究的重要性。在《文艺学中的形式主义方法》中,他就精辟地指出,俄国形式主义因为很晚才研究体裁问题,所以导致了许多理论上的失误。在《马克思主义与语言哲学》中,他已经把对言语体裁的研究列入语言学研究对象之中:"研究语言的方法论上的基本次序应该是这样的:(1)在与具体环境联系中的言语相互

---

① 《巴赫金全集》第二卷,李辉凡等译,河北教育出版社1998年版,第355—356页。
② 同上书,第289页。
③ 同上。

作用的形式与类型；（2）与相互作用密切相连的单个表述、单个言语行为的形式，它们是相互作用的成分，即由言语相互作用所决定的生活和意识形态创作中的言语行为体裁；（3）由此得出，在它们的一般语言学的阐释中来重新看待语言形式。"① 在这里，巴赫金将言语行为类型和体裁列为首要的研究对象，并强调语言学的研究就是通过言语行为类型和体裁重新看待语言。在这之后的研究中，巴赫金将主要精力用于对作为言语体裁之一的长篇小说体裁的研究，因为在他看来，文学体裁在文学研究中是最为重要的："……在文学和语言的命运中，主导角色首先便是体裁；至于思潮和派别，只能是第二等和第三等的角色。"②

在《言语体裁问题》（1952—1953）一文中，巴赫金从方法论角度对言语体裁进行了较为全面的论述。什么是言语体裁？巴赫金是这样界定的："每一单个的表述，无疑是个人的，但使用语言的每一领域却锤炼出相对稳定的表述类型，我们称之为言语体裁。"③ "表述及其类型即言语体裁。"④ 言语体裁作为相对稳定的表述类型一方面是个人的另一方面又是社会的："说者面对的不仅是他必须遵循的全民语言形式（词法和语法体系），而且还有他必须遵循的表达形式，即言语体裁；而后者对相互理解来说也像语言形式那样是必不可少的。言语体裁与语言形式相比，要远为多变、灵活、可塑；但对说者个人来说，它具有规范的意义，不是由说者创造的，而是为他规定了的。所以，一个单独的表述不管如何具有个性和创造性，绝不能认为是用语言形式完全自由地组合起来的，如索绪尔认为的那样（许多语言学家在步其后尘）。他认为表述（la parole）是纯个人行为，而语言体系是纯社会现象并对个人具有强制性，从而将表述同语言体系对立起来。"⑤ 在这里，巴赫金不再认为抽象的语言形式体系与言语表述无关，而是认为抽象的语言形式和言语体裁一起规定着我们的言语表述："语言形式和典型的表述形式即言

---

① 《巴赫金全集》第二卷，李辉凡等译，河北教育出版社1998年版，第448页。
② 《巴赫金全集》第三卷，白春仁等译，河北教育出版社1998年版，第510页。
③ 《巴赫金全集》第四卷，白春仁等译，河北教育出版社1998年版，第140页。
④ 同上书，第147页。
⑤ 同上书，第165页。

语体裁,是紧密联系在一起的,进入我们的经验和我们的意识之中。"①表述的这一既是社会的、规范的又是个人的、灵活的特性使任何文本都存在着两极:"每一文本都以人所共知的(即在该集体内约定俗成的)符号体系、'语言'(至少是艺术的语言)为前提。如果文本背后没有'语言',那么它已不是文本,而是自然存在的(不是符号的)现象,例如,一声自然的喊叫和呻吟,它们不具有语言(符号)的复制性。……在文本中与这一语言体系相对应的,是一切重出复现的成分,一切能够重出复现的成分,一切可以给定在该文本之外的成分(给定物)。但同时,每一文本(即表述)又是某种个人的、唯一的、不可重复的东西;文本的全部含义(所以要创造这一文本的主旨)就在这里。这指的是文本中关系到真理、真、善、美、历史的东西。……这一因素在某种程度上已超出语言学和语文学范围。这第二个因素(另一极)为文本本身所固有,但只能在情境中和文本链条中(即在该领域的语言交际中)才能揭示出来。这一极不是与语言(符号)体系的成分(可复现的成分)相关联,而是与其他文本(不可重复的文本)通过特殊的对话关系(如果排除作者也就是辩证关系)相关联。"② 语言文本的两极性导致了语言学研究与之相对应的两种研究的路径和方法:"可以以第一极为取向,即走向语言——作者的语言、体裁的语言、时代的语言、民族的语言(这是语言学),最后还走向潜在的语言之语言(这是结构主义、语符学)。又可以以第二极为取向,走向不可重复的文本事件。在这两极之间分布着一切可能的社会科学,它们全以文本这个第一性实体为出发点。""两极存在是无条件的:潜在的语言之语言是无条件的,唯一而不可重复的文本也是无条件的。"③ 巴赫金虽然承认语言文本的这两极存在的无条件性,并且看到语言文本的两极性导致了语言学研究的两极性——抽象的客观主义和个人主义的主观主义,但巴赫金选择的并不是这两极中的任何一极,而是语言两极的中间状态——言语体裁。因此,他当然不同意索绪尔关于言语表述是个人的看法。言语表

---

① 《巴赫金全集》第四卷,白春仁等译,河北教育出版社1998年版,第162页。
② 同上书,第302—303页。
③ 同上书,第305页。

述也有其规定性，这就是言语体裁规范，只是这种规范比语言形式的规定更多变灵活，有更多的可塑性和个人创造的空间。就言语体裁的规范而言，言语体裁就像语法形式（句法形式）那样组织我们的言语表述，"如果不存在言语体裁，如果我们不掌握它们，如果我们不得不在言语过程中从头创造它们，自如而且首次地组织每一个表述，那么言语交际、思想交流便几乎是不可能的了。"① 这就是说，没有言语体裁，我们就无法认识和思维，也就无法进行思想交流。在巴赫金看来，我们娴熟地运用着各种言语体裁来组织我们的观念和言语表述，但在理论上我们可能一无所知，就像莫里哀笔下的朱尔登，用散文说话但却意识不到这一点；又如同我们面对母语，虽然能自由地驾驭但却无须在理论上研究它的语法。然而，一旦我们不能掌握人类生活某一交际领域的言语体裁的规定，即便我们十分精通自己的母语，也会不可避免地陷入笨口拙舌的窘境。这说明离开了言语体裁，我们便几乎不能说话。巴赫金因此认为言语体裁是一种相对稳固的典型的整体构建形式，它构建我们的观念世界和表达形式。然而，言语体裁的规定性毕竟又是灵活的、可塑的，所以，言语表述又存在着说话者的个性和自由，这当然是言语体裁规范内的个性和自由："表述是个性的（和自由的），但表述个性的实现不仅仅通过全民的和必需的（规范的）语言，而且要通过表述规范的和非个别的形式，即通过言语体裁来实现。"② 言语体裁的灵活自由的一面使我们能充分发挥自己的创造性，杰出的作家就是充分利用文学体裁的自由灵活这一方面的特性激活隐藏在体裁中的潜在可能性，发挥出自己的创造性的："在体裁（文学体裁和言语体裁）中，在它的若干世纪的存在过程里，形成了观察和思考世界特定方面所用的形式。作家如果只是个工匠，体裁对他只是一种外在的固定样式；而大艺术家则能激活隐藏在体裁中的潜在含义。"③ 因此，所谓的优秀作家，就是善于激活各种言语体裁的潜在可能性来观察和思考世界的新的方面，探讨人生和思想新的可能性的那一类人。

---

① 《巴赫金全集》第四卷，白春仁等译，河北教育出版社1998年版，第162页。
② 同上书，第262页。
③ 同上书，第368页。

当然，对于认为语言是一种意识形态符号的巴赫金来说，言语体裁的重要性不仅仅在于它能组织我们的言语表述，更重要的还在于我们通过言语表述这一中介使语言和生活以及思想、意识形态联系在一起："语言是通过具体的表述（表述是语言的事实）进入生活，生活则是通过具体表述进入语言。这是表述极其重要的问题症结。"① 这就是说，我们并不是直接面对生活、世界、意识形态、思想世界等，在我们和它们之间存在着语言及其语言的具体实现——表述（言语体裁）这一中介。世界上存在着不同的语言，每种语言中又存在着丰富多彩的言语体裁及其表述，因而在我们面前存在着多种多样面向世界和意识形态的通道和角度，必须把每种语言及其言语体裁看做面向世界的独特视角和通道："每一种体裁都具有它特有的观察和理解现实的方法和手段。"② 绘画中素描和彩色画各有其擅长的领域，文学中各种体裁也都有各自理解现实和生活的手段和角度，因此，"每一种体裁，如果是真正重要的体裁的话，都是用来理解性地掌握和穷尽现实的手段和方法的复杂体系"③。

巴赫金认为，言语体裁无论是对人们意识的形成，还是对人们理解和掌握现实，都具有十分重要的作用。表述的典型形式即言语体裁存在于人的内部世界中，因此，"人的意识具有用以观察和理解现实的一系列内在的体裁。一种意识具有丰富的体裁，另一种意识贫乏些，这取决于这种意识的意识形态环境如何"④。这实际上是说，语言是意识形态符号，个人是意识形态大厦的住户而不是建造者，因此他的内在体裁丰富与否取决于意识形态环境，实际上也就是语言环境，因为语言就是意识形态符号，没有语言符号，意识形态也无从产生："社会的人处于意识形态现象、不同类型和范畴的物体—符号——实现形式极为多样和不同的词语，有声的、书面的及其他的科学见解，宗教象征和信仰，艺术作品及其他等等——的环境之中。这一切的总和组成人的意识形态环境，一种从各方面严实地包围着人的环境。正是在这种环境里生活和发

---

① 《巴赫金全集》第四卷，白春仁等译，河北教育出版社1998年版，第144页。
② 《巴赫金全集》第二卷，李辉凡等译，河北教育出版社1998年版，第288—289页。
③ 同上书，第289页。
④ 同上书，第289—290页。

展着人的意识。人的意识与存在的接触不是直接的,而是通过围绕着人的意识形态世界的介质进行的。"① 因此,内心言语体裁是否丰富,决定着一个人是否能看到现实和世界的丰富性。一个人如果内心只有一种言语体裁,那他就只能看到一种现实。因此,必须借助新的体裁,才能看到新的现实:"新的描绘方法使我们看到可见现实的新的方面,而可见事物的新的方面如不借助于把它们固定下来的新方法,就不能看清和真正进入我们的视野。"② 与荒诞不经的故事相比,小说体裁的结构逻辑使我们看到现实的新的方面以及它的独特逻辑。"因此,体裁是集体把握现实,旨在完成这一过程的方法的总和。通过这种把握掌握现实的新方面。"③ "须知,困难不在于掌握新的内容,而在于表现原则和方法本身。新的不是所看到的东西,而是看的形式本身。"④ 巴赫金后来在论述狂欢体这一文学体裁对陀思妥耶夫斯基的影响时又特别指出言语体裁的这一特点:"转化为文学语言的狂欢节诸形式,成了艺术地掌握生活的强大手段;成了一种特殊的语言,这个语言中的词语和形式是有异常巨大的象征性概括的力量,换言之就是向纵深概括的力量。生活中许多重要方面,确切地说是许多重要层次,并且是深处的层次,只有借助这个语言,才能发现、理解和表达出来。"⑤ 只有狂欢体才能表现流动变化的狂欢节的世界感受。

二 诗歌的托勒密世界和小说的伽利略世界

巴赫金虽然志在研究言语体裁,但言语体裁的丰富性使他不可能研究所有的言语体裁,而只能研究他所熟悉的文学体裁,尤其是长篇小说体裁。他通过将长篇小说与诗歌进行比较揭示出这两种文学体裁所构建的不同世界。

在巴赫金看来,诗歌的各种体裁所构建的是只有一个中心的统一而又唯一的托勒密世界。在诗歌体裁中,所有的因素都是为了用来表达作

---

① 《巴赫金全集》第二卷,李辉凡等译,河北教育出版社1998年版,第123—124页。
② 同上书,第290页。
③ 同上书,第291页。
④ 同上书,第160页。
⑤ 《陀思妥耶夫斯基诗学问题》,白春仁等译,三联书店1988年版,第220页。

者的意图这一中心："在各种诗歌体裁中，艺术意识（指作者一切意念和情味的整体）把自己完完全全地体现在自己的语言中；对语言来说它整个是内在的东西；它在语言中是直接表现自己的，没有保留也没有退居一旁。诗人的语言是他自己的语言，诗人始终不可分地存在于这语言之中；他利用语言的每一个词形、每一个词、每一个词汇，都为了直接的目的（所谓不加括号的目的），换言之，是纯然直接地表现自己的意图。"① 为了表达作为中心的作者意图，诗人必须选择导向统一的无可争议、无可怀疑、无所不能的语言，而不是对话式的多中心多语言相互质疑的杂语，只有这样才能构建以作者为唯一中心的托勒密世界："在诗作里，语言是作为无可争议、无可怀疑、无所不能的语言来实现自己的，诗人观察一切，理解一切，思考一切，无不通过这个语言的眼睛，通过这个语言的内部形式；其中没有任何东西是需要他人语言的帮助才能表现出来的。诗歌体裁的语言，是统一的而又唯一的托勒密世界，这个世界之外是一无所有，也一无所需。说有许多个语言世界，都同样是为人理解的和富于表现力的世界，这一思想是诗歌风格所根本不能接受的。"② "有一个统一的又是唯一的语言，对于实现诗歌风格中个人的直接意志，对于实现诗歌风格一贯始终的独白性，是不可缺少的条件。"③

作为诗歌体裁之一种，史诗的世界就是一种既是统一的又是唯一的完成了的托勒密世界。巴赫金认为："史诗的世界，是民族英勇的过去，是民族历史的根基和高峰构成的边界，是父辈和祖先的世界，是先驱和精英的世界。"④ 这注定了作为后代人的诗人只能以一种虔敬的态度歌颂作为先驱和精英的先辈和祖先，因此，"史诗中内在的作者意向，作为史诗基本要素的作者意向（即讲述叙述人的意图），实为一个讲述者叙述他所无法企及的过去时代的意向，实为后代人一种虔敬的意向。"⑤ 在巴赫金看来，史诗中只有一个单一的意向，那就是作者对先

---

① 《巴赫金全集》第三卷，白春仁等译，河北教育出版社1998年版，第65页。
② 同上书，第65—66页。
③ 同上书，第66—67页。
④ 《巴赫金全集》第二卷，李辉凡等译，河北教育出版社1998年版，第515页。
⑤ 同上书，第516页。

辈的虔敬，这造成了史诗在价值和时间上的绝对完成和封闭，史诗因而是一种绝对定型、非常完善的体裁形式，"它的一个基本特征，就是把它所描绘的世界归属于绝对过去的时代，归属于包含民族根基和高峰在内的过去。绝对的过去，这是一个特殊的评价（等级）范畴。对于史诗型世界观来说，根基、先驱、创始人、祖先、从前有过等等，都不是纯粹的时间范畴，而是评价兼时间范畴；这是评价和时间的最高级，既用于史诗世界的人身上，也用于史诗世界的一切事物和现象上；在这个过去之中，一切都是好的；所有确实好的东西（先驱），只存在于这个过去之中。史诗的绝对过去，即使对以后各时代来说，也是一切美好事物的唯一源泉和根基。"①

巴赫金在比较诗歌语言和小说语言的不同时，认为诗歌只需要一个价值中心，一个声音，那就是作者的声音，作者的语言，"当这些要求接近了自己的修辞顶峰时，诗歌体裁的语言常常变得霸道、教条、保守，拒绝标准语外社会方言的影响。所以在诗歌的土壤上才可能出现这类念头：应有一个专门的'诗语'、'神圣的语言'、'诗神的语言'等等。很能说明问题的是，诗人自己如果不赞成这个标准语的话，更可能是幻想人为地创造出一种新的专门诗语，却不愿意去运用现实中实有的社会方言。社会上不同语言当是客体的、典型化的语言，只用于社会的某一局部，有局限性。而人为创作的诗歌语言，则是直接表现意向的、无可争议的、统一而又唯一的语言。"② 这种创造专门的诗歌语言的现象存在于 20 世纪初的俄国，当俄国的小说家们对社会方言及故事体表现出极大兴趣的时候，以巴尔蒙特、伊凡诺夫为代表的象征主义诗人及后来的未来主义诗人却想创造出一种特殊的诗歌语言，未来主义诗人赫列布尼可夫甚至将之付诸实践，创造了无意义诗歌。巴赫金认为："创立一种特殊的诗语思想，同样反映了托勒密式的对语言修辞世界的见解。"③ 这是一种典型的诗语乌托邦："创造一种特殊的统一又唯一的诗语，这个念头是典型的乌托邦式的诗语哲学。"④ 当然，巴赫金所说的

---

① 《巴赫金全集》第三卷，白春仁等译，河北教育出版社 1998 年版，第 517—518 页。
② 同上书，第 67—68 页。
③ 同上书，第 68 页。
④ 同上。

这种诗语乌托邦不仅仅出现于 20 世纪初的俄国，在其他民族的文学实践中也普遍存在着这种语言的乌托邦冲动。这种诗语乌托邦冲动和小说通过积极的语言意识让现实生活中各种活生生的、有着各自相互不能取代的价值的社会方言形成相互映照的对话关系，进而塑造语言形象大不相同。因此，"如果说在诗歌土壤上产生一种关于诗体的乌托邦哲理，即这样一种思想：诗语是纯粹属于诗的、同日常生活隔绝的、超历史的语言——上帝的语言；那末文艺小说更亲切的，是另一种思想，即需要历史上具体存在着的活生生的语言。"① 在这里，巴赫金明确地将诗歌领域中创造一种理想而又唯一的上帝式的诗歌语言称为"语言的乌托邦"。语言的乌托邦策略实际上是希望能克服语言的分化，重新建立一种理想而又唯一的语言，一种上帝式的语言，具体的表现就是建立一种专门的、理想的诗歌语言，以便建立一个只有一个中心的托勒密世界。

与诗歌的各种体裁所构建的统一的而又唯一的托勒密世界相比，小说所构建的则是多中心、多样化、流动变化和相对的伽利略和爱因斯坦式的世界："如果说在诗歌的土壤上产生出一种关于诗体的乌托邦哲理，即这样一种思想：诗语是纯粹属于诗的、同日常生活隔绝的、超历史的语言——上帝的语言；那么文艺小说更感亲切的，是另一种思想，即需要历史上具体存在着的活生生的多种语言。小说要求能特别感觉得到话语身上那种历史的和社会的具体性和相对性，也就是语言同历史进程和社会斗争的紧密关系。"② 这不是利用单一意向语言所构建的单中心的封闭的托勒密世界，而是利用相互积极映照对话的杂语所构建的多中心的、开放的伽利略世界："在多种语言与文化相互积极映照的过程里，语言完全变成了另一种东西，它的质发生了变化：过去是统一的又是唯一的闭锁型的托勒密式的语言世界，如今出现了开放型的许多语言相互映照的伽利略式世界。"③ 在谈到陀思妥耶夫斯基的复调小说时，巴赫金认为，这种复调小说所建构的是一个爱因斯坦式的多元世界："一个多元的世界展现在眼前，这里不只有一个，而是有许多个视点

---

① 《巴赫金全集》第三卷，白春仁等译，河北教育出版社 1998 年版，第 117 页。
② 同上书，第 117 页。
③ 同上书，第 486 页。

(就像在爱因斯坦的世界里）。"①

在巴赫金看来，这种小说所需要的伽利略式的语言观建立在一种积极的语言意识基础之上，这种积极的语言意识导致了语言自我意识的产生。在《文学作品语言》(1954)一文中，他认为文学语言应该是具有自我意识的语言："文学不单是对语言的运用，而是对语言的一种艺术认识（如同语言学对它的科学认识一样），是语言形象，是语言在艺术中的自我意识。"②所谓语言的自我意识，指的是语言不仅仅满足于作为不成问题的顺手的交际和表达的手段和工具，同时还是语言自身加以描绘和探讨的对象："语言在这里不仅仅是为一定对象和目的所限定的交际和表达的手段，它自身还是描写的对象和客体。"③ 文学语言的这种自我意识目的是通过对各种语言现象进行描绘，探索各种语言表现丰富复杂的现实和思想、情感世界的潜力："文学反映了言语交际的全部多样性和复杂性，提供了新质和新维度的语言，把语言的全部表达潜力与思想、感情和现实结合起来。"④

应该指出的是，巴赫金所说的语言自我意识不同于诗歌领域中语言乌托邦所设想的诗歌语言的自我指涉性和不及物性，而是小说中将不同语言做同等重要的探索语言表现思想、感情和现实的不可替代的独特视角和方法体系，这种语言意识说到底是一种杂语意识。这是一种语言相对主义，它不承认唯一的语言，而是认为所有的语言都是观察和理解世界的独特视角和方法："具体表达着社会思想的语言意识，如果变成了创造的积极意识，即文学的积极意识，就会发现自己是被杂语包围着，发现自己绝不是统一的和唯一的语言，绝不是无可争议不容置疑的语言。文学上积极的语言意识，在一切时候一切地方（在我们所知的历史上的一切文学时代），发现的都是多种'语言'，而不是一个语言。它所面临的，是必须选择语言。在自己每一次的语言文学创作中，这个语言意识都要在杂语中辨别方向，在其中占据一定的立场，选择某种

---

① 《巴赫金全集》第四卷，白春仁等译，河北教育出版社 1998 年版，第 347 页。
② 同上书，第 273 页。
③ 同上书，第 276 页。
④ 同上书，第 281 页。

'语言'。"① 因此，在巴赫金的理论体系中，语言的自我意识实际上指的是对语言中各种杂语如何理解、观察现实世界、构建思想世界的探索，而不是诗歌领域中的语言乌托邦所认为的那种把语言当做语言的自我意识。在巴赫金那里，语言是及物的："词生活在自身之外，生活在对事物的真实指向中。假如我们彻底从这一指向里抽象出来，那末我们手中就只剩下词的赤裸裸的尸体了；凭这具尸体，我们丝毫也不能了解词的社会地位和它的一生命运。在语言自身中研究语言，忽视它的身外指向，是没有任何意义的……"② 正因为如此，语言才被看做观察世界的视角。在我们和世界之间，存在着语言这一中介，我们通过这一中介观察世界。当然，这不是索绪尔作为抽象的体系的语言，而是建立在言语体裁基础之上的活生生的言语，只有这些活生生的言语才能成为具有丰富的思想内涵的观察世界的独特视点："我们所说的语言，不是抽象的语法范畴构成的体系，而是有思想内容的语言，是作为世界观的语言，甚至是作为具体意见的语言。"③ "杂语中一切语言，不论根据什么原则区分出来的，都是观察世界的独特视点，是通过语言理解世界的不同形式，是反映事物含义和价值的特殊视野。"④

这种以杂语意识为内容的语言自我意识不同于诗歌领域中语言乌托邦的那种语言自我意识。在巴赫金看来，在诗歌中，不存在独立的主人公的语言和思想观点，而只有诗人的语言和观点，因而不存在他人语言即杂语问题。这并不是说，诗人存在于杂语世界之外，不是这样的。诗人也存在于杂语世界之中，并且敏锐地意识到各种各样他人的语言即杂语，但诗人并不承认杂语世界的合理性，他要创造一种理想的唯一的诗的语言。"为此诗人把词语中的他人意向抽掉，只使用这样的词语和形式，而且使用的方法一定要让它们切断自己同语言材料的一些特定意向、一些特定语境的联系。在诗歌词语背后，不应该感觉出各种体裁（除诗歌体裁本身）、各种职业、各种流派（除诗人自己的流派）、各种世界观（除诗人自己那统一的和唯一的世界观）所具有的典型的和客

---

① 《巴赫金全集》第三卷，白春仁等译，河北教育出版社1998年版，第76页。
② 同上书，第73页。
③ 同上书，第49页。
④ 同上书，第72页。

体的形象；也不应该感觉出典型的或个别的说话人的形象、他们讲话的姿态、典型的语调。所有进入作品的一切，都必须完全淹没在里面，忘记过去在他人语境中的生活；语言只能记得自己在诗歌语境中的生活（这里也可能有具体地引用和反映其他作品情形）。"[1] "狭义的诗语要接触自己的对象，也得透过笼罩在对象身上的他人话语。诗语先就发现杂语事实的存在，而后则应该努力创造出（不是获得现成的）统一的语言和纯净的意向。不过诗语接近自己对象的途径，创造统一语言的途径（在这条道路上诗语不断地遇上他人话语，相互识别）只局限在创作过程中，后来便中止不见了，正像建筑完成后拆除脚手架一样。这样完成的诗作，已是一种统一的集中于表现事物的话语——关于'处女'世界的话语。诗作语言获得这种纯净的单声、毫不保留的坦率意向，是付出了代价的：诗语不能不带有一定的假定性。"[2] 正因为如此，诗人即便在讲起他人时，也不利用更符合他人世界的他人的语言及其意向，而是用自己的语言。由于抽掉了语词中的他人意向，由于不利用他人语言，在诗中就不存在他人的语言，而只有诗人自己的语言："诗人的语言是他自己的语言，诗人始终不可分地存在于这一语言之中；他利用这语言的每一个词形、每一个词、每一个语汇，都为了直接的目的（所谓不加括号的目的），换言之，是纯然直接地表现自己的意图。不管诗人在创作中体验了怎样呕心沥血的'选词之苦'，在写好的作品中语言总是完全与作者意图相符的得心应手的工具。"[3] 在巴赫金那里，诗歌风格始终是独白性的、单声的，在里面只有诗人一个价值中心，诗歌所构建的是以诗人的意向为中心的托勒密式的只有一个中心的世界。当然，这并不是说诗歌中就没有矛盾、冲突和疑问，但这都限定在表现对象即思想感情之中，而不会表现在诗歌语言中。诗语存在着两重甚至多重的意思，这是诗语不同于概念语言和术语的地方。但是，诗语的双重乃至多重意思并不分属于不同的价值中心，并形成对话关系，它们实际上是属于同一个价值中心，同一个声音，同一个语调体系的："诗语形

---

[1] 《巴赫金全集》第三卷，白春仁等译，河北教育出版社 1998 年版，第 78 页。
[2] 同上书，第 117 页。
[3] 同上书，第 65 页。

象的多重含意，倒是要求只有一个统一的实实在在的声音，要求这个声音在自己的语言中孑然一身。"① 如果诗语形象中闯进另一种他人的声音、他人的语气、他人的视角，诗语形象便受到破坏，并由诗语形象转变成小说语言形象，成为对话化了的双声语。巴赫金举普希金的诗体小说《叶甫盖尼·奥涅金》中讲述连斯基的一节诗加以说明：

> 他听任爱情摆布，唱着爱情。
> 他的歌是那么清晰，
> 像无邪少女的心思，
> 像婴儿的梦，像月轮……

这是连斯基的歌唱，是连斯基的声音，是连斯基的诗，但这一节诗却又是作者加以引用的，因而又出现了作者的声音，这里实际上并存着两个独立的声音：连斯基的声音和作者的声音。因此，它不是诗语形象而是小说形象，即双声语形象。

在巴赫金看来，最能体现杂语这一语言自我意识的是长篇小说体裁。巴赫金是这样界定长篇小说的："长篇小说作为一个整体，是一个多语体、杂语类和多声部的现象。"② "长篇小说是用艺术方法组织起来的社会性杂语现象，偶尔还是多语种现象，又是个人独特的多声现象。"③长篇小说包括以下这些言语体裁及类型：

1. 作者直接的文学叙述（包括所有各种各样的类别）；
2. 对各种日常口语叙述的摹拟（故事体）；
3. 对各种半规范（笔语）性日常叙述（书信、日记等）的摹拟；
4. 各种规范的但非艺术性的作者话语（道德的和哲理的话语、科学论述、演讲申说、民俗描写、简要通知等）；
5. 主人公带有修辞个性的话语。④

因此，长篇小说实际上包含了社会上各种言语类型和体裁，包括各

---

① 《巴赫金全集》第三卷，白春仁等译，河北教育出版社1998年版，第114页。
② 同上书，第39页。
③ 同上书，第40—41页。
④ 同上书，第40页。

种社会方言、各类集团表达习惯、各种职业行话、各种文体语言、各代人及各种年龄人的语言、各种文学流派的语言、社会上权威人物的语言、一时摩登的语言、一日甚至一时的社会政治语言，等等。总之，包括了社会上存在的所有言语现象。这些各种各样、五彩缤纷的言语现象（杂语）通过作者的语言、叙述人的语言、穿插的文体以及人物语言进入长篇小说的布局结构统一体之中，构成不同言语现象间的对话关系。

在巴赫金那里，长篇小说中的杂语并不是简单地混杂在一起的，必须有一种积极的语言自我意识去发现各种杂语都是相互不能取代的观察和理解现实世界的独特的视角和方法，并加以比较，才能形成小说的对话世界。在巴赫金看来，语言就其本质而言总是充满了各种各样的他人的意向，本身就是杂语。除了神话传说中亚当和夏娃之外，我们每个人所使用的都是现成的充满他人意向的语言，每个人实际上都同社会上所存在的各种言语类型打交道，但并非每个人都能自觉地意识到这一点。巴赫金举例说，假设有这么一个农夫，他远离市镇，天真地相信他的日常生活是不可动摇的。置身于这样一种简单生活中的农夫其实也处于几个语言体系之中，对上帝祷告时他用教堂斯拉夫语，唱歌则又用另一种语言，在家里说话又用一种语言，求人办事又用公文语言。从抽象的社会方言学特征来看，这是四种不同的社会方言。不过，这些语言在农夫的语言意识中并不存在对话和比较、映照关系，他也意识不到这些社会方言的不同，更意识不到它们分别代表着不同的价值和世界，他只是本能地不加思考地使用着这些社会方言。对他来说，这些社会方言都是无可置疑的，每种社会方言在他的内心世界里也都有无可争议的位置，他能自动地从一种社会方言转向另一种社会方言，就像从一个房间转向另一个房间一样。这些社会方言在他的内心中相安无事，不产生争论，不形成对话，他自然也不会把这些方言加以比较，用一种社会方言来思考另一种社会方言。这位农夫可以说没有任何语言意识。事实上，巴赫金虽然没有明说，但我们完全可以说，社会上的大多数人，或更确切地说，这些大多数人在大多数时刻都和这位农夫一样没有任何积极的语言意识，虽然他们生活在杂语世界中，为杂语所包围，并运用其中数种不同的社会方言。然而，"一旦我们这位农夫的意识中，不同的语言以批评的眼光相互映照起来，一旦发现它们不仅是不同的语言，而且是构成杂语现象的语言,与这些语言密不可分的思想体系及对世界的态度都是互相对立的,绝非和平相伴,一旦如此,这些语言的无可争议、天经地义便站不住脚了,于是开始了在不同语言之中的积极的选择活动。"[1] 这时候语言的积极意识就开始出现了。有了这种积极的杂语意识,长篇小说才有可能出现。因此,所谓语言的积极意识说到底就是意识到各种言语类别虽然是千姿百态的,在形态上存在着极大的差别,但依然是可以比较的,那就是,它们都被看做"观察世界的独特的视点,是通过语言理解世界的不同形式,是反映事物含义和价值的特殊视野。以这样的身份出现,它们全能相互比较,能够相互补充,相互对立,相互形成对应式的对话关系。它们以这样身份相遇和共存于人们的意识之中,而首先是在小说艺术家的创作意识之中。它们以这样的身份,实际生活在社会杂语之中,在其中斗争着,成长着。因此它们全都能够进入到长篇小说的一个共同层面上去,小说则可以兼收对各种体裁语言的讽刺性模拟,可以用各种形式摹拟和表现种种职业语言、流派语言、几代人的语言、社会方言(例如英国的幽默小说)。所有这一切,都可被小说家取来用于组织他的多种题材的合奏曲,用于折射(不是直接)式地表现他的意向和评价。"[2]

那么,需要什么样的条件才能产生这种积极的语言意识呢?巴赫金从社会的语言分化和个体意识的觉醒两方面加以考察。

先说个体意识的觉醒问题。在巴赫金看来,每个人的思想意识和世界观的形成都离不开他人话语,思想意识和世界观的形成就是有选择地掌握他人话语并和他人话语展开对话的过程。在人的思想意识和世界观的形成过程中,"他人话语已经不是什么信息、指示、规矩、范例等等之类的东西;它力求规定我们世界观的基础、我们行为的基础,它在这里以专制的话、具有内在说服力的话出现"[3]。专制的话语和具有内在说服力的话语既有着深刻的区别,但又可以结合在一起,但这种既具有专制的力量又有内在说服力的他人话语是很少见的:"思想形成过程通

---

[1] 《巴赫金全集》第三卷,白春仁等译,河北教育出版社1998年版,第77页。
[2] 同上书,第72页。
[3] 同上书,第128页。

常有个特点,就是上述两个范畴的截然分离:专制的话(宗教的、政治的、道德的语言,父亲、成年人、教师的话等等)对人的意识来说不具有内在的说服力;而有内在说服力的话,又没有专制的地位,没有任何权威者支撑,常常根本得不到社会承认(社会舆论、官方科学、评论界),甚至是不合法的。思想话语中这两个范畴的斗争和对话性的相互关系,通常便决定着一个人思想发展的历史。"① 专制话语要求我们无条件地掌握它,我们对专制话语只能要么肯定要么否定。专制话语表现着专制性、权威性、传统性、普遍性、官方性等内容,它是与积极的杂语意识相抵触的,所以,它很少成为艺术描绘的对象,在小说中是很少见到成功地表现官方专制的真理和善良的形象的。因此,能促使个人意识中积极的语言意识的只能是具有内在说服力的他人话语:"与外在专制性的话语不同,具有内在说服力的话语在人们首肯的掌握过程中,同人们'自己的话语'紧密交融。平时在我们的意识中,有内在说服力的话语,总是半自己半他人的话语。它的创造力就在于能唤起独立的思想和独立的新的话语,在于从内部组织我们的话语,而不落到孤立和静止状态中。与其说我们阐释这种话语,不如说它是自由地进一步发挥,适应新的材料、新的环境,同新的语境相互映照阐发。不仅如此,它还同具有内在说服力的其他话语,紧张地相互作用,相互斗争。我们思想观念形成过程,这是形诸话语的不同思想观点、角度、派别、评价在我们意识中紧张斗争,夺取统治地位的过程。具有内在说服力的话语,它的意义结构是开放而没有完成的;在每一种能促其对话的语境中,它总能展示出新的表意潜力。"② 正是内心意识这种和他人具有内在说服力的话语的对话性争斗中,个体形成了积极的语言意识,它使个体意识到不同的具有内在说服力的他人话语之间的紧张的相互作用、相互斗争、相互对话,同时也促使个体形成自己具有独立思想的新的话语。在这一过程中,具有内在说服力的他人话语成了思考和考验的对象。个人话语或者产生于他人话语,或者是受他人话语的对话式诱发而产生,它迟早要摆脱他人话语的桎梏,形成自己独特的话语和观念世

---

① 《巴赫金全集》第三卷,白春仁等译,河北教育出版社 1998 年版,第 129 页。
② 同上书,第 132—133 页。

界，这样，曾经具有内在说服力的各种他人话语及其观念世界开始成为思考和考验的对象。在这一过程中，个体意识尽管仍然同受到揭露的具有内在说服力的话语交谈，但这种交谈已经变成质问，"把它置于一种新境地以便揭示它的弱点，找到它的疆界，感觉出它的客体性。因此这样的风格摹拟，常常变成讽刺摹拟，不过倒不是笨拙地讽刺，因为曾经具有内在说服力的他人话语，会起而反抗，时常能摆脱任何讽刺性摹仿的语调。在这个基础上产生出深刻的双声性和双语性的小说形象；这些形象体现了同曾经左右作者的有内在说服力的那个他人话语的斗争（例如普希金笔下的奥涅金、莱蒙托夫笔下的毕巧林即是）。"[1] 因此，个体意识中自觉而又积极的语言意识说到底是发现不同话语（即杂语）的对话性，发现人类语言的对话本质：不同语言间的对话其实是不同思想世界的对话。

就社会而言，语言的分化是个体获得积极的小说杂语意识的另一前提条件。如果只有一种唯一的和统一的语言，就不会有小说的杂语意识。这种语言分化就其实质而言是一种语言的相对主义，认为不同的语言（包括不同的民族语言和同一民族语言中的不同的社会性语言）会构建不同的思想世界和真理："小说表现了伽利略式的语言观，后者摈弃了只有唯一和统一的语言这种绝对看法，也就是不认为自己的语言世界是思想世界里唯一的语言和意识中心，相反意识到存在着众多的民族语言，特别是众多的社会性语言；后者全都同样能够成为'表现真理的语言'，又全都同样是属于各社会集团、职业和生活领域的相对的客体性和局限性的语言。小说所必需的一个前提，就是思想世界在语言和含义上的非集中化；文学意识在观念思维中失去无可争议的唯一的语言环境，却陷入一个语言范围内的多种社会性语言之中，一种文化（希腊文化、基督文化、新教文化）范围内、一个文化和政治世界（希腊化诸国、罗马帝国等等）范围内的多种民族语言之中，因之必须在某种程度上失去语言的依托。"[2] 这种表现出语言相对主义观念的语言分化首先是指同一民族语言内部标准语的分化。在巴赫金看来，标准语虽

---

[1] 《巴赫金全集》第三卷，白春仁等译，河北教育出版社1998年版，第135页。
[2] 同上书，第135页。

然有统一的共同的抽象的语言特点,但在具体指物表意和情味方面却是分裂的,并形成各种各样各不相同的杂语。也就是说,从纯粹的语言形式上看,这些杂语是统一的,是属于同一语言体系的,它们都具有这一语言体系所有的一切抽象的形式特征,但在具体的指物述事、表情达意上却各不相同,表现出各自对世界不同的观察和理解的视角。这种分化首先是密切相关的语言的体裁分野和职业分野。所谓的体裁分野是指论辩的演说、政论、报章体、俗文学体裁和严肃文学体裁等的分野。在这一分野中,"语言的这些或那些成分,会带上这些体裁的特殊韵味;它们同这些体裁的独特的观点、角度、思维方法、细腻情味融合为一体"①。与体裁分野交错相连的是语言的职业分野,二者时分时合。所谓语言的职业分野是指语言可以按职业区分为律师、医生、商人、政治家和人民教师等语言。"这些语言的区别,当然不仅仅在语汇上;它们有着表达意向的特定方式、具体地理解和评价事物的方法。"② 更重要的是标准语中的社会性分化,这种社会性分化当然不是指破坏共同标准语抽象的语言统一体,而是指首先,由不同的指物含义和表情视野所决定的社会性分化;其次,具有重要社会价值的世界观把语言的不同意向潜力分化出来为自己所用,以独特的方式使这些语言潜力实现自己的意志潜力。由于这种语言的社会性分化,不仅每一具体历史时刻,每一社会阶层中的每一代人,甚至每一年龄层次,都有自己的语言,自己的词汇,自己的情调体系。"总而言之,语言在自己历史中的每一具体时刻,都是杂样言语同在的;因为这是现今与过去之间、以往不同时代之间、今天的不同社会意识集团之间、流派组织等等之间各种社会意识相互矛盾又同时共存的体现。'杂语'中的这些语言以多种多样方式交错结合,便形成了不同社会典型的新'语言'。"③ 这些杂语因为都是观察世界的独特视点,因而是可以产生对话关系的:"不同'语言'(不管是什么样的语言)之间是可能产生对话关系的(一种特殊的对话关系),也就是说它们可能被看作是观察世界的不同视角。"④ 巴赫金认为,不管导致语言

---

① 《巴赫金全集》第三卷,白春仁等译,河北教育出版社 1998 年版,第 69 页。
② 同上。
③ 同上书,第 71 页。
④ 同上书,第 75 页。

分化的社会力量如何不同，这些分化的杂语都力图以自己的语调和意向充实语言。语言的这种分化是长期的、社会的。"由于所有这些分化力量作用的结果，语言中不再存在任何中立的、'没主儿'的词语和形式了。语言整个被瓜分了，渗进了种种意向和语调。对于生活在语言之中的人的意识来说，语言并不是用规范形式组织起来的抽象的系统，而是用杂语表现的关于世界的见解。所有的词语，无不散发着职业、体裁、流派、党派、特定作品、特定人物、某一代人、某种年龄、某日某时等等的气味。每个词都散发着它那紧张的社会生活所处的语境的气味；所有词语和形式，全充满了各种意向。"① 在巴赫金那里，一种杂语之所以被看做语言，是因为它代表着观察世界的不同视角，而不是因为它有自己独特的语言形式。事实上，这些杂语在抽象的语言形式上是相同的："我们立论的出发点，是承认标准语在抽象的语言学（方言学）意义上是统一体。"② 语言的这种意识形态而非抽象形式上的分化所导致的非集中化，正是小说的杂语意识得以产生的土壤："小说中表现出来的非集中化，即话语和思想世界不再归属于一个中心，作为前提条件要求有严格区分出来的社会集团，它应该同其他社会集团处于紧张而重要的相互作用之中。然而一个封闭的阶层、等级、阶级，就其内在统一而稳定的核心来说，如果不发生分化也不失去自己内在的平衡和自足状态，就不可能成为小说发展的有利的社会土壤。……必须让杂语充溢于文化意识之中，充溢于文化意识的语言之中，钻进它的核心；必须把表现思想和文化的基本语言体系相对化，铲除它那天真幼稚的不可争议性。"③

但是，单单是民族标准语言内部的社会分化还不够，它还不足以成为促使语言意识相对化并使之转到小说轨道上来的足够充分的社会力量。因此，不应该封闭在本民族语言内部，而应该感到本民族语言事实上处于其他民族语言的包围之中。这种作为其他民族语言的杂语虽然并不渗透到本民族标准语和体裁中，但由于其他民族语言作为一种比较参照标准而存在，它会加剧标准语内部的社会分化，加强和深化民族标准

---

① 《巴赫金全集》第三卷，白春仁等译，河北教育出版社1998年版，第74页。
② 同上书，第75页。
③ 同上书，第156页。

语内部的杂语性，从而削弱拘束着语言意识的传统和传说的威力，瓦解同语言有机地联系在一起的民族神话体系，最终彻底破除话语和语言带来的神奇魔幻的感觉。正因为如此，巴赫金认为："同他族的文化和语言（这两者是互为依存的）密切接近，不可避免地导致意向和语言的分离、思想和语言的分离、情态和语言的分离。"① 这就是说，由于和他民族语言的比较，语言和意向、思想、情态之间的任意性和假定性显露了出来，本民族语言不再被认为是天然合理的语言形式。人们突然发现，别的民族虽然不使用自己所使用的语言，但这并不妨碍他们观察、理解世界，构建出一个虽在内容上和自己本民族语言所构建出来的世界不完全一样但同样井然有序的意义世界。这时候，由因为封闭而认为本民族语言天然合理、不可置疑，进而认为由这种天然合理的语言所构造的有关本民族的传说、神话体系、传统价值不可置疑、天然合理的观念坍塌了，人们开始认识到世界有着许多不同的语言，有着许多不同的民族神话和价值标准及中心，"这便从根本上打消了语言的神力感，而这种感觉所依赖的基础是思想意义和语言的绝对融合；这也将引起强烈的语言界限感——社会的界限、民族的界限、意义的界限；语言要展示出他自有的人的特性；在语言词语、形式、风格的背后要显露出民族典型的、社会典型的面孔，显露出说话人的形象；而且是指在语言所有层次的背后（无一例外），包括意向性最强的层次，即在思想领域的一切崇高文体的语言背后。语言（确切说是众多的语言）本身便成为艺术上完整的形象——人的典型的世界感受和世界观的形象。过去语言是思想和真理的唯一无可争议的体现者，现在只表示几种假设中的一种思想。"② 小说就是在这种杂语环境中产生的，在希腊化和罗马帝国时代，由于普遍的杂语化而出现了欧洲长篇小说的萌芽，而欧洲近代小说的繁荣也与杂语相联系。在近代欧洲社会中，"语言和思想的稳定联系出现解体；与此相反，无论在标准语内外，语言的杂语性又都得到加强和意向化。"③ 这直接促进了欧洲近代小说的发展与繁荣。

---

① 《巴赫金全集》第三卷，白春仁等译，河北教育出版社 1998 年版，第 157 页。
② 同上书，第 158 页。
③ 同上书，第 159 页。

从巴赫金的论述来看，小说体裁所构建的是一个世界观和价值分化的世界，这是一个相对的、多元的、开放的、流变的、对话化的、未完成的世界，一个既是伽利略式的，又是爱因斯坦式的世界。显然，这是一个近现代的世界，小说在近现代得以繁荣反过来说明了这一事实。而诗歌体裁所构建的是世界观和价值观尚未分化的统一和封闭的世界，这个世界只有一个世界观和价值中心，是一个托勒密式的世界，这是一个古代的世界，一个已经完成了的世界，诗歌的黄金时代在古代反过来证实了这一点。

从以上分析看，巴赫金敏锐地发现了现代社会语言分化与世界观、价值观分化之间的密切联系，并试图在社会方言、言语体裁和世界观、意识形态之间建立一种稳定的联系，认为不同的社会方言和言语体裁通向不同的世界观和意识形态，这为现代文体研究提供了一种新的方法。这种方法在他的批评实践中是卓有成效的，依据这种方法写成的《陀思妥耶夫斯基诗学问题》和《拉伯雷的创作与中世纪和文艺复兴时期的民间文化》在学术界享有盛誉。我们应该看到言语体裁与世界观和意识形态之间所固有的联系，但不应看做言语体裁与世界观和意识形态具有决定性的关系，而是一种相互的联系。事实上，巴赫金在《陀思妥耶夫斯基诗学问题》一书中就认为，与复调小说构建对话的、未完成的、开放的、矛盾复杂的思想世界不同，独白小说所构建的是一个作者独白的单向性的思想世界，这说明言语体裁与世界观、意识形态虽有联系，但不是一一对应的决定关系。

第二章

"情生于文""辞后意"等的语言世界观阐释

第一节 "情生于文"和"意随笔生"

一 创作中"情生于文"和"意随笔生"现象

在讨论诗歌的独特性时，谢榛提出了"辞后意"这一概念。通过这一概念，他揭示了诗歌语言在言意关系上的独特性："辞意相属而不离""句意双美"。

那么，体现诗歌语言独特性的"辞后意"是如何产生的呢？谢榛在《四溟诗话》中认为，"辞后意"是"情生于文"和"意随笔生"的结果："诗有辞前意、辞后意。唐人兼之，婉而有味，浑而无迹。宋人必先命意，涉于理路，殊无思致。及读《世说》：'文生于情，情生于文。'王武子先得之矣。"① "有客问曰：'夫作诗者，立意易，措辞难，然辞意相属而不离。若专乎意，或涉议论而失于宋体；工乎辞，或伤气格而流于晚唐。窃尝病之，盍以教我？'四溟子曰：'今人作诗，忽立许多大意思，束之以句则窘，辞不能达，意不能悉。譬如凿池贮青天，则所得不多；举杯收甘露，则被泽不广。此乃内出者有限，所谓辞前意也。或造句弗就，勿令疲其神思，且阅书醒目，忽然有得，意随笔生，而兴不可遏，入乎神化，殊非思虑所及。或因字得句，句由韵成，出乎天然，句意双美。若接引泉而潺湲之声在耳，登城望海而浩荡之色盈目。此乃外来者无穷，所谓辞后意也。'"② 并以其创作经历加以说

---

① 谢榛：《四溟诗话》，人民文学出版社1998年版，第23页。
② 同上书，第116页。

明:"予因古人送穷二作,即于切要处思得一联:'穷自有离合,心何偏去留。'借此为发兴之端,遂以尤韵择其当用者若干,则意随字生。便得如许好联。及其错综成篇,工而能浑,气如贯珠,此作长篇之法,久而自熟,无不立成。心中本无些子意思,率皆出于偶然,此不专于立意明矣。"①

但是,由于文学创作中"文生于情"历来被推崇,谢榛的这种"情生于文"和"意随笔生"主张往往被简单地称为形式主义。自刘勰主张"为情造文",反对"为文造情"② 以来,"为情造文"一直是中国古代文论的主流观点。而"情生于文"则用来指文学欣赏中读者的感情生成,即刘勰所说的"观文者披文以入情"③,刘熙载所说的"作者情生文,斯读者文生情"④,如用"情生于文"来讨论文学创作则被认为是形式主义。

然而文学创作过程中确实存在"情生于文"这一现象,"情生于文"也确实如谢榛所说的那样,能创造出"辞意相属而不离""句意双美"的作品。和谢榛同时的王世贞在《艺苑卮言》中就认为,情生于文虽然不易说清,但却是普遍存在的:"王武子读孙子荆诗而云:未知文生于情,情生于文?此语极有致。文生于情,世所恒晓。情生于文,则未易论。盖有出之者偶然,而览之者实际也。吾平生时遇此境,亦见同调中有此。又庚子嵩作《意赋》成,为文康所难,而云:正在有意无意之间。此是遁辞,料子嵩文必不能佳。然有意无意之间。却是文章妙用。"⑤ 创作中的这种现象不仅普遍存在于中国作家的创作之中,而且普遍存在于国外作家的创作之中。法国著名诗人瓦雷里就认为:"诗是一种语言艺术;字词的一定组合能产生一种其他组合不能产生的情绪,我们可把它称为诗的情绪。"⑥ 并引用自己的创作经历加以说明:"我的一首诗《海滨墓园》起于一种节奏感,一种十音节(分成前四后

---

① 谢榛:《四溟诗话》,人民文学出版社1998年版,第127页。
② 刘勰著,范文澜注:《文心雕龙》(下),人民文学出版社1998年版,第538页。
③ 同上书,第715页。
④ 李天纲等编:《刘熙载卷》,上海文艺出版社2010年版,第28页。
⑤ 丁福保辑:《历代诗话续编》(中),中华书局1983年版,第990—991页。
⑥ 袁可嘉等编:《现代主义文学研究》(下),中国社会科学出版社1989年版,第840页。

六）的法语诗行的节奏而在我心中开始的。然而究竟用什么来充实这种形式，我心里却没有一点谱。逐渐地有几个闪动跳跃的字进入这种形式中，接着主题慢慢形成了，我的劳动（一种长期的劳动）就在面前。我的另一首诗《女巫》当初是由一行不请自来的八音节的诗句发展而来的。然而这行诗蕴含着一个句子，它是其中一部分；如果这个句子有了，那他就会引出许多别的句子。——我这首诗的片段犹如一个有生命力的片段那样活动着，因为落入我的愿望和酝酿着的思想的这种环境之中以后（这种环境无疑是丰腴的），它便开始增生，补缺：补足了它前面的几行诗，增加了后面的好多行诗。"① 英国唯美主义作家王尔德也认为："真正的艺术家不是从情感到形式，而是从形式到思想和激情。他绝不是先有了一种思想，然后对自己说：'我要把我的思想变成十四行复杂的诗律'，而是由于意识到十四行诗这种结构的美，才构思出某种音乐模式和节奏手段，同时这种纯粹的形式启示着他要填写些什么、以及如何使它趋于理性的和情感的完整。"② 钱锺书在《谈艺录》中评王渔洋和后七子"有声无字"时引用席勒与友人书："作诗灵感，每非由于已得题材，新意勃生；乃是情怀怦然有动，无端莫状，而郁怒喷薄，遂觅取题材，以资陶写。故吾欲赋诗，谋篇命意，常未具灼知定见，而音节声调已先荡漾于心魂间。"③ 席勒所说的也是创作中"情生于文"和"意随笔生"这一现象。既然古今中外都有诗人提到这一现象，说明这一现象在诗歌创作中是普遍存在的，值得深入研究。

二 作为创作准备的阅读中的"情生于文"

然而，情为何能生于文？意为何能随笔而生？谢榛和这些诗人并没有说明。在我看来，借助语言世界观理论，或许能将这一问题说清楚。

语言世界观论一反语言工具论，认为蕴含着民族文化价值、内涵以及世界观、人生经验等内容的语言具有构建性。语言工具论一般认为语言仅仅是一种描述先于它的世界、表达先于它的思想感情的工具。作为

---

① 袁可嘉等编：《现代主义文学研究》（下），中国社会科学出版社1989年版，第854—855页。
② 赵澧、徐京安主编：《唯美主义》，中国人民大学出版社1988年版，第174—175页。
③ 钱锺书：《谈艺录》，中华书局1984年版，第607页。

工具，它显然没有它所要描述和表达的对象重要。在中国古代，这种语言工具论观点在庄子那里得到了最为完整的表达。在庄子看来："可以言论者，物之粗也；可以意致者，物之精也。"① 既然言只能表达物之粗，不能表达物之精，那么就不应该重视语言："世之所贵者书也，书不过语，语有贵也。语之所贵者意也，意有所随。意之所随者，不可以言传也，而世人因贵言传书。世虽贵之，我犹不足贵也，为其贵非其贵也。"② 语和书既不足贵，它们充其量只是表达意的工具，相对于意，它是次要的，所以应得意忘言："筌者所以在鱼，得鱼而忘筌；蹄者所以在兔，得兔而忘蹄；言者所以在意，得意而忘言。吾安得夫忘言之人而与之言哉。"③

然而，如果语言仅仅是工具，那么，通过不断地学习和改进，人类应该能熟练地掌握并能自如地用它来描述世界，表达人类的思想感情，就不会存在庄子所说的言不尽意的问题。因此，仅仅把语言当做一种描述和表达的工具是不全面的。实际上，作为人类文明的最主要载体，语言还负载着民族的世界观、价值观念、理想、情感、思想和经验等丰富的民族文化内涵。作为民族文化内涵的载体，语言引导和构建了后人的世界观、主观经验和文化世界。由于先于个人的语言已经积淀着丰厚的民族文化内涵，个人不可能不顾及语言的这些内涵而随心所欲地自由表达自己的主观意图，因而才出现语言运用中的言意矛盾和言不尽意等问题。

如前所述，语言世界观理论最初在德国语言学家洪堡特那里得到了较为完整的阐述。在他看来，我们是通过语言所形成的概念去认识外在对象并形成世界观的，而任何一种具体的语言都是民族语言，都有特定的世界观和价值观，都引导后人形成相应的文化价值、理想、情感、思想和经验，构建人的思维和内在的精神世界。它不是一般的工具，而是思想的器官。一提起语言的构建性，人们往往会产生误解，以为主张语言的构建性就是主张语言构建整个世界，包括物质世界。其实，从上引

---

① 陈鼓应注译：《庄子今注今译》（中），中华书局1999年版，第418页。
② 同上书，第356页。
③ 陈鼓应注译：《庄子今注今译》（下），中华书局1999年版，第725页。

洪堡特等人的论述看，所谓语言的构建性指的是作为思想器官的语言对世界观、主观经验和文化世界的构建，语言世界观的基本观点就是语言构建我们的世界观念和思维方式。认为语言构建我们的世界观念和思维方式并不是说世界的唯一实在是语言，而是说我们存在于语言世界之中，我们关于世界的知识和经验均取决于我们的语言，我们说什么语言影响着我们如何观察、感受、描绘世界以及对世界的看法（世界观），影响着我们对自我的认识、经验的构成和价值观。对于这一观点，除了以上介绍的语言学家和哲学家之外，还有不少哲学家均有过精彩的论述。美国语言哲学家约翰·希尔勒认为，语言即世界并不意味着语言创造出物质现实，而是说，我们是通过语言的切分来描绘和体验现实，获得有关现实的意象和经验的。维特根斯坦早就指出，人们获得关于三角形的经验离不开几何学术语，这就意味着一个人即便具有视觉器官，如果没有几何学术语，就不会获得几何学意义上的三角形经验。法国哲学家利科尔也认为："和我思的传统、通过瞬时的直观来认识自己的主体的要求相对照，应该说，我们只有通过积淀在文化作品中的人文标记的漫长弯路才能认识我们自己。如果没有由文学贯通并带到语言中来的那些东西，我们会认识爱和恨、道德感和一般说来一切我们称作自我的那些东西吗？"[①] 在利科尔看来，和认识论哲学所持的观点不同，作为认识主体的我并不能凭空运思，而是在积淀在语言中尤其是文学语言中的爱和恨、道德感等概念的引导下运思并形成有关自我的观念的，自我及其经验世界实际上是由语言构建的。

其实，不独狭义的语言构建人的世界观、主观经验和文化世界，广义的语言，即中国古代所谓的"文"（文化符号和仪式）亦构建人的世界观、主观经验和文化世界。王夫之就认为："情文之互相生起也，久矣。情生文者文为轻，文生情者文为重。思慕笃而祭行焉，情生文者也；思慕易忘，而因昭格之顷，感其洞洞属属之心，以思成而不忍致，文生情者也。故禘所自出之帝，祖其始封之君，思慕不逮，而洋洋如在者，百世如旦夕焉。祭之为用大矣！而恶可以情所不逮，

[①] 保罗·利科尔：《解释学与人文科学》，陶远华等译，河北人民出版社1987年版，第146—147页。

遂弃其文邪?"① 在王夫之看来,作为"文"的祭礼仪式可以让人产生对祖先的孝敬之情,或者说,正是在祭奠仪式中,对祖先的孝敬之情油然而生,这是"文"对人性的构建。王夫之的观点和卡西尔认为人是符号动物,人受其自身所创立的文化符号所构建的观点是一致的。当然,相对于卡西尔,王夫之更强调动态之文(祭奠活动)的构建作用。

在我看来,只有从语言世界观理论的构建论出发,才能较为准确地理解谢榛"辞后意"的真正内涵。先于个人的语言积淀着民族世界观、文化价值、理想、情感、思想和经验,并因而反过来引导个人形成相应的世界观、文化价值、理想、情感、思想和经验,这样一种语言观其实早已不自觉地隐含在谢榛的论述中。谢榛在提出"辞前意"和"辞后意"的区分后,批评"宋人必先命意,涉于理路,殊无思致",认为王武子的"文生于情,情生于文"的说法才道出了"辞后意"的真正内涵。王武子的这一观点出自《世说新语》"孙子荆除妇服,作诗以示王武子。王曰:'未知文生于情,情生于文。览之凄然,增伉俪之重'"②,说的是孙楚服完妻子之丧后,写诗表达丧妻的悲痛之情:"时迈不停,日月电流。神爽登遐,忽已一周。礼制有叙,告除灵丘。临祠感痛,中心若抽。"③ 王武子读后,内心凄然,更加珍重夫妻之情。在这里,王武子的"文生于情,情生于文"道出了人类主观情感经验世界形成的奥秘。一方面,人类的主观情感经验是现实境遇的产物,是人的心灵感于物的结果,文所表达的就是这一类感情,因而是"文生于情"。正因为如此,中国古代文论普遍强调作家感于物而动,形成了系统的物感说。《礼记·乐记》认为:"凡音之起,由人心生也;人心之动,物使之然也。感于物而动,故形于声。"④ 刘勰认为:"春秋代序,物色之动,心亦摇焉。——是以诗人感物,联类不穷,流连万象之际,沉吟视

---

① 王夫之:《宋论》,中华书局2012年版,第229页。
② 徐震堮:《世说新语校笺》,中华书局1999年版,第138页。
③ 同上。
④ 张少康等编选:《先秦两汉文论选》,人民文学出版社1996年版,第260页。

听之区。"①"人禀七情,应物斯感,感物吟志,莫非自然。"② 钟嵘在《诗品》中也说:"气之动物,物之感人;故摇荡性情,形诸舞咏。"③ 另一方面,人的世界观和主观的情感经验世界凝聚、积淀在语言文本之中,引导读者自觉地形成相应的情感经验,如后来刘熙载所说的:"作者情生文,斯读者文生情。"这就是"情生于文",用语言构建论的话来说,是语言文本中的情感经验世界引导读者形成相应的情感经验世界。正因为如此,不仅不同的民族语言所塑造出来的人类情感经验世界和世界观是不一样的,即便在同一民族语言内部,由于不同的作家受到民族语言内部的不同的社会方言、不同的作家及流派语言所凝聚的不同的情感经验世界和世界观的塑造,每个作家所形成的情感经验世界和世界观也是不同的。孙楚在《庄周赞》中是这样评价庄子妻亡不哭,反而鼓盆而歌这一行为的:"妻亡不哭,亦何所欢? 慢吊鼓缶,放此诞言。殆矫其情,近失自然。"④ 显然,孙楚是受《楚辞》等文本语言重情传统的塑造,而不是道家"形如槁木,心如死灰"式的"无情"文本语言的塑造,因而才在妻子死后写诗悼念,并因而塑造了王武子的情感世界。

也许有人会说,人类的情感是生而有之的,与语言无关。这种观点看似有道理,其实并不能真正理解人类的情感世界的奥秘。人类生而有之的,是与本能密切相关的欲望,情感则是欲望的升华。欲望的升华离不开文明的陶冶,而人类文明主要积淀在语言文本中,读者只有通过阅读语言文本,为其中所积淀的文明所陶冶,才能使他的欲望升华为情感。基于生理欲望基础之上的欲望和经验只有被某种语言表达之后才变成一种自觉的情感和经验,并获得合理性。语言是社会的,这意味着语言里积淀着社会经验与社会理性,个人的模糊、隐秘的本能和欲望只有被社会性的语言所引导和表达,才会获得合理性、合法性,为社会所容纳。这就是"情生于文",即语言文本所凝聚的情感经验引导并塑造、提升读者的情感和经验世界。这就是王武子所说的"增伉俪之重",也

---

① 刘勰著,范文澜注:《文心雕龙》(下),人民文学出版社1998年版,第693页。
② 刘勰著,范文澜注:《文心雕龙》(上)人民文学出版社1998年版,第65页。
③ 吕德申:《钟嵘诗品校释》,北京大学出版社1986年版,第35页。
④ 严可均辑:《全晋文》,商务印书馆1999年版,第630页。

就是拉·罗福什科尔所说的，如果人们从来不曾读过爱情字眼的话，就没有人会堕入情网之中。因为爱情和性本能是不同的，没有语言的引导，随着性生理的成熟，性本能和欲望自然会产生，例如动物，但人类的爱情，如果没有前人的爱情语言的引导，确实是不可能产生的。王武子就是因为读了孙楚的悼亡诗之后而"增伉俪之重"的。当代作家张中行深有体会地说："写，要有动力，那是情意，所谓'情动于中而形于言'，言之前要情动于中。动情，也许是纯本能的吧？但又不尽然。这要看动的是什么情，怎样动。见美食想吃，见美女想娶，求之不得，馋涎欲滴，辗转反侧，是情动于中，甚至扩张为行，像是不学而能，如果竟是这样，当然可以归入本能一类。至于像'感时花溅泪'，'安得（读仄声）元龙百尺楼'，'惟有长江水，无语东流'，'雁过也，正伤心，却是旧时相识（读仄声）'，这类情动于中，至少我看，是读过书本之后才有，或才生长、凝结并变为鲜明的。这样说，熟读诗词，我们的所学，就不只是表达情意的方法，而且是培养情意的路径，就是说，使粗的变为细的，浅的变为深的，杂乱的变为单纯的，流动的变为凝固的，模糊的变为鲜明的，也要学，就是多读熟读。"[1] 在张中行看来，见美食想吃，见美女想娶，求之不得，馋涎欲滴，辗转反侧，是不学而能的本能，但不是见到所有的异性都想娶，而是只想娶某一异性，不是见到所有食物都想吃，而是觉得只有中餐或西餐才好吃，不是觉得所有饮料都想喝，而是只想喝茶或咖啡，那是来自于语言中的文化观念的熏陶，是"文生于情"。与本能相关的各种情感尚且如此，那么，远离本能的各种情感，即非生活所必需的像是可有可无的幽微之"闲情"就更离不开传统文学语言中相应的情感世界的构建了。在张中行看来，这种作家所要表达的既真、厚、正又痴的幽微之情不同于本能欲望，它是由先人的文学语言所构建的。

如前所述，谢榛是用王武子"文生于情，情生于文"来注释他的"辞后意"的，因此，对"辞后意"的理解，不能脱离王武子的这段话。结合语言构建论的观点，从读者角度看，我认为，"情生于文"首先指的是经典文学文本的文学语言对读者情感经验世界的构建。从这一

---

[1] 张中行：《诗词读写丛话》，人民教育出版社1992年版，第218页。

角度看,谢榛的"辞后意"是民族世界观、文化价值、理想、情感、思想和经验已经凝聚、积淀在文学语言之中,成为语言无意识,后人在阅读这些文学文本时不自觉地获得了相应的世界观、文化价值、理想、情感、思想和经验。在这里,是文学语言和文本引导并构建读者的情感经验世界,读者的情感经验世界是因"辞"(语言)而产生的,因而是"辞后意"。

对于大多数作家来说,在其成为作家之前,他首先是一个读者。作为读者,他也经历了这种语言构建论意义上的"情生于文",即在阅读传统文学本中由传统文学文本的语言构建自己的情感经验世界。正是在这一意义上,谢榛强调复古,强调诗人应多读历史上凝聚、积淀着真性情的文学作品。因为在谢榛看来,好的诗歌都是人的真性情的抒发:"《三百篇》直写性情,靡不高古,虽其逸诗,汉人尚不可及。"[1] 他推崇杜甫的"读书破万卷,下笔如有神"这一观点,并在《四溟诗话》中前后两次加以引用:"汉人作赋,必读万卷书,以养胸次。《离骚》为主,《山海经》、《舆地志》、《尔雅》诸书为辅。又必精于六书,识所从来,自能作用。……命意宏博,措辞富丽,千汇万状,出有入无,气贯一篇,意归数语,此长卿所以大过人者也。"[2] "《世说新语》:徐孺子九岁时,尝月下戏,或云:'若令月中无物,当极明邪?'子美诗'斫却月桂树,清光应更多'意祖于此。造句奇拔,观者不觉用事。所谓'读书破万卷,下笔如有神',杜老不欺人也。"[3] 在他看来,读书能用前人文学文本中的"辞后意"涵养作者胸次,从而使作者在创作中达到"命意宏博,措辞富丽,千汇万状,出有入无,气贯一篇,意归数语"的"下笔如有神"的自由境界。当然,在谢榛那里,要真正获得含糊而又真切的"辞后意",就不能什么都读,而要精选那些经典的文学文本来阅读:"自古诗人养气,各有主焉。蕴乎内,著乎外,其隐见异同,人莫之辨也。熟读初唐、盛唐诸家所作,有雄浑如大海奔涛,秀拔如孤峰峭壁,壮丽如层楼叠

---

[1] 谢榛:《四溟诗话》,人民文学出版社1998年版,第3页。
[2] 同上书,第62页。
[3] 同上书,第96页。

阁，古雅如摇瑟朱铉，老健如朔漠横雕，清逸如九皋鸣鹤，明净如乱山积雪，高远如长空片云，芳润如露蕙春兰，奇绝如鲸波蜃气：此见诸家所养之不同也。学者能集众长，合而为一，若易牙以五味调和，则为全味矣。"①"历观十四家所作，咸可为法。当选其诸集中之最佳者，录成一帙，熟读之以夺神气，歌咏之以求声调，玩味之以哀精华。得此三要，则造乎浑沦，不必塑谪仙而画少陵也。夫万物一我也，千古一心也，易驳而为纯，去浊而归清，使李杜诸公复起，孰以予为可教也。"② 在谢榛那里，所谓"养胸次""养气""夺神气"就是在经典文本语言的情感经验和价值观的引导下，自觉地形成、构建自己的情感经验世界，这种被提升了的情感经验既纯且清，是一种虚静的纯审美的心灵世界，因而宇宙森然万物、古往今来纷繁万事都得以以各自本来面目真切地呈现在我的心灵世界之中，形成浑沦含糊有深厚传统审美意蕴的"辞后意"。清代文论家刘大櫆也持这样一种观点："记得多，便可生情。"因此，"学者求神气而得之于音节，求音节而得之于字句，则思过半矣。其要只在读古人文字时，便设以此身代古人说话，一吞一吐，皆由彼而不由我。烂熟后，我之神气即古人之神气，古人之音节都在我喉吻间，合我喉吻者便是与古人神气音节相似处，久之自然铿锵发金石声。"③ 这种对传统艺术文本的重视，即便在以创新为旗号的现代美学及艺术理论中亦可以看到。杜威在《艺术即经验》中强调："一部艺术作品的范围是由被有机地吸收进此时此地的知觉之中的过去经验因素的数量和多样性来衡量的，这些因素的数量和多样性给艺术作品提供其实体和暗示性。它们常常来自于一些过于隐秘而无法以有意识记忆的方式来辨识的源泉之中。因此，它们创造出一种艺术品出没于其中的灵韵与若隐若现。"④ 在杜威看来，艺术品若隐若现的灵韵来自无法以有意识记忆的方式来辨识的隐秘的传统文本，因此，对传统文本的吸收是艺术创作的前提。

---

① 谢榛：《四溟诗话》，人民文学出版社1998年版，第69页。
② 同上书，第80页。
③ 刘大櫆：《论文偶记》，人民文学出版社1998年版，第12页。
④ 杜威：《艺术即经验》，高建平译，商务印书馆2005年版，第134—135页。

三 创作过程中的"情生于文"和"意随笔生"

当然,一味的复古往往会导致像前后七子中许多诗人那样,刻意机械地模仿古人。这就决定了创作过程中的"情生于文"和"意随笔生"的情和意不只是传统文学文本所生之情和意,而且是作者所生之情和意,是传统文学文本所生之情、意和作者所生之情、意二者的"浑而无迹"的有机融合,这种融合产生于感兴(灵感)状态之中。因此,谢榛又强调新意:"《淮南王》曰:'王孙游兮不归,春草生兮萋萋。'陆机曰:'芳草久已茂,佳人竟不归。'谢朓曰:'春草秋更绿,公子未西归。'王维曰:'春草年年绿,王孙归不归。'诗人往往沿袭《淮南》之语,而无新意。孟迟曰:'蘼芜亦是王孙草,莫送春草入客衣。'此作点化而有余意。"① 强调悟:"体无定体,名无定名,莫不拟斯二者,悟者得之。措词短长,意足而止;随意命名,人莫能易。所谓信手拈来,头头是道也。"② 既悟之后,作者就不再被古诗的情感经验世界所束缚,而进入"随意命名""信手拈来,头头是道"的自由境界。因此,作诗决不是堆垛学问,而是凭悟性化解学问,使诗初看似乎是出于无心,却又暗合古人:"此无中生有,暗合古人出处。此不专于学问,又非无学问者所能到也。"③ 诗人一旦悟入,则大如宇宙万物,细如内心情感波澜,皆可以在诗中浑化为一体:"诗乃模写情景之具,情融乎内而深且长,景耀乎外而远且大。当知神龙变化之妙:小则入乎微罅,大则腾乎天宇。此惟李杜二老知之。……诗固有定体,人各有悟性。夫有一字之悟,一篇之悟,或由小以扩乎大,因著以乃乎微,虽小大不同,至于浑化则一也。"④ 定体即是诗的语言之规定和束缚,悟性即个人的创造性发挥。

在谢榛看来,诗人悟之后是兴的出现,是灵感的爆发:"有客问曰:'夫作诗者,立意易,措辞难,然辞意相属而不离。若专乎意,或涉议论而失于宋体;工乎辞,或伤气格而流于晚唐。窃尝病之,盍以教

---

① 谢榛:《四溟诗话》,人民文学出版社1998年版,第37页。
② 同上书,第80页。
③ 同上书,第94页。
④ 同上书,第118页。

我？'四溟子曰：'今人作诗，忽立许多大意思，束之以句则窘，辞不能达，意不能悉。譬如凿池贮青天，则所得不多；举杯收甘露，则被泽不广。此乃内出者有限，所谓'辞前意'也。或造句弗就，勿令疲其神思，且阅书醒目，忽然有得，意随笔生，而兴不可遏，入乎神化，殊非思虑所及。或因字得句，句由韵成，出乎天然，句意双美。若接引泉而潺湲之声在耳，登城望海而浩荡之色盈目。此乃外来者无穷，所谓'辞后意'也。'"① 在这种灵感状态中，耳听之声、目见之色、心蕴之情，随字、句、韵喷涌而出，是谓浑沦一体的"句意双美"的"辞后意"。之所以被称为"辞后意"，乃是因为它一方面是由经典文学文本语言触发而生的，另一方面又是字词的特定组合而生的，是"意随笔生"，而不是以笔表达作者先在的意。谢榛在《四溟诗话》中列举了他个人这种"意随笔生"的创作经历："凡作诗文，静室隐几，冥搜邈然，不期诗思蓬生，妙句萌心，且含毫咀味，两事兼举，以就与之缓急也。予一夕欹枕面灯而卧，因咏蜉蝣之句，忽机转文思，而势不可遏；置彼诗草，率书叹世之语云：'天地之视人，如蜉蝣然；蜉蝣之观人，如天地然；蜉蝣莫知人之有终也，人莫知天地之有终也。'"② 在这种创作状态中，随着语言的漫然涌动，文意也如泉水般滔滔汩汩随之而出。

这种"意随笔生"和"情生于文"的灵感状态不仅存在于中国作家的创作之中，也存在于外国作家的创作之中。在帕斯捷尔纳克的《日瓦戈医生》中，诗人日瓦戈灵感降临，在这时刻："主导力量不再是艺术家所表达的心态，而是他欲借于表达心态的语言本身。语言，美和意义的乡土，自己开始思考，说话……就象巨大的河流靠着自己的运动冲磨岩石带动机轮一样，语言之流在他流经之处按照自己的法则创造着韵律，创造着无数其他联系，这些联系甚至是更重要的，然而却始终还未被探索过，未被充分认识，未被命名。"③ 从谢榛对随笔（文）而生的"辞后意"的描述来看，这尚未被探索的联系包括语言与传统文化的关系，亦包括语言与作家当下独特个人境遇与人生体验的关系。如

---

① 谢榛：《四溟诗话》，人民文学出版社1998年版，第116页。
② 同上书，第68页。
③ 陈嘉映：《海德格尔哲学概论》，三联书店1995年版，第315页。

前所述，由于民族文化价值、理想、情感、思想和经验已如水中盐、蜜中花般融化在语言之中，二者合为一体而密不可分，成为语言无意识，后人日用而不知，未能从意识上清醒地认识到这种千丝万缕的关系，因而这种关系只能在优秀作家的创作中被唤醒和探索、命名。另一方面，作家当下独特个人境遇与人生体验也借此而融入深厚的传统之中，并建立一种新的关系，使传统变得更深厚、博大。因此正是在伟大诗人的心灵创造中，语言将已变成集体无意识的，以审美情感经验为核心的丰厚的民族文化和精神与诗人当下的独特人生境遇、情感体验相融通并和盘托出，才出现谢榛所说的建立在"外来者无穷"基础之上的"忽然有得，意随笔生""或因字得句，句由韵成，出乎天然，句意双美。若接引泉而潺湲之声在耳，登城望海而浩荡之色盈目"的感性现象，也才出现日瓦戈所说的"语言，美和意义的乡土，自己开始思考，说话"这一语言先导的现象。这一无穷的外来者即是经典文学语言中积淀的，已变成集体无意识的，以审美情感经验为核心的丰厚的民族文化内涵和精神与诗人当下的独特人生境遇、情感体验融通而产生的"辞后意"，它一方面接通民族的遥远历史，另一方面又面向作家当下独特的现实境遇和情感体验，因而是无穷的外来者。

这是从作者创作角度论述"辞后意"。这种"辞后意"是"意随笔生"，也是"情生于文"。那么，作家创作中为什么会出现"意随笔生"这一现象？为什么能因文生情？从语言构建性和文化传承性角度看，是因为文学语言积淀着本民族的审美文化内涵，这些传统的文学语言连同其中所积淀的民族文化内涵构建着作家的语言和审美经验。一旦这些语言及其审美文化内涵被有悟性的作家将它与他的当下独特的人生境遇以及情感体验相融通，便会出现不可遏止的感性活动（灵感和直觉）。在感性状态中，语言连同其中的传统文化内涵及其作家个人当下独特的境遇和情感经验如泉涌般自然而然地涌动出来，创造出浑厚自然的文学作品。因此，从创作角度来理解"情生于文"和"辞后意"与从读者角度来理解"情生于文"和"辞后意"，其内涵并不完全相同。从读者角度看，"情生于文"是用经典语言文本中的"辞后意"来构建读者的情感经验世界，是人性的形成，是本能的升华。而从创作角度看，如果过分地强调复古，就会泥古不化，忽视诗的创造性。这里存在着新与旧的融合，而真正的创造性则出现在这种新与旧的融合之中。对这种新与旧的融合，杜威在《艺术即经验》中有极为详细的分析："新与旧的交汇不仅仅是一个力的结合，而是一个再创造。在其中，当下的冲动获得形式与可靠性，而旧的、储存的材料真正复活，通过不得不面对新情况而获得新的生命与灵魂。"①"直觉是新与旧的相会，在其中相关的每种意识形式的调整是通过迅速而出乎意料的和谐的突然作用的结果，这种闪现出的和谐就像启示的闪光一样；尽管在实际上这是长期而缓慢地培育准备的结果。——无论如何，仅仅组织起来的意义的背景本身就能来自晦暗状态的情境变得清楚与明白。当旧与新碰到一道时，就像电磁极被调整出现火花一样，直觉就产生了。"② 在杜威看来，来自传统文本的旧的因素使晦暗的当下的冲动获得形式与可靠性，而来自传统文本的旧的因素则因面对新情况而获得新的生命与灵魂。在新与旧的融合中，标志着创造性的直觉和灵感的火花得以迸发。谢榛显然意识到了这一点，因此他又说："赋诗要有英雄气象：人不敢道，我则道之；人不肯为，我则为之。厉鬼不能夺其正，利剑不能折其刚。古人制作，各有奇处，观者当自甄别。"③ 但是他也看到，一味创新也会给诗歌创作带来弊病，这种弊病就是一味创新的作品往往缺乏浑厚自然的品格："务新奇则太工，辞不流动，气乏浑厚。"④ 这也就是杜威所说的，没有传统的创新只是内容单薄的怪异："熟悉的东西被吸收而成为沉淀物，在其中，新条件的种子或火花造成了一场骚动。在古老的东西没有被吸收之时，所产生的仅仅是怪异。但是，伟大的独创性的艺术家却将传统化为自身，它们不把传统拒之门外，而是对它们进行消化。"⑤ "尽管直接的接触与观察是必不可少的，但仅仅有这一点还不够。如果不具有关于艺术家在其中活动的关于艺术传统的广泛而多样的经验与知识，甚至具有独特气质的作品，也会相对单薄，并看上去奇怪。——这是因为，每一个伟大的传统本身都具有一个有组织的视觉习惯，一个有组织的整理与传达材

---

① 杜威：《艺术即经验》，高建平译，商务印书馆2005年版，第64页。
② 同上书，第296页。
③ 谢榛：《四溟诗话》，人民文学出版社1998年版，第107页。
④ 同上书，第93页。
⑤ 杜威：《艺术即经验》，高建平译，商务印书馆2005年版，第176页。

料的方法的习惯。在这个习惯进入到本身的气质与构造之中时，他成为一位艺术家心灵的基本成分，因此，对于自然的某些特殊敏感，就发展成为一种力量。"① 谢榛显然早已意识到这一问题，因此，他以浑厚自然的诗为上品，精工者次之："自然妙者为上，精工者次之，此着力不着力之分，学者不必专一而逼真也。专于陶者失之浅易，专于谢者失之鋸钉。熟能处于陶谢之间，易其貌，换其骨，而神存千古。子美云：'安得思如陶谢手？'此老犹以为难，况其他者乎？"② 在这里，所谓的"自然妙者"的典范是杜甫，杜甫一方面追求创新，追求"语不惊人死不休"，如谢灵运一般，但另一方面又凭悟性将之化为陶诗般的自然，这种自然不同于没有文化修养者的自然，而是将经典文本及其所凝聚、积淀的情感、价值、经验融化于自身当下的独特境遇和情感经验之中，使二者融为一体，创造出浑厚自然的诗歌。因此，"凡作诗要知变俗为雅，易浅为深，则不失正宗矣"③。因为俗即是浅，是缺乏传统文化积累，故不雅，不是正宗。在谢榛看来，杜甫很多诗句其实都是化用前人而又自出新意，因而显得浑厚自然："子美《秋野》诗：'水深鱼极乐，林茂鸟知归。'此适会物情，殊有天趣。然本于子建《离思赋》：'水重深而鱼悦，林修茂而鸟喜。'二家辞同工异。则老杜之苦心可见矣。"④ 杜甫的"水深鱼极乐，林茂鸟知归"既有传统所本（句式本于子建，情意本于庄子和陶渊明），又有作者当下独特境遇所触发的情感体验（适会物情）和苦心经营的自创新意，最后又以自然形态出现，是为浑厚自然的典范。在谢榛看来，唐代这种既有所本又有作者基于当下独特的境遇和情感体验而创新的浑厚自然的作品还有很多："苏子卿曰：'明月照高楼，想见余光辉。'子美曰：'落月满屋梁，犹疑照颜色。'庾信曰：'落花与芝盖齐飞，杨柳共春旗一色。'王勃曰：'落霞与孤鹜齐飞，秋水共长天一色。'梁简文曰：'湿花枝觉重，宿鸟羽飞迟。'韦苏州曰：'漠漠帆来重，冥冥鸟去迟。'三者虽有所祖，然青愈于蓝

---

① 杜威：《艺术即经验》，高建平译，商务印书馆2005年版，第295页。
② 谢榛：《四溟诗话》，人民文学出版社1998年版，第128页。
③ 同上书，第125页。
④ 同上书，第112页。

矣。"① 所以谢榛最喜欢盛唐诗:"作者当以盛唐为法。盛唐人突然而起,以韵为主,意到辞工,不假雕饰;或命意得句,以韵发端,浑成无迹,此所以为盛唐也。"②

从以上分析看,谢榛的"情生于文"和"意随笔生"一反传统的语言工具论,极大地突出了语言的构建性和创造性,在中国古代乃至世界诗学发展史上具有开拓性意义。

第二节 "辞后意"和"辞前意"

"情生于文"和"意随笔生"的结果是"辞意相属而不相离""句意双美"的"辞后意"的产生。谢榛通过"辞后意"和"辞前意"这对概念,揭示了诗歌语言不同于散文语言的独特性。

一 "辞后意"和"辞前意"提出的历史语境

谢榛提出"辞后意"和"辞前意"这两个概念的目的是要通过区别诗歌和散文来突出诗歌的独特性,这从他处处将"辞后意"和"辞前意"相比较中即可看出。关于"辞后意"和"辞前意",《四溟诗话》多次在相互比较中论及:"诗有辞前意、辞后意。唐人兼之,婉而有味,浑而无迹。宋人必先命意,涉于理路,殊无思致。及读《世说》:'文生于情,情生于文。'王武子先得之矣。"③"宋人谓作诗贵先立意。李白斗酒诗百篇,岂先立许多意思而后措词哉?盖意随笔生,不假布置。"④"有客问曰:'夫作诗者,立意易,措辞难,然辞意相属而不离。若专乎意,或涉议论而失于宋体;工乎辞,或伤气格而流于晚唐。窃尝病之,盍以教我?'四溟子曰:'今人作诗,忽立许多大意思,束之以句则窘,辞不能达,意不能悉。譬如凿池贮青天,则所得不多;举杯收甘露,则被泽不广。此乃内出者有限,所谓辞前意也。或造句弗就,勿令疲其神思,且阅书醒目,忽然有得,意随笔生,而兴不可遏,

---

① 谢榛:《四溟诗话》,人民文学出版社1998年版,第21页。
② 同上书,第13页。
③ 同上书,第23页。
④ 同上。

入乎神化,殊非思虑所及。或因字得句,句由韵成,出乎天然,句意双美。若接引泉而潺湲之声在耳,登城望海而浩荡之色盈目。此乃外来者无穷,所谓辞后意也。'"①

从以上所引述的话来看,谢榛是沿袭自南宋以来对盛唐诗与宋诗比较中理解"辞前意"和"辞后意的"。从南宋开始,就有人将宋诗与盛唐诗作比较,从中确立诗的标准。他们普遍认为,宋诗不如盛唐诗,理由是宋人以文为诗,宋诗实际上是一种有韵之文。这种比较暗含着一种将诗歌与散文分开,认为诗文标准不同的趋势。按照朱自清在《论"以文为诗"》一文中的说法,宋人之所以反对"以文为诗",是因为宋诗违背了风诗的抒情言志和温柔敦厚传统,所讨论的其实是诗文分界的问题。他们普遍认为,诗歌应抒情言志,且应温柔敦厚,直白地说理议论则是散文的事。张戒在《岁寒堂诗话》中就认为苏东坡和黄庭坚违反了诗歌的抒情言志传统,专注于用事押韵之工,虽"至矣尽矣,然究其实,乃诗人中一害,使后生只知用事押韵之为诗,而不知咏物之为工,言志之为本也,风雅自此扫地矣。"② 又认为诗坏于苏东坡的"以议论为诗"和黄庭坚的"以补缀奇字"为诗:"自汉、魏以来,诗妙于子建,成于李杜,而坏于苏黄。——子瞻以议论为诗,鲁直又专以补缀奇字,学者未得其长,而先得其短,诗人之意扫地矣。"③ 刘克庄则在《竹溪诗序》中认为,宋诗实际上是有韵的经义策论,不是真正的诗:"唐文人皆能诗,柳尤高,韩尚非本色。迨本朝则文人多,诗人少。三百年间,虽人各有集,集各有诗,诗各自为体;或尚理致,或负材力,或逞辨博。少者千篇,多至万首。要皆经义策论之有韵尔,非诗也。"④ 严羽在《沧浪诗话》中认为:"诗者,吟咏情性也。盛唐诸人惟在兴趣,羚羊挂角,无迹可求。故其妙处透彻玲珑,不可凑泊,如空中之音,相中之色,水中之月,镜中之象,言有尽而意无穷。近代诸公乃作奇特解会,遂以文字为诗,以才学为诗,以议论为诗。夫岂不工,终非古人之诗也。盖于一唱三叹之音,有所歉焉。——至东坡、山谷始自出

---

① 谢榛:《四溟诗话》,人民文学出版社1998年版,第116页。
② 丁福保辑:《历代诗话续编》,中华书局1983年版,第452页。
③ 同上书,第455页。
④ 蒋述卓等编:《宋代文艺理论集成》,中国社会科学出版社2000年版,第1051页。

己意以为诗，唐人之风变矣。"① 张戒、刘克庄和严羽均认为宋诗不如盛唐诗，原因是宋人以议论为诗，以文字为诗，以才学为诗，以己意为诗，以理为诗，是有韵之文，有违诗的吟咏情性和温柔敦厚的传统与本性。这一观点一直延续到明代。明代前后七子持论与张戒、刘克庄和严羽等人基本相同。其中前七子之领袖李梦阳观点最为典型，他在《潜虬山人记》中认为宋人无诗："夫诗有七难：格古，调逸，气舒，句浑，音圆，思冲，情以发之，七者备而后诗昌也，然非色弗神。宋人遗兹矣，故曰无诗。"② 又在《缶音序》中说："诗至唐，古调亡矣，然自有唐调可歌咏。高者尤足被管弦。宋人主理而不主调，于是唐调亦亡——夫诗比兴杂错，假物以神变者也。难言不测之妙，感触突发，流动情思。故其气柔厚，其声悠扬，其言切而不迫，故歌之心畅而闻之者动也。宋人主理，作理语，于是薄风云月露，一切铲去不为；又作诗话教人，人复不知诗矣。诗何尝无理，若专作理语，何不作文而诗为耶？"③ 李梦阳说得相当明白，议论说理是散文的事，与诗无关，宋人以理入诗，所以宋人无诗。作为后七子的重要人物，谢榛是在这种比较的基础之上进一步提出"辞前意"和"辞后意"这两个概念的。在他之前，除了李梦阳等少数人外，人们基本上只从情和理角度区分诗歌与散文，他则在此基础上进一步从言与意的关系上区分诗歌与散文。从他的原话看，诗意包括"辞前意"和"辞后意"两个方面。"辞前意"是指"涉于理路，殊无思致""所得不多""被泽不广""内出者有限"的语义单一的命意，也就是作文前作者的"立意"和"托讽"，是抽象直白的说理和议论。这是诗中"可解"的部分，其意与辞可以分离，辞只是表达先于它的作者之意的工具。"辞后意"则是随文而生的情，是随笔而生的意。这种"辞后意"因为是随文笔而生，所以"辞意相属而不离""句意双美"，属"不可解、不必解"，如"水月镜花"一般"婉而有味，浑而无迹"。在此，辞既是手段和工具，又是目的。虽然诗意包括"辞前意"和"辞后意"两个方面，但决定诗的质量的是"辞后

---

① 郭绍虞：《沧浪诗话校释》，人民文学出版社1983年版，第26页。
② 蔡景康编：《明代文论选》，人民文学出版社1999年版，第111页。
③ 同上书，第106页。

意"而不是"辞前意",因为谢榛评价很高的唐诗既有"辞前意",又有"辞后意",二者融合在一起,而他评价不高的宋诗只有"辞前意"。这里暗含着"辞后意"属于诗歌,"辞前意"属于散文这样一种观点,因为宋诗以文为诗,实际上是有韵之文,只有"辞前意",没有"辞后意"。

二 "辞后意"和"辞前意"的具体内涵

从语言世界观理论和现代诗学理论角度看,应该说,谢榛的"辞后意"和"辞前意"这对概念虽然没有经过详细的理论论证,但言简意赅,直指诗的本质,是很有见地的,是经得起理论检验的。许多欧美现代作家和理论家都持和谢榛类似的观点,但他们论证更详细,更有理论说服力,我们可以借助他们的论述来揭示谢榛的"辞后意"和"辞前意"这对概念所包含的理论内涵。

在法国,著名诗人和诗论家瓦雷里是通过将诗的语言和散文的语言(实用的语言)加以比较来确立诗的标准的。他首先在理论上假设一种现实中不存在的不包含任何散文成分的纯诗作为理想的标准:"在这种诗中,旋律毫不间断地贯穿始终,语意关系始终符合于和声关系,思想的相互过渡好像比任何思想更为重要,主题完全融化在巧妙的辞采之中。"① 在这里,"语意关系始终符合于和声关系"实际上就是谢榛所说的"句意双美""主题完全融化在巧妙的辞采之中"实际上就是谢榛所说的"辞意相属而不离"。这种理想的纯诗当然是不存在的,然而它的有无或多少却是评价一首诗有无诗意及诗意厚薄的标准。谢榛的"辞后意"相当于这种理想的纯诗,在谢榛看来,这种只有"辞后意"的诗歌也是不存在的,因为他所欣赏的唐诗也有"辞前意",但它的有无或多少却是评价一首诗有无诗意及诗意厚薄的标准。瓦雷里进一步认为,散文和诗歌的区别类似于走路和跳舞的区别:散文像走路,诗歌像舞蹈。走路和跳舞虽然都用同样的身体器官,但走路有一个明确的目的,一旦目的达到,走路行为本身也就被废除了,走路行为仅仅是手段,而不是目的;舞蹈虽也是一套动作系统,但这种动作的目的就在其

---

① 王忠琪等译:《法国作家论文学》,三联书店1984年版,第121页。

自身，它不是追求一个外在目的的手段，手段与目的在此合二为一。同理，散文与诗歌运用的是同样的语言，但二者有一个重大而关键的区别：散文突出语言的实用性，将语言当做表达先于语言的计划、愿望、需求和意见的工具和手段，这种语言一旦完成其使命，便几乎在说话的同时就挥发了，重要的是先于语言的计划、愿望、需求和意见，而不是语言。如同在走路中结果吞掉了原因，目的取消了手段一样，实用性的散文语言也是结果吞掉了原因，目的取消了手段。"结果，这种以被理解为唯一目的的语言的完美性就明显地决定于它被转变成另一种完全不同东西时的方便程度。"① 这意味着散文语言与其表达的内容是任意的，可以分离的，是可以解释和翻译的。这其实就是谢榛所说的可解的"辞前意"，它本来是散文表现的内容。诗歌则如同跳舞，语言并不是表达思想内容的工具与手段，而是目的，手段、工具与目的合二为一，二者不可分离。因此，"一首诗的价值在于音与义的不可分割性。""使我们感到在文字与概念之间有一种亲密无间的联系，这是诗人的事——这样一种状态是相当罕见的，在其中诗人们需要着、寻求着、有时是急切地期待着、或者最后达到了这种音与义紧密相联，实现了它们亲密无间、不可分离的结合。"② 这其实就是谢榛所说的诗中"辞后意"的"辞意相属而不离"的特点。因其"辞意相属而不离"，所以"不必解""不可解"。这种观点为西方近现代许多作家所持有。另一位法国诗人儒夫也认为："诗歌是所谓经过磁化并带有电荷的语言，既不同于口语，也不同于散文，思想与语言的高度统一，意义与文学符号的高度统一，大量心理活动现象的总和与富有吸引力的音节交替的高度统一，都要通过这种语言加以实现。"③ 他所强调的也是诗歌与散文在言意关系上的不同。英国诗人雪莱也认为，诗歌语言意与言的高度统一导致了诗的不可译："译诗是徒劳无功的；要把一个诗人的创作从一种语言译作另一种语言，其为不智，无异于把一朵紫罗兰投入熔炉中，以为就可

---

① 袁可嘉等编：《现代主义文学研究》（下），中国社会科学出版社1989年版，第848页。
② 同上书，第850页。
③ 王忠琪等译：《法国作家论文学》，三联书店1984年版，第332页。

以发现它的色和香的构造原理。"①

甚至连强调文学的介入功能的法国作家和哲学家萨特也认为，散文和诗歌的语言是不同的。散文的语言是功利性的实用符号，是表达某一客体、概念或真理的工具，本身并不是目的，人们完全可以得意忘言："散文艺术以语言为对象，它的材料自然是可表达的：就是说词首先不是客体，而是客体的名称。首要的不是知道词本身是否讨人喜欢或招人怨恶，而是它们是否正确指示世界上某些东西或某一概念，所以常有这样的事情：我们掌握了别人用语言教会我们的某一想法，却记不起用来传达这一想法的任何一个词。"② 但在诗歌领域，"诗人一了百了地从语言—工具脱身而出，他一劳永逸地选择了诗的态度，即把词看作物，而不是符号"③。这当然不是说诗的语言没有意义，而是意义融汇在语词之中。因此，"即便诗流连于词，犹如画家之于色彩，音乐家之于音符，这并不意味着词对于诗人而言失去了任何意义；事实上只有意义才能赋予词以语言一致性；没有了意义，词就会变成声音或笔画，四处飘散。只不过意义也变成自然而然的东西了；它不再是人类的超越性始终瞄准但用于达不到的目的；他成了每个词的属性，类似脸部的表情，声音和色彩的或喜或忧的微小意思。意义浇铸在词里，被词的音响或外观吸收了，变厚、变质，它成为物，与物一样不是被创造出来的，与物同寿。"④ "意义浇铸在词里，被词的音响或外观吸收了，变厚、变质"的结果当然是造就如谢榛所说的"辞意相属而不离""句意双美"的"辞后意"。

作家和诗人的这种观点被理论家所接受并加以理论总结。法国美学家杜夫海纳明确地指出，在散文中思想先于语言，语言是表达思想的顺手而有效的工具，本身并不具有独立性；而诗歌则通过语言来构造意义，在此，语言不是手段和工具，而是目的，有其感性的实质和光辉的意义不再是语词的词典意义，而是语词构成的新的意义，这种新的意义不再是单一的，而是丰富的、不确定的，是不能用概念性的语言解释

---

① 汪培基等译：《英国作家论文学》，三联书店1985年版，第94页。
② 施康强等译：《萨特文学论文集》，安徽文艺出版社1998年版，第79—80页。
③ 同上书，第74—75页。
④ 同上书，第75页。

的，是不能与产生它的语词相分离的："在这里，必须分清语言的两种形式和两种用法：散文和诗歌。在散文语言的日常使用中，思想似乎走在话语的前面；语言被看作一种非常顺手而有效的工具，以致在人们的使用中消失了。人们说话或听话时，谁也不去想字典和语法，它们通过词径直走向观念，词对他们来说只是一种不引人注目的、明显的、没有实质的存在。但是，如果他读诗，或者确切地说，是用对诗的应有的恭敬去朗诵诗，词对于他们便立刻有了实质和光辉，就这样，词因为自身或者因为给予读者的快乐而受到欣赏。词又还给自然，带有感性性质，又得到了自然存在的自发性。词摆脱了常用规则，互相结合起来，组成最意想不到的形式。同时，意义也变了，它不再是通过词让人理解的东西，而是在词上形成的东西，就像在那被触动过的水面上形成的皱纹一样。这是一种不确定的而又急迫的意义。人们不能掌握它，但可以感受到它的丰富性。它与其说引人思考，不如说让人感觉。这一意义包含在词中，就像本质包含在现象中一样。他就在那里，凝结在词之中，不能从词中抽象出来加以翻译或概念化。"① 杜夫海纳的这种区分和谢榛对"辞前意"和"辞后意"的区分是一致的。

　　法国文学理论家热奈特则把诗歌语言的这种言意不可分离及不可译的特征命名为不及物性，"之所以不及物，那是因为诗之言语的意义不可能脱离它的表达形式，不可能用其它言辞来表达，并由此注定永无休止地在其形式内获得在生产"②。这其实就是谢榛假客人所说的"辞意相属而不离"，因其不离，故"不可解、不必解"。苏联文学理论家洛特曼则从符号角度对此进行了分析，并将诗歌语言的这一特征扩展到所有的艺术语言，他认为："基于语言材料而创建出来的复杂艺术结构，使我们能够传送基本严谨的语言结构所难以传送的巨大的信息量。由此得知，特定的信息（内容）既不能脱离艺术结构而存在，更不能脱离艺术结构而得到传送。用普通语言去复述一首诗，原诗的结构便会受到破坏，从而他向接受者展示的，就是完全不同于原诗的信息量。如此看来，将艺术作品分为'思想—内容'与'艺术特点'两大块的方法，

---

①　沈奇选编：《西方诗论精华》，花城出版社1991年版，第330页。
②　《热奈特论文集》，史忠义译，百花文艺出版社2001年版，第105页。

即在我们学校中根深蒂固的思想方法,是出于对艺术性质的误解,极为有害,因为它反复向广大读者灌输有关文学的错误概念:文学就是将本来可以简洁表达出来的思想,用复杂、冗长的方式加以阐述而已。"①在这里,洛特曼认为,由复杂的艺术结构组织起来的文学语言不同于普通语言,它不仅蕴含着巨大的信息量,而且其复杂的信息量不能和由复杂的艺术结构组织起来的文学语言分离,就像生命与活组织体所具有的复杂生物机制不能分离一样。因此,强行将艺术作品分为"思想—内容"与"艺术特点"两大块的方法,是错误的。用谢榛的话来说,它本来就不可用普通语言来解释(不可解),因而也就不必解释(不必解)。

在德国,哲学家卡西尔则从普通语言(日常语言)与诗歌语言的比较中阐述诗歌语言的言与意、内容与形式不可分离这一特征,他认为:"诗人好像是把普通语言之石点化为诗歌之金。"②"能够如此,因为诗人有一种特殊的禀赋,能把日常语言的抽象的一般名称掷进诗的想象的熔炉,铸出新的样式,由此他能够表达一切具有无限细微差别的情感,欢乐和悲伤、愉悦和苦恼、绝望和狂喜等等别的方式不可及的和说不出的微妙的情感。——由此可知,我们称之为诗的意境的东西,是不能和他的形式区别开来。"③ 因此,"欣赏莎士比亚剧作的情节——并不意味着一个人理解和感受了莎士比亚的悲剧艺术。没有莎士比亚的语言,没有他戏剧言词的力量,所有这一切就仍然是平淡的。一首诗的内容不可能与它的形式——韵文、音调、韵律——分离开来"④。其所强调的也是谢榛所说的诗歌语言的"辞意相属而不离"以及由此而来的"不可解、不必解"的特征。另一位德国哲学家伽达默尔也认为抒情诗具有强烈的不可翻译性:"事实上作为极端例子的抒情诗的特性——它具有强烈的不可翻译性以致不失去它的所有诗意就不可能译成另一种语言——清楚地表明,用一种表述去代换或取代另一种表述的思想是不成

---

① 洛特曼:《艺术文本的结构》,王坤译,中山大学出版社 2003 年版,第 14 页。
② 卡西尔:《语言与神话》,于晓等译,三联书店 1988 年版,第 142 页。
③ 同上书,第 143 页。
④ 卡西尔:《人论》,甘阳译,上海译文出版社 1985 年版,第 198 页。

功的。"①

　　谢榛所说的诗歌语言的"辞意相属而不离"以及由此而来的"不可解、不必解"的特征，英美新批评主要代表人物克林思·布鲁克斯用"释义误说"来说明。所谓"释义误说"指的是诗是不能用散文语言来解释的。"释义误说"建立在二元论基础之上，它认为诗的内容和形式是可以分离的。这种二元论使批评家陷入了一种虚假的困境中，批评家要么被迫以政治、哲学或科学真理来解释诗，或者被迫从形式上来评论诗，形式被认为是包含内容的外壳，是工具。布鲁克斯认为，这样一种观点是错误的，因为诗是包含各种美的或丑的、有魅力的或无吸引力的、智性或非智性的等彼此并不能抵消对方内涵的矛盾的因素所构成的和谐的反讽结构，其中任何一个因素都是不能单独分离出来的。"一种思想感情的表现如果脱离产生它的时机和围绕着它的环境，却是无意义的。"② 因此，"任何一首优秀的诗歌都会反抗对它进行释义的一切企图"③。在诗歌中，"……意象和韵律并非仅是一些工具，可用以直接表现这种幻想出来的'能用一种释义表达的意义核心'。即使在一首最简单的诗中，它们的表达作用也并非积极而直接的。确实，无论我们抓住什么样的表述来体现那首诗的'意义'，其意象和韵律似乎会立即建立起那首诗的张力，曲解并扭伤它，限定并修改它"④。因此，"诗的'散文意思'并非诗的要素赖以依附的网架；它并不代表诗的'内在'结构，也不代表其'基本'结构或'真正'结构"⑤。因此，诗的内容和形式是不可分离的，将二者分离出来只能导致将诗看做一种宣传。新批评的另一代表人物燕卜荪也认为，诗歌意义的朦胧注定了它是不能用其他语言来解释的："从有关猫的例句中，这类朦胧所包含的重要意义是很难抽取的，即使你将它们抽了出来，也很难肯定自己的结果。它包含这样一种意义，人们想到它时会说，'当你有了更多生活体验时会发现诗人的意见不仅于此。'这种意义几乎是不可言传的。是超越于任何分

---

① 伽达默尔：《哲学解释学》，夏镇平等译，上海译文出版社1994年版，第87页。
② 赵毅衡编选：《新批评文集》，中国社会科学出版社1988年版，第201页。
③ 同上书，第191页。
④ 同上书，第192页。
⑤ 同上书，第193—194页。

析研究的。……在某种意义上它不可能以某种语言来解释，因为对任何不理解它的人来说，任何解释陈述都和原句同样难以理解；而对于一个理解它的人来说，任何陈述又失去意义，因为没有必要加以解释。"①

三　区分"辞后意"和"辞前意"的理论意义

通过将谢榛"辞后意"和"辞前意"这对概念与西方现代相关的诗学理论进行比较分析，我们发现，他的"辞后意"和"辞前意"实际上蕴含着丰富的理论内涵，在中国古代诗学思想发展史上具有重大的理论意义。

首先，"辞后意"突出了诗歌语言的最基本特征，即"辞意相属而不离"。它强调内容与形式的不可分离，强调"句意双美"。在谢榛那里，诗歌与散文的区别不仅仅是内容上的情与理的区别，也不仅仅是形式上的有韵无韵的区别，而是"辞后意"和"辞前意"的区别，是言意融合程度及完美性的区别。这一观点在中国诗学史上具有开拓性意义。受儒家"辞达而已"及庄禅"得意忘言""不立文字"传统的影响，中国古代作家及理论家历来不重视语言，仅仅把语言当做达意的工具，诗的最高境界是"但见性情，不睹文字"。因此，他们往往仅从情理或情理融合角度区分诗文及文学与非文学。只有严羽、李梦阳等少数人涉及语言问题。严羽认为："诗有词理意兴。南朝人尚词而病于理；本朝人尚理而病于意兴；唐人尚意兴而理在其中；汉魏古诗，词理意兴，无迹可求。"② 但在他那里，语言（词）并不是基础性的，因而他又反对以"文字为诗"。李梦阳认为诗应该"格古，调逸，气舒，句浑，音圆，思冲，情以发之"，但并未涉及言与意的关系。即便在谢榛提出这一观点之后，响应这一观点的作家及理论家也寥寥无几。贺裳在《载酒园诗话》中说："茂秦尝自设问答，曰：'夫作诗者立意易，措辞难，然辞意相属而不离。若专乎意，或涉议论而失于宋体；工乎辞，或伤气格而流于晚唐。'此真妙论。"③ 似乎认同谢榛的观点，其实对谢榛

---

① 燕卜荪：《朦胧的七种类型》，周邦宪等译，中国美术学院出版社1996年版，第4页。
② 郭绍虞：《沧浪诗话校释》，人民文学出版社1983年版，第148页。
③ 郭绍虞编选：《清诗话续编》（一），上海古籍出版社1983年版，第268—269页。

颇多苛责。在这之后叶燮在《原诗》中也只是沿袭司空图和严羽等人的思路阐述诗的独特性、整体性和不可解性："诗之至处，妙在含蓄无垠，思致微渺，其寄托在可言不可言之间，其指归在可解不可解之会，言在此而意在彼，泯端倪而离形象，绝议论而穷思维，引人于冥漠恍惚之境。"① 但依然忽视了诗是建立在语言基础之上的这一事实。事实上，诗是语言的艺术，没有了语言，再高妙的诗意也无从说起。因此，诗学必须以语言作为讨论的起点。

其次，"辞后意"这一概念摆脱了人们根深蒂固的语言工具观和内容形式二分论。语言工具观认为语言是表达先于语言的观念的工具，只看到语言的工具性，看不到语言的文化构建性和生成创造性。其实，语言（尤其是文学语言）除了工具性外，还有文化构建性和生成创造性。因此，文学作品的内涵除了作者明确意识到的先于语言的观念"辞前意"外，还有文学语言使用过程中所产生的作者未必十分明确意识到的"辞后意"，即随笔而生的意和随文而生的情，后者更为重要。法国诗人瓦雷里就认为："诗是一种语言艺术；字词的一定组合能产生一种其他组合不能产生的情绪，我们可把它称为诗的情绪。"② 这种字词的一定组合一方面可以构成基于音乐性之上的韵味，另一方面可以通过语境使字词产生新的意义，这是一种不同于字词的字典和逻辑意义的诗的意义，即谢榛所说的"辞后意"。由语言工具观衍生出来的内容形式二分论往往认为只有先于语言的观念"辞前意"才是内容，"辞后意"则是形式，这是混淆诗歌语言与非诗歌语言的必然结果。相比较而言，谢榛的"辞后意"更能道出诗歌语言的特征。他强调"辞后意"并非重内容轻形式，而是内容与形式并重。因为在他那里，意（内容）是随笔（形式）而生的，情（内容）是随文（形式）而生的，"辞意相属而不离"，内容与形式不可分离。而且，他用于论证其观点的唐诗也并非重内容轻形式。之所以给人以重内容轻形式的感觉，首先是因为谢榛有时候把理想的诗当做诗的全部。事实上，现实中的诗不是理想的纯

---

① 《清诗话》，上海古籍出版社1999年版，第584页。
② 袁可嘉等编：《现代主义文学研究》（下），中国社会科学出版社1989年版，第840页。

诗。所有的诗既包含诗的语言,也包含普通语言,二者的比例在不同的诗中是不同的。在像唐诗这类比较接近理想因而被他当做立论基础的诗中,也存在着非文学语言所表达的"辞前意"。谢榛并不是没有看到这一事实,所以才说"诗有'辞前意'、'辞后意'。唐人兼之,婉而有味,浑而无迹。宋人必先命意,涉于理路,殊无思致"。只是在论述过程中被唐诗与宋诗这一简单的二元对立思维模式所牵制,看不到诗本身的复杂性。其实,好的宋诗与好的唐诗一样,也是以诗歌语言为主导,以非诗歌语言为辅,"辞后意"超过"辞前意",具有极强的文学性;坏的唐诗与坏的宋诗,也是以非诗歌语言为主导,以诗歌语言为辅,"辞前意"超过"辞后意",文学性弱。稍前于谢榛的杨慎在《升庵诗话》中早就指出了这一点。通常我们总是将强调诗及文学独特性的主张称为只要形式不要内容的形式主义,这其实是一种误解,因为这些主张并不是从内容与形式相分离的角度来理解诗及文学的独特性的,而是从谢榛所说的"辞意相属而不离"和"句意双美"的角度即内容与形式不可分离的角度来理解诗及文学的独特性的,他们在强调诗及文学语言的独特性的同时也强调诗及文学内容的独特性,他们并不否定思想与哲理,而是强调思想与哲理必须与语言合一。正因为如此,瓦雷里在强调诗的法则是形式的同时又认为诗需要抽象思维与哲理。萨特则认为,诗包含散文的因素,即"辞前意"。"不言而喻,在任何诗歌里都有某种形式的散文,即成功因素;相应地,最枯燥的散文也必定包含少许诗意,即某种形式的失败;任何散文家,即便头脑最清醒的,也不能让人完全明白他想说的意思;他不是说过头,就是没说够,每句话都是打赌,都承担了风险;人们越是反复探索,词就越显得古怪;瓦莱里曾经指出,谁也不能彻底理解一个词。每个词无不同时在其明确的社会意义上与某些朦胧的联想意义上被使用,我几乎想说因其面貌而被使用。——如果散文作者过分宠爱词句,散文就失去其魅力,我们就坠入一篇胡话之中。如果诗人去叙述,解释或者教诲,诗就变成散文化的,他就输了。"[1] 和他们一样,谢榛也并不否认诗有"辞前意",只是强调"辞前意"必须融化在语言中,"婉而有味,浑而无迹"。因此,他赞扬

---

[1] 施康强等译:《萨特文学论文集》,安徽文艺出版社1998出版社,第93—94页。

鲍防《杂感》托讽不露，批评杜牧《华清宫》过于直白："鲍防《杂感》诗曰：五月荔枝初破颜，朝离象郡夕函关。此作托讽不露。杜牧之《华清宫》曰：一骑红尘妃子笑，无人知是荔枝来。二绝皆指一事，浅深自见。"① 赞扬宋玉《大言赋》和《小言赋》"皆有讬寓"。批评梁昭明太子《大言诗》和《细言诗》"祖宋玉而无谓，盖以文为戏儿"②。批评"韦孟讽谏诗，乃四言长篇之祖，忠粳有余，温厚不足"③。欣赏李商隐《无题》"格新意杂，托寓不一，难以命题"④。欣赏"盛唐人突然而起，以韵为主，意到辞工，不假雕饰；或命意得句，以韵发端，浑成无迹"。批评"宋人专重转合，刻意精练，或难以起句，借用旁韵，牵强成章：此所以为宋也。"⑤ 感叹"句意双美""辞意相属而不离"之不易，只有名家才能做到："凡立意措辞，欲其两工，殊不易得。辞有短长，意有大小，须构而坚、束而劲，勿令辞拙意妨。意来如山，巍然置于河上，则断其源流而不能置辞；辞来如松，挺然植之盘中，窘其造物而不能发意。夫辞短意多，或失之深晦；意少辞长，或失之敷演。名家无此二病。"⑥

当然，由于"辞后意"是"情生于文"和"意随笔生"的结果，如果不与作者当下体验相结合，易陷入复古主义和文字游戏。谢榛在创作中也存在这种现象，例如他以"天"为韵而得的"兵气截胡天，鸱号月黑天，长阴梦里天"等一连串诗句确实是没有多少内涵的文字游戏。但这并不能否认谢榛"辞后意"的理论价值和历史意义，因为创作与理论所依凭的才能是不一样的，能提出高超理论的作家写不出优秀的作品，能写出优秀作品的作家提不出高超理论，这在文学史上比比皆是。

---

① 谢榛：《四溟诗话》，人民文学出版社1998年版，第63页。
② 同上书，第39页。
③ 同上书，第24页。
④ 同上书，第87页。
⑤ 同上书，第13页。
⑥ 同上书，第69—70页。

第三节 辞意相属而不离——诗歌语言的完美性

如上所述,谢榛"辞后意"这一概念所提到的"辞意相属而不离"和"句意双美"这一特征所涉及的是诗歌语言的完美性问题。有关这一问题,值得进一步深入讨论。

针对科恩的诗歌语言是对日常语言的偏离这一观点,热拉尔·热奈特在《诗的语言,语言的诗学》一文中从马拉美的"诗歌给语言缺陷付了酬劳"这一观点出发认为,诗歌语言是一种针对日常语言缺陷而产生的完美的语言:"诗歌绝不是偏离语言,而是对语言缺陷的补偿,使诗歌得以自立完善起来。诗歌恰恰是立足于语言的缺陷而臻于完善的。"[①] 马拉美认为,社会上存在着各种各样的语言,表明日常语言是有缺陷的,理想语言是不存在的:"语言的多种多样表明语言的不完善;最理想的语言尚告阙如。倘若思想就是写作,它不用笔和纸,甚至不用低声细语、没有那不朽的字的声音,那么地球上语言种类的繁多意味着人们说出的任何的话都不可能标有那真理化身的神奇的印记。很显然,这是自然的法则——我们偶然发现了它,却又只能投以无可奈何的微笑——其要旨是,我们没有充分的理由认为自己可以同上帝平起平坐。作为人类声音工具的一部分,或是在各种语言中,有时甚至是在一种语言中,某些音调确实存在着;当想到要让语言通过这些音调来复现事物的光彩与气氛是多么不可能时,我便在美学的意义上感到失望。"[②] 作为一位诗人,马拉美所怀有的是巴赫金所说的语言的乌托邦梦想,梦想一种上帝一样的完美理想的语言,但现实是令人失望的,因为只有各种各样有缺陷的日常语言。针对日常语言的这种缺陷,马拉美梦想着一种上帝的语言,一种理想的诗的语言,这种语言就像瓦格纳的歌剧,将韵文和音乐结合为诗的语言。在这种结合中,"当韵文融进音响的茫茫夜色中时,音乐在管弦乐的纱幔里被照亮得一览无遗。不管音乐家们是

[①] 赵毅衡编选:《符号学文学论文集》,百花文艺出版社2004年版,第542页。
[②] 袁可嘉等编:《现代主义文学研究》(上),中国社会科学出版社1989年版,第344页。

否赞同或知道,交响乐,这颗现代的流星,已接近了思想。思想本身再也不仅仅是由一般的语言来表达了。"①"于是,那超然而恢弘的神喻从天上君临,它昭示我们借用管弦乐来完成使文字成为唯一的音乐形式的宿愿。"② 在这种理想的音乐般的语言中,声音与意思、声音与事物的光彩和气氛自然地如影相随。然而马拉美清楚地意识到这是不可能实现的梦想,因为如果这一梦想果真实现,那么,也就不存在语言,也就没有诗歌。但马拉美依然执著于这一梦想,执著于那种音乐般的声音与意思,与事物的光彩、气氛自然地形影相随的纯诗:"我们排斥那种错误的美学(尽管它也促成了某些杰作的产生),它使得诗人在他精美的诗页中留下的不是森林的颤抖和从枝叶中间滑过的悄然散雷,而是实实在在的、可触摸到的树木。只要精心选择几个庄严的号角向天堂发出的音响,就足以魔幻般地建造出那座理想的、唯一可居住的宫殿——由不可触摸的石头建成的宫殿。"③ "当我说:'一朵花!'这时我的声音赋予那湮没的记忆以所有花的形态,于是从那里生出一种不同于通常的花萼的东西,一种完全是音乐的、本质的、柔和的东西:一朵在所有花束中找不到的花。"④ 然而,现实的语言是令人无可奈何的不完善,因此,诗人只能保持沉默,通过空白、暗示来达到这一理想的境界。从以上引述看,马拉美那种音乐般的声音与意思,与事物的光彩、气氛自然地形影相随的纯诗其实就是谢榛的"辞意相属而不相离""句意双美"的"辞后意",是一种理想的极致,这种理想的语言反衬出日常语言的缺陷。热奈特认为,马拉美的观点在语言学上是有道理的,"在马拉美或后来的索绪尔看来,言语的多样性,音和义不相配都足以证实语言的缺陷,这显然就是后来索绪尔所说的符号的任意性即能指与所指之间关系的约定俗成性质。正是语言的这种缺陷成为诗歌存在的理由,诗歌就是由于语言的缺陷而存在的。如果语言都是完美的话,诗歌就不存在了,

---

① 袁可嘉等编:《现代主义文学研究》(上),中国社会科学出版社1989年版,第346页。
② 同上。
③ 同上。
④ 同上书,第349页。

否则任何话语都成了诗歌,因此没有语言是完美的。"① 由此看来,所谓日常语言的缺陷,指的是索绪尔所说的语言符号能指和所指的任意性和约定俗成性,诗歌语言是为弥补日常语言的这种缺陷而产生的,它理应是一种完美的语言。

在索绪尔看来,一个语言符号由能指和所指两部分组成,能指是声音形象,即我们能感觉到的声音表象,所指则是概念,二者之间的关系是任意的。所谓任意性指的是语言符号能指与所指的关系是不可论证的,它们之间不存在任何自然的关系。索绪尔认为,语言符号的任意性造成语言一方面是自由的,另一方面又是强制的:"能指对它所表示的观念来说,看来是自由的选择,相反,对使用它的语言社会来说,却是不自由的,而是强制的——已经选定的东西,不但个人即使想改变也不能丝毫有所改变,就是大众也不能对任何一个词行使它的主权;不管语言是什么样子,大众都得同它捆绑在一起。"② 这使得语言变得异常复杂:"一方面语言处在大众之中,同时处在时间之中,谁也不能对它有任何的改变;另一方面,语言符号的任意性在理论上又使人们在声音材料和观念之间有建立任何关系的自由。"③ 在索绪尔看来,人类一方面受语言制约,另一方面又可以在能指与所指之间建立自由的关系,用有限的能指指称理论上无限的所指。如果能指与所指之间只有一一对应的理据关系,语言将变得异常臃肿,没有实用价值。因此,任意性是语言符号的基础。然而,虽然任意性是语言符号的基础,但不同的语言、同一语言中的不同成分的任意性程度是不同的,因而有绝对任意性和相对任意性之分,而且,"只有一部分符号是绝对任意的;别的符号中却有一种现象可以使我们看到任意性虽不能取消,却有程度差别:符号可能是相对地可以论证的"④。在他看来,虽然语言系统以任意性为基础,但如果毫无原则地应用任意性原则,语言就会变得非常复杂,没有规律,不易掌握,因此,人们总是倾向于给语言符号赋予一定的秩序和规

---

① 赵毅衡编选:《符号学文学论文集》,百花文艺出版社 2004 年版,第 543 页。
② 费尔迪南·德·索绪尔:《普通语言学教程》,高名凯译,商务印书馆 1999 年版,第 107 页。
③ 同上。
④ 同上书,第 181 页。

律，语言符号因而具有相对的理据性："事实上，整个语言系统都是以符号任意性的不合理原则为基础的。这个原则漫无限制地加以应用，结果将会弄得非常复杂；但是人们的心理给一大堆符号的某些部分带来一种秩序和规律性的原则，这就是相对论证性的作用。"① 因此，"一切不能论证的语言是不存在的；一切都可以论证的语言，在定义上也是不能设想的。在最少的组织性和最少的任意性这两个极端之间，我们可以找到一切可能的差异。"② 在索绪尔看来，"不可论证达到的最高点的语言是比较着重于词汇的，降到最低点的语言是比较着重于语法的"③。简单地说，词汇是偏向于不可论证的，而语法是偏向于可论证的。词汇如果是简单的单个符号，其构成因素就是能指和所指（能指即声音形象，所指即概念），二者确实是不可论证的，因为它们之间没有像似式的自然关系。人们往往举象声词为例来反驳索绪尔，但索绪尔认为，象声词不仅数量少，而且在某种程度上也是任意的，"因为它们只是某些声音的近似的、而且有一半已经是约定俗成的模仿（试比较法语的 ouaoua 和德语的 wauwau 汪汪（狗吠声））"④。人们有时又用象形字（例如汉字中的象形字）来反驳索绪尔，但这是不同层面的问题，索绪尔所讨论的是语言即口语层面上的能指和所指之间的任意性，而不是文字层面的问题。在口语层面上，确实如索绪尔所说的，连大多数象声词也都是约定俗成的模仿，因而可论证性低，任意性高。其实，即便是象形字，在语言中所占的比例也不高。因为并不是所有的指称对象都有形象可模仿（例如"无"一词），而且，即便有对象可模仿，完全一致的模仿也是不可能的，因为那是图画而不是文字，如果一物配一画，那么，语言会变得十分臃肿。这使得文字构造须遵循实用和经济的原则，因此象形字的模仿也只能是近似的，其中必然有一定的约定俗成性。即便在汉语中，单纯象形字所占的比例也不多，更多的是形声字，因为通过有限的声音形象来区分原则上无限的观念符合文字构造的经济和实用原则，而

---

① 费尔迪南·德·索绪尔：《普通语言学教程》，高名凯译，商务印书馆1999年版，第184页。
② 同上。
③ 同上。
④ 同上书，第107页。

形声字的构成已经是可论证的语法问题而不是单纯的简单词汇问题。而且，形声字的可论证性也是建立在其声旁的不可论证性即约定俗成基础之上的，以大家熟悉的"钱""线""贱""浅"字族为例，"戋（jian）"这一声音形象与它所指称的"小"这一概念并无必然的可论证关系，只有将它与不同的形旁相联系时才可以从整体上进行论证。这种可论证性和象形字的可论证性是不一样的，象形字的可论证性是直接的，形声字的可论证性则是间接的，即必须首先掌握其声旁的声音形象与其指称的概念之间的约定俗成的关系。

　　在马拉美看来，既然日常语言的缺陷是能指与所指之间的任意性，那么，为弥补这一缺陷，诗人所做的就是给语言以完美的理据。当然，应对这一观点进行适当的限制，即只有感性的根据才能弥补日常语言的缺陷，因为日常语言也有一定的理据，但是这种理据是单一的理性理据，而不是涵括视、听、触、味、运动觉等多种感觉的丰富的感性根据。因此，热奈特又引用艾吕雅的"诗是官感语言"这一观点来修正马拉美的观点，认为并非所有的根据化都与诗歌相合。因此，为了避免误解，诗歌语言中的理据应该称为感性根据而不是日常语言也有的理据。日常语言的理据性如索绪尔所说的那样是可以论证的，而诗歌语言的感性根据则不可论证，只可感觉，此即谢榛所说的"不可解"。那么，诗人怎样才能赋予语言与诗歌相合的感性根据呢？热奈特认为，最简单的方法是利用拟声词、模拟词、扬声谐音、声音或字形表现效果、通感现象、词汇联想等语言中本来就存在的理据性因素，但这不是最主要的方法，因为这会导致一味地追求摹声和拟音。最重要的方法是把日常语言的任意性所分割的能指和所指加以靠拢和适应以改变日常语言的缺陷，其主要有二：一是使所指向能指靠拢，即"把意义扳过来——在各种意义的可能性中，选出最贴近表达的感性形式的意义"[1]。二是使能指向所指靠拢，这又可分为两类："一是词法式的，诗人对所用词语的表现力不满，于是试图改变词的现有形式，或另铸新词。"[2] 另一类是置换，即"换掉原文词，代入另一词，剥去此词的原用法、

---

[1] 赵毅衡编选：《符号学文学论文集》，百花文艺出版社2004年版，第545页。
[2] 同上书，第545—546页。

原意义,赋予新用法、新意义"①。这即是古典修辞学的"转义格"(比喻、提喻、转喻等)。在比喻中,文词本身的能指和所指关系依然是任意的、武断的,但形象性比喻却是有根据的,因为我们将喻指和喻体选出来并赋予它们类似性,如用"火焰"比喻"爱情"就克服了"火焰"的任意性和武断性,使之获得新的根据和内涵(爱情像火焰一样燃烧,有热度),获得它在日常使用中所没有的存在的密度、凸面和重量。

从热奈特的论述看,克服日常语言能指与所指之间的任意性、武断性的缺陷最方便的方法是从语言的能指本身出发,像音乐一样利用能指即声音来构建情感世界,或构建一个虽不构成概念式的清晰的词义但却含义丰富的边缘意义世界,这一情感世界或一个虽不构成概念式的清晰的词义但却含义丰富的边缘意义世界是由语言的能指即声音构建出来的,因而它与能指之间的关系是有根据的。而且由于二者已经完全融合在一起,以这种方式构成的诗歌语言是不可翻译的,这就是谢榛所说的"辞意相属而不相离"和"不可解"。这种构成诗歌语言的方式在中国古代叫做以声传情,声情并茂。谢榛强调好诗要有"辞意相属而不相离""句意双美"的"辞后意",因而他在论诗时就非常重视声韵,认为"盛唐人突然而起,以韵为主,意到辞工,不假雕饰。或命意得句,以韵发端,浑然无迹,此所以为盛唐也"②。因此,他所谓的"句意双美"自然包括由声音构成的韵与意的完美融合,即韵与意的浑然无迹。持情文互生,文可以生情的王夫之更是认为:"明于乐者,可以论诗,可以论经义矣。"③因此,他在评诗时提出"声情"这一概念,并把它作为评诗的标准:凡有声情即为好诗。"试思悔萌之见于词者何在?岂不唯声情之用?"④"铙歌杂鼓吹谱,字多不可读,唯此首略可通解。所咏虽悲壮,而声情缭绕,自不如吴

---

① 赵毅衡编选:《符号学文学论文集》,百花文艺出版社2004年版,第546页。
② 谢榛:《四溟诗话》,人民文学出版社1998年版,第13页。
③ 王夫之:《姜斋诗话》,人民文学出版社1998年版,第145页。
④ 王夫之:《古诗评选》,上海古籍出版社2011年版,第2页。

均一派装长髯大面腔也。"①"一往动人而不入流俗,声情胜也。"②
"鲍有极琢极丽之作,顾琢者伤于滞累,丽者伤于佻薄。晋宋之降为
齐梁,亦不得辞其爱书矣。惟此种不琢不丽之篇,特以声情相辉映,
而率不入鄙。"③"一气四十二字,平平衍序,终以七字悄然暇然中遂
转遂收,气度声情,吾不知其所以得此也!其妙都在平起,平故不迫
急转。抑前无发端,则引人入情。处澹而自远,微而弘,收之促切而
不短。用气之妙,有如此者!呜呼,安得知用气者而与言诗哉?"④
"全以声情生色。"⑤"宣城于声情外别有闲得,时酣畅处之,遂臻逸
品,乃不恤古人风局。顾如此等作,收放含吐,绝不欲奔涌以出,其
致自高,非抗之也。"⑥"一片声情,如秋风动树,未至而先已飒
然。"⑦"声情不属长庆,正使点序,自有惊涛舞雪之妙。"⑧"声情俱
备,遂欲左挹玄晖,右拍太白。"⑨"若非声情之美,但有此意,令谭
友夏为之,求不为淫哇不得也。"⑩

　　从以上引述看,王夫之以声情作为评价诗歌的最高标准之一,但他
并未对声情的具体内涵进行解释,那么,应该如何理解声情这一概念的
具体内涵呢?王夫之向来以辩证观立论,论情与景则力主情生景、景生
情的情景互生说,论情与文则力主情生文、文生情的情文互生说,论声
与情的关系亦当如是。一方面,确实如萧驰所说的:"声情是以声体
情,使外在的声昭彻内在的情,外在的节奏模写内在的节奏。"⑪但另
一方面,亦可理解为声音节奏对情感世界的构建,这就是法国诗人瓦雷
里所说的:"诗是一种语言艺术;字词的一定组合能产生一种其他组合

---

① 王夫之:《古诗评选》,上海古籍出版社2011年版,第4页。
② 同上书,第35页。
③ 同上书,第42页。
④ 同上书,第43—44页。
⑤ 同上书,第47页。
⑥ 同上书,第229页。
⑦ 王夫之:《明诗评选》,文化艺术出版社1997年版,第17页。
⑧ 同上书,第70页。
⑨ 同上书,第100页。
⑩ 同上书,第400页。
⑪ 萧驰:《抒情传统与中国思想》,上海古籍出版社2003年版,第192页。

不能产生的情绪,我们可把它称为诗的情绪。"① 正因为声音节奏可以构建情感世界,所以,王夫之在言意关系上虽然一方面主张以意为主,"无论诗歌与长行文字,俱以意为主。意犹帅也。无帅之兵,谓之乌合。李、杜所以称大家,无意之诗,十不得一二也。烟云泉石,花鸟苔林,金铺锦帐,寓意则灵"②。但另一方面又主张"以言起意":"以言起意,则言在而意无穷;以意求言,斯意长而言乃短。言已短矣,不如无言。故曰:诗言志,歌永言。非志即为诗,言即为歌也,或可以兴,或不可以兴,其枢机在此。唐人刻画立意不恤其言之不逮,是以竭意求工,而去古人逾远。"③ 又说:"采采芣苢,意在言先,亦在言后。从容涵泳,自然生其气象。"④ 结合王夫之对声情的推重,他所说的诗文之意应是诗文语言所构建的非概念所能穷尽的感性的丰富的边缘意义,而非明确单一的概念意义,所以他又反复说:"全以声情生色。宋人论诗以意为主,如此类直用意相标榜,则与村黄冠盲女子所弹唱亦何异哉?"⑤ "王敬美谓:诗有妙悟,非关理也。非谓无理有诗,正不得以名言之理相求耳。"⑥ "议论入诗,自成背戾。盖诗立风旨以生议论,故说诗者于兴观群怨皆可。若先为之论,则言未穷而意已先竭。在我已竭,而欲以生人之心,必不任矣。——唐宋人诗,惜浅短,反资标说,其下乃有胡曾《咏史》一派,直勘为塾师放晚学之资,则知议论立而无诗允矣。必不容己,如孟阳斯篇,和缓不拘迫,为犹贤乎。"⑦ "亦但此耳,乃生色动人,虽浅者不敢目之以浮华,故知以意为主之说真腐儒也!诗言志,岂志即诗乎?"⑧ "诗之深远广大,与夫舍旧趋新,俱不在意。唐人以意为古诗,宋人以意为律诗、绝句,而诗遂亡。如以意,则直须赞《易》、陈《书》,无待诗也。关关雎鸠,在河之洲;窈窕淑女,

---

① 袁可嘉等编:《现代主义文学研究》(下),中国社会科学出版社1989年版,第840页。
② 王夫之:《姜斋诗话》,人民文学出版社1998年版,第146页。
③ 王夫之:《唐诗评选》,河北大学出版社2008年版,第11页。
④ 王夫之:《姜斋诗话》,第140页。
⑤ 王夫之:《古诗评选》,上海古籍出版社2011年版,第47页。
⑥ 同上书,第166页。
⑦ 同上书,第178页。
⑧ 同上书,第183页。

君子好述。岂有入微翻新，人所不到之意哉。"① 从以上所引述的材料看，王夫之所谓的诗文之意不是抽象、明确、单一的概念义，而是与语言、情感、形象融合在一起的、不可分离的丰富复杂的、难以用概念性语言道尽的边缘意义，因此，他又说："序者何？意、语、气，相得而成声者也；志、气、度，相函而成象者也。"② 意、语、气相得而成声，自然融合于声中，不可分离，志、气、度相函而成象，自然融会于象中，不可分离。

这里涉及相函而成象这一问题，这一问题涉及诗歌语言如何克服日常语言缺陷而给予语言以完美的感性根据的另一种方法，这就是中国古代诗人经常讨论的情景问题。前述的谢榛和王夫之既谈韵与意、言与意、声与情的直接关系，亦谈情景关系问题。谢榛在强调"辞意相属而不离""句意双美"的同时，又认为："诗乃模写情景之具，情融乎内而深且长，景耀乎外而远大。"③ "夫情景相触而成诗，此作家之常也。"④ "作诗本乎情景，孤不自成，两不相背——景乃诗之媒，情乃诗之胚，合而为诗。以数言而统万形，元气浑成，其浩无涯。"⑤ 王夫之一方面说"明于乐者，可以论诗，可以论经义矣"⑥，另一方面更是提出最为系统的情景理论。如果说，声情并茂所构成的是能指（声）与所指（情）之间的直接的完美根据的话，那么，情景关系则在保留语言的能指（声）与所指（景）之间的任意性的基础之上，在景（新的能指）与情（所指）之间建立完美的感性的根据。因为作为所指的景是空间性存在，而作为能指的声音则是时间性存在，无法模拟作为空间性存在的景，言和景二者之间只能建立约定俗成的任意性的武断关系。然而这种约定俗成的任意性的武断关系一旦建立起来，就会被社会成员所接受，并在内心中形成心像（景）。在此基础上，诗人将景作为新的能指来构建情感世界，使情和景之间具有完美的感性根据。谢榛说

---

① 王夫之：《明诗评选》，文化艺术出版社1997年版，第194页。
② 王夫之：《诗广传》，中华书局1981年版，第163页。
③ 谢榛：《四溟诗话》，人民文学出版社1998年版，第118页。
④ 同上书，第121页。
⑤ 同上书，第69页。
⑥ 王夫之：《姜斋诗话》，人民文学出版社1998年版，第145页。

"景乃诗之媒"所说的就是景和言一样是构建情感世界的媒介和能指，而情在被景这一媒介和能指构建之前只是胚胎而已，是古人常说的"虚"，并未成形，所以他才说情景"孤不自成，两不相背"。他强调"情景相触而成诗"，二者因而具有完美的感性根据。在这种建立诗歌语言的感性根据性的方法中，第一重能指（声音）与所指（景）的关系任意性和武断性这一缺陷依然存在，但在第二重能指（声音以约定俗成的方式所构成的景语）与所指（情感和边缘意义世界）却具有完美的多重感性根据。谢榛之所以称赞司空曙的"雨中黄叶树，灯下白头人"，是因为这一联诗"善状目前之景，无限凄感，见于言表"[1]。在这里，作为第二重能指的由语言所构建的"雨中黄叶树，灯下白头人"这一言中之景（景语）构建出令人感到无限凄凉的对生命衰竭的感受，作为能指的景语"雨中黄叶树，灯下白头人"和作为所指的对生命衰竭的感受因相似性而融合在一起，建立起完美的感性根据。

关于情景相生，王夫之论证更为全面。他在范晞文和谢榛的基础上，对情景关系做了进一步的论述。范晞文在《对床夜话》中已经对诗歌中的情景关系进行了分类："'水流心不竞，云在意俱迟'景中情也。'卷帘惟白水，隐几亦青山'情中之景也。'感时花溅泪，恨别鸟惊心'情景相融而莫分也———固知景无情不发，情无景不生———"[2] 王夫之则进一步在语言与景物之间关系的基础上论述情景之间的相生相合关系。王夫之在比较诗歌和历史的不同时涉及了诗歌语言的特征："诗有叙事叙语者，较史尤不易。史才固以隐括生色，而从实着笔自易。诗则即事生情，即语绘状。一用史法，则相感不在永言和声之中，诗道废矣。"[3] 与历史书写不同，在诗歌中，概念性的语言一方面必须转化为富于感性丰富性的类似音乐的组织（永言和声），直接构造情感经验，另一方面则必须"即语绘状"，构建出活景（景语），再用活景（景语）来构建情感世界。在前一方面，诗歌语言富于感性丰富性的类似音乐的组织（永言和声）与情感世界直接构成完美的感性根据（相

---

[1] 谢榛：《四溟诗话》，人民文学出版社1998年版，第12页。
[2] 蒋述卓等编：《宋代文艺理论集成》，中国社会科学出版社2000年版，第1277页。
[3] 王夫之：《古诗评选》，上海古籍出版社2011年版，第139页。

感在永言和声之中）。在后一方面，语言与景物是通过任意武断的关系来构造心像的，其中并没有诗意的感性根据，诗意的感性根据是建立在作为能指的活景（景语）和作为所指的情感经验世界之间的，因而必须讨论情景关系，才能把这一问题说清楚。王夫之认为，语言可以通过描绘对象的主要特征而引发读者的想象："语有全不及情而情自无限者，心目为政，不侍外物故也。'天际识归舟，云中辨江树'，隐然含情凝眺之人呼之欲出。从此写景乃为活景。""从'识'、'辨'二字引入，当人去止处即行，遂参天巧。"① 王夫之在这里涉及语言的造象（景）功能，此象乃含情之心象，是心中之象。谢朓诗"天际识归舟，云中辨江树"并不直接言情，而是通过"识""辨"等字构造出"隐然含情凝眺之人"这一活景（景语），然后让这一活景（景语）营构出无限的思念之情，无限的思念之情直接融会在"含情凝眺之人"这一活景（景语）之中，二者之间有相似性，因而是有根据的。与诗歌相比，历史书写的语言只有言与事之间的任意性关系，因而既没有类似音乐组织的永言和声，又没有"即事生情"（用语言所描绘之事件作为能指来构造情感世界这一所指）中"事（景）"与"情"之间的感性根据。

既然语言可以构建出活景（景语），再用活景（景语）来构建情感世界，那么，情景关系应该是具有完美的感性根据的融合关系："关情者景，自与其相为珀芥也。情景虽有在心在物之分，而景生情，情生景，哀乐之触，荣粹之迎，互藏其宅。"②"情景名为二，而实不可离。神于诗者，妙合无垠。巧者则有情中景，景中情。"③"含情而能达，会景而生心，体物而得神，则自有灵通之句，参化工之妙。"④ 在王夫之看来，情感如果没有得到景的组织，它就只是虚的、模糊的情，而景如果不是用来组织情，则只是死景："情不虚情，情皆可景；景非滞景，景总含情。"⑤ 因此王夫之总是以情景相生相合相含褒扬诗人："即景含

---

① 王夫之：《古诗评选》，上海古籍出版社2011年版，第230—231页。
② 王夫之：《姜斋诗话》，人民文学出版社1998年版，第144页。
③ 同上书，第150页。
④ 同上书，第155页。
⑤ 王夫之：《古诗评选》，上海古籍出版社2011年版，第205页。

情,古今妙语。唐人'孤帆远影碧空尽,唯见长江天际流'亦此意致。"①"情景相入,涯际不分——唯康乐能之。"②"因事起情,事为情用。"③"从景取情,不亵不稚,尤自有诗人之旨。"④"取景含情,但极微秀。"⑤"景中生情,情中含景,故曰景者情之景,情者景之情也。"⑥而情景分离(二者之间的关系是武断的、任意的,没有感性根据的)则是诗歌的大忌:"夫景以情合,情以景生,初不相离,唯意所适。截分两橛,则情不足兴,而景非其景。"⑦"分疆情景,则真感无存。情懈感亡,无言诗矣。"⑧"诗之为道,必当立主御宾,顺写现景,若一情一景,彼疆此界,则宾主杂逻,皆不知作者为谁。意外设景,景外起意,抑如赘疣上生鼻言,怪而不恒矣。"⑨ 因此,诗人只有通过景(景语)来构造情感经验世界:"自然感慨,尽从景得,斯谓景中藏情。"⑩"不能作景语,又何能作情语邪?古人绝唱句多景语,如'高台多悲风'、'胡蝶飞南园'、'池塘生春草'、'亭皋落叶下'、'芙蓉露下落',皆是也,而情寓其中矣。以写景之心理言情,则心中独喻之微,轻安拈出。"⑪ 在这里,景被称为景语,说明这不是纯客观之景,而是诗人通过语言构建之景。正是这种语言构建之景直接构建了与之融合在一起的情语,这种融合的最高境界是妙合无垠,而所谓的妙合无垠就是指景语和情语之间由于存在完美的感性根据而完全融合在一起。

　　从以上论述看,王夫之认为,诗人既可以通过语言中类似音乐的声音来构建情感世界,从而克服二者之间武断任意关系,建立完美的感性根据;又可以将语言构建的景(景语)作为能指来构建情感经验世界,从而在景语与情语之间建立妙合无垠的完美的感性根据。当然,最好能

---

① 王夫之:《古诗评选》,上海古籍出版社2011年版,第212页。
② 同上书,第200页。
③ 同上书,第160页。
④ 同上书,第112页。
⑤ 同上书,第71页。
⑥ 王夫之:《唐诗评选》,河北大学出版社2008年版,第208页。
⑦ 王夫之:《姜斋诗话》,人民文学出版社1998年版,第151页。
⑧ 王夫之:《古诗评选》,第172页。
⑨ 王夫之:《唐诗评选》,第129页。
⑩ 同上书,第240页。
⑪ 王夫之:《姜斋诗话》,第154页。

将二者结合起来，因此他认为："诗歌之妙，原在取景遣韵，不在刻意。"①"只于心目相取处得景得句，乃为朝气，乃为神笔。景尽意止，意尽言息，必不强括狂搜，舍有而寻无。在章成章，在句成句，文章之道，音乐之理，尽于斯矣。"② 在王夫之看来，诗歌之妙，既在取景语以生情，得文章之道，又在遣韵语以生情，得音乐之理，从而达到情景交融、声情并茂的最完美的境地。王夫之非常欣赏优秀的乐府和古诗，因为它们能在某种程度上将二者结合在一起："乐府动人，尤在音响——音响既永，铺陈必盛，亦其势然也。——然而奕奕标举，短歌微吟，亦复关情不浅。"③"看明远乐府，别是一味。——吟咏往来，觉蓬勃如春烟，弥漫如秋水，溢目盈心，斯得之矣。"④"音响既永""吟咏往来""动人以声不以言"即是以声传情也，"蓬勃如春烟，弥漫如秋水，溢目盈心"，即是借景抒情也。

在人类诗歌史中，诗人通过语言中类似音乐的声音来构建情感世界，从而克服二者之间武断任意关系，建立完美的感性根据，是一种常见的方法。但过分强调和依赖这一方法往往会导致诗歌领域的语言乌托邦，导致对诗歌语言能指性的极端强调，并因而认为诗歌语言是不及物的，是没有意义的，俄国未来主义诗人甚至因此而创造出一种无意义的诗歌。将这一方法推向极端，最好的结果是导致如马拉美所说的，用音乐来取代诗歌，最坏的结果则是将诗歌创作变成单纯的文字游戏。无论哪一种结果，对诗歌来说都是毁灭性的。也许正因为觉察到这一点，王夫之批评过分强调声律的齐、梁诗歌"意不达辞，气不充体，于事理情志，全无干涉"，赞扬李、杜"内极才情，外周物理，言必有意，意必由衷"⑤，在突出诗歌语言的音乐性的同时，又以"意""理"来补救。"其韵、其情、其理，无非《十九首》者，总以胸中原有此理、此神、此韵，因与之吻合。"⑥ 确实，诗歌是语言的艺术，没有语言，就

---

① 王夫之：《古诗评选》，上海古籍出版社2011年版，第66页。
② 王夫之：《唐诗评选》，河北大学出版社2008年版，第117页。
③ 王夫之：《古诗评选》，第40页。
④ 同上书，第48页。
⑤ 王夫之：《姜斋诗话》，人民文学出版社1998年版，第154页。
⑥ 王夫之：《明诗评选》，文化艺术出版社1997年版，第85页。

无所谓诗歌，而语言除了声音之外，还有概念。因此，诗人除了利用语言的声音来构造类似音乐的声音组织构建情感世界之外，还要善于利用语言中的概念来构造心像（景语），然后通过将语言构建的景语作为能指来构建情感经验世界，从而在景语与情语之间建立妙合无垠的完美的感性根据。这一方法在不忽视语言的前提下，突出了诗歌中的情与景、象与意之间的妙合无垠的完美的感性根据，从而使诗歌的内涵更丰富，而这一切都必须通过语言的概念来进行。正如索绪尔所说的，能指（声音形象）指向所指，所指就是概念，而概念是对同类事物本质规定的概括，因此，通过概念人们可以对概念所概括的事物进行想象，形成心像，这种心像是由语言构造的，因而是语象（景语），又因其中包含概念，因而包含意和理。赵毅衡从符号学家诺特的观点出发，认为"语言要能激发心像，语言文本中就必须有语象"① 讲的就是这个道理。只是和日常语言不一样，诗歌语言必须更突出语言的感性具体性，才能构造出形象生动的活景（景语）。洛特曼就认为，与突出约定俗成性和任意性的普通语言符号相比，艺术语言更具形象性和感性理据："艺术中的符号与其说是约定俗成的，如在语言中那样，不如说是肖像式的或描绘式的。"② 这就需要语言能"即语绘状"，只有"状难写之景如在目前"，才能"含不尽之意见于言外"。而所谓"见于言外"实际上并不意味着可以离开语言而存在，而是说"含不尽之意"直接融入景物之中，但这里所谓的景，并不是纯客观之景，而是王夫之所说的"景语"，是语中之景，因而诗歌中的"不尽之意"不可能离开语言而存在。因此在王夫之看来，富于表现力的诗歌语言不仅能状物态，而且能穷物理："苏子瞻谓'桑之未落，其叶沃若'，体物之工，非'沃若'不足以言桑，非桑不足以当'沃若'，固也。然得物态，未得物理。'桃之夭夭，其叶蓁蓁'，'灼灼其华'，'有蕡其实'，乃穷物理。"③ 在富于表现力的诗歌语言里，生动的语言，鲜活的场景，无限的理趣和意义，如水乳般交融在一起，获得了完美的感性根据。

---

① 赵毅衡：《符号学原理与推演》，南京大学出版社2011年版，第249页。
② 洛特曼：《艺术文本结构》，王坤译，中山大学出版社2003年版，第30页。
③ 王夫之：《姜斋诗话》，人民文学出版社1998年版，第142页。

这种诗歌语言观与从庄子到王弼的工具论语言观极为不同。庄子认为语言只是表达意图的工具，本身并无独立的价值。王弼对此加以发挥："夫象者，出意者也。言者，明象者也。尽意莫若象，尽象莫若言。言生于象，故可寻言以观象；象生于意，故可寻象以观意。意以象尽，象以言著。故言者所以明象，得象而忘言；象者所以存意，得意而忘象。犹蹄者所以在兔，得兔而忘蹄；筌者所以在鱼，得鱼而忘筌也。然则，言者，象之蹄也；象者，意之筌也。是故，存言者，非得象者也；存象者，非得意者也。——然则，忘象者，乃得意者也；忘言者，乃得象者也。得意在忘象，得象在忘言。"[①] 王弼虽然承认"意以象尽，象以言著"，但又认为"得意在忘象，得象在忘言"，完全看不到言与象、象与意之间不可分割的紧密联系。而且从洪堡特、卡西尔、伽达默尔等人的论述看，语言是人类与生俱来的思想和实在的器官，并不是可随意抛弃的工具，人类如何能忘言？

---

① 楼宇烈：《王弼集校释》（下），中华书局1999年版，第609页。

第三章

《牡丹亭》爱情的语言世界观阐释

关于《牡丹亭》中的爱情，学术界虽然已经从多方面展开了论述，但在所有的论述中，有一个至关重要的问题被忽略了。这一问题是杜丽娘在见到真正的柳梦梅之前已坠入情网之中，并因此而命丧黄泉。从现实的角度看，一种没有真实对象的爱情是不可想象的。然而在汤显祖的《牡丹亭》中，这样一种爱情不仅是可以想象的，而且被真实的想象过。更为令人惊讶的是，这一想象的产品——《牡丹亭》又催生了明清两代女性真实的爱情故事，包括著名的三妇合评《牡丹亭》和冯小青的故事。如何理解这一现象呢？我认为通过语言世界观理论和精神分析理论可以揭示这一现象得以产生的内在机制。

第一节 语言对经验世界的构建

朱丽娅·克莉斯特娃认为："爱是性欲和（与其体验有关的）观念的错综复杂的统一。"[①] 英国性心理学家霭理士也认为："我们必须把'欲'和'爱'分别了看，欲只是生理的性冲动，而爱是性冲动和它种冲动之和。"[②] 这说明爱情既建立在生物本能即性欲的基础之上，又不仅仅是生物本能即性欲，其中还包括爱的观念。生物本能是与生俱来的，而爱的观念则是后天构建的。正因为如此，不同民族和个体虽然在生物本能方面大体相同，但表现出来的爱情观念却大不相同，其原因就

---

① 朱丽娅·克莉斯特娃：《爱情传奇》，姚劲超等译，华夏出版社1992年版，第1页。
② 霭理士：《性心理学》，潘光旦译，三联书店1987年版，第429页。

在于不同民族的爱情语言构建出不同的爱的观念,民族成员正是在民族爱情语言的引导下构建自己的爱的观念的。正是在这一意义上,法国格言作家拉·罗福什科尔认为,如果人们从来不曾读过爱情字眼的话,就没有人会坠入情网之中。对拉·罗福什科尔的这句格言,美国语言哲学家约翰·希尔勒认为:"我认为这个说法有其深刻的真理,正是像'爱'和'恨'那样的词语范畴,它帮助人们形成了他们所命名的经验;这些概念是经验的一部分;在许多情况下,如果完全没有对适当词汇的掌握,经验的确将是不可能的。"① 这样一种观念属于语言世界观理论的观念。在语言世界观论者看来,语言不仅是表达观念的工具,同时它也是人类文化的主要载体。作为人类文化的主要载体,不同民族的语言凝聚、积淀着民族的历史文化和人生经验,它决不是透明的、简单的中性工具,而是凝聚、积淀着民族丰富历史文化内涵和人生经验的宝库。每一个人,从他出生之日起,就进入了这一民族语言世界,在民族语言所积淀的民族文化的引导下构建自己的经验世界。语言的这种构建功能,作家王蒙曾用自己的切身经历加以阐述。在王蒙那里,民族文化积淀在语言中,语言显然就是民族文化的记忆宝库。作为民族文化的记忆宝库,语言可以塑造人,引导人们形成相应的人生经验和价值观念,使民族文化得到自觉地传承。虽然,从人类整体角度看,语言是人类的创造物,但是,对于每一个人来说,在他出生之前,已经存在了一个完整的语言世界,这个语言世界积淀着民族的所有文化内涵和经验,它不仅是引导我们认识世界的前导,甚至是导游:"语言、文字先于你对世界的认识,它变成了帮助你认识世界的前导。我们甚至可以说,它像一个导游,一下子打开了你的眼睛,使你发现了世界、发现了自身、发现了欢乐、发现了悲哀、发现了高尚、发现了许许多多值得珍重的东西。"② 因此,作为人类经验之一种的爱情,在很大程度上也是来自语言世界的引导和构建。正是作为语言的艺术的文学作品对爱情的抒写,才唤醒了人们心中对爱情的向往与追求。王蒙认为,人生经验投影到文学世界中,而文学世界又投影到人生中,爱情尤其是这样,"以至于现

---

① 麦基:《思想家》,三联书店 1987 年版,第 266 页。
② 王蒙:《接纳大千世界》,春风文艺出版社 2003 年版,第 232 页。

在已经弄不清楚是因为有了爱情才有爱情诗、爱情小说,还是因为有爱情诗、爱情小说才有了爱情"①。当然,从宏观角度看,是先有爱情,后有文学,但就每个人来说,在你出生之前已经存在大量感人的爱情作品。正因为如此,各个民族的爱情又不完全一样,这是文学的力量。王蒙以自己的切身体会来阐述这一观点,对于他来说,是先有爱情的诗歌和小说,然后有具体的爱情对象和行为,因为他从八九岁开始,就阅读爱情诗以及爱情的小说了,这些作品对爱情的描写唤醒了少年人对异性产生的那些美好的感情、幻想和记忆,"它使爱情变成一种文化,这很大程度上是文学的力量"②。因此,像爱情这样植根于人的生理本能的情感需要作为语言艺术的文学作品的引导,才能摆脱本能的粗鄙状态,形成文化和审美意义上的爱情。这是语言对人性的修辞功能和提升功能,也是语言的人性和审美构建功能。王蒙多次提到,《阿Q正传》中的阿Q向吴妈表达感情本来是天经地义的,但由于没有读过爱情诗,情感没有得到修辞,结果以失败而告终。王蒙因此认为:"在某种意义上说,是语言使我们的生命、经验、才华、欲望、情感升华了,如果没有语言,人就只剩下赤裸裸的动物功能,所以,语言的审美功能是非常重要的。"③

第二节 《牡丹亭》中爱情的前因与后果

从语言世界观理论角度来看,杜丽娘在没有见到真正的柳梦梅之前就坠入情网之中就是理所当然的事情了。因为正值花季的她虽然未曾见到真正的柳梦梅,但却读过《关雎》《崔徽传》等爱情文本。正是这些文本的爱情语言的引导,使得她本来出于生物本能的朦胧、模糊的、没有明确所指对象的性欲变成了明确的、具有明确所指对象的爱情观念,并因而堕入情网之中。因此,《关雎》和《崔徽传》等爱情文本是杜丽娘坠入情网的前因。如前所述,爱情离不开生理基础,二八年纪的杜丽

---

① 《王蒙新世纪讲稿》,上海文艺出版社2005年版,第147页。
② 同上。
③ 同上书,第120页。

娘已长大成人，自然少不了基于生理本能的春心荡漾，这从她的内心独白中就表露无遗："最撩人春色是今年。少什么低就高来粉画垣，元来春心无处不飞悬。"（第十二出）然而，这种强烈而又朦胧的本能应该指向何种对象，以何种方式获得满足，有赖于书面或口头的爱情语言的引导，才能在现实中获得合法的满足。从《牡丹亭》所营构的世界看，在见到柳梦梅之前，杜丽娘在其生活中所接触的异性只有两个：一个是她的父亲杜宝，另一个是她的老师，已到"将耳顺，望古稀"之年的老迈而迂腐的陈最良。基于现实和道德理性，这两个人都不可能成为她的爱情对象。现实中没有爱的对象，但又处于"春心无处不飞悬"的年龄，她只能到爱情文本中想象创造出自己爱的对象。在第十出"惊梦"中，通过她的独白我们知道，杜丽娘其实已私下阅读了不少爱情作品："天呵，春色恼人，信有之乎！常观诗词乐府，古之女子，因春感情，遇秋成恨，诚不谬矣。吾今年已二八，未逢折桂之夫；忽慕春情，怎得蟾宫之客？昔日韩夫人得遇于郎，张生偶逢崔氏，曾有《题红记》、《崔徽传》二书。此才子佳人，前以密约偷期，后皆得成秦晋。吾生于宦族，长于名门。年已及笄，不得早成佳配，诚为虚度青春，光阴如过隙耳。"（第十出）在后来的故事发展中，杜丽娘所演绎的就是"古之女子，因春感情，遇秋成恨"的故事，这就是韩少功所说的小说（文学）中意识形态（价值观、人生观等）对我们的定型塑造，"隐藏在小说传统中的意识形态，正通过我们才不断完成着它的自我复制"[①]。"古之女子，因春感情，遇秋成恨"的爱情故事正是通过杜丽娘完成了它的自我复制。因此正是《题红记》《崔徽传》和诗词乐府中的爱情文本，使得她朦胧的本能欲望有明确的指向对象（以君子、才子、折桂之夫、蟾宫之客等命名），并在内心中想象他。在她所读的这些文本中，作为儒家经典的《诗经》以其权威话语的身份为她的情欲正名，给她合法性依据，而《题红记》《崔徽传》和诗词乐府一类爱情文本中的爱情话语使她从爱情角度理解《关雎》，认为"窈窕淑女"成为"君子好逑"是理所当然的事情。因此，陈最良以"咏后妃之德"解《关雎》，并不能使她信服，她自有她的读法。正是爱情文本的构建和滋

[①] 韩少功：《马桥词典》，人民文学出版社 2008 年版，第 62—63 页。

养，使她得以在梦中创造出她的爱的对象，她的君子和折桂之夫。这一在现实中无法得到的君子和折桂之夫在她的梦中首次得到了真实的再现，成为她的欲望对象。柳梦梅正是她朝朝暮暮以爱情文本中的君子和折桂之夫为蓝本对自己的君子和折桂之夫进行想象的产物。因为梦中的柳梦梅是杜丽娘以爱情文本中的君子和折桂之夫为蓝本对自己的君子和折桂之夫进行想象的产物，因而她觉得"是哪处曾相见，相看俨然"（第十出）。并赋诗曰："近观分明似俨然，远观自在若飞仙。他年得傍蟾宫客，不在梅边在柳边。"（第十四出）而柳梦梅对杜丽娘也有这种似曾相识的相同的感觉，"成惊愕，似曾相识，向俺心头摸"（第二十六出），盖因他也是以相同的爱情文本中的淑女来构建自己的爱的对象的："小娘子画似崔徽，诗如苏蕙，行书逼真卫夫人。"（第二十六出）这一淑女形象其实早已在他的梦中出现："忽然半月之前，做下一梦。梦到一园，梅花树下，立着个美人，不长不短，如送如迎。说道：'柳生，柳生，遇俺方有姻缘之分，发迹之期。'因此改名梦梅，春卿为字。"（第二出）这说明无论是杜丽娘，还是柳梦梅，他们心目中的"君子"和"佳人"，均来自爱情文本中的爱情语言，是爱情文本中的爱情语言构建和自我复制的产物。正因为有共同的爱情文本，所以才有这种似曾相识的感觉。英国唯美主义作家王尔德把这一现象称为"生活模仿艺术"。在王尔德看来，"语言是思想的父母，不是思想的产儿"[1]。是语言构建思想而不是思想构建语言。因此，艺术作为"语言"，它构造令人感到真实可信的感性经验世界，引导和塑造人的观念、性格和行为。正是在这一意义上王尔德断言："生活模仿艺术。"[2] "罗伯斯庇尔出自卢梭的书页之中，其无疑程度就像人民宫从一部小说的废墟中升起一般。文学总是居先于生活。它不是模仿它，而是按照自己的目的浇铸它。众所周知，十九世纪主要是巴尔扎克发明的。我们的李西安·德·李旁普瑞们，我们的拉斯蒂涅们以及德·马赛们，最初是在《人间喜剧》的舞台上出现的。我们只是以脚注和不必要的补充，

---

[1] 赵澧、徐京安主编：《唯美主义》，中国人民大学出版社1988年版，第158页。
[2] 同上书，第127页。

在实现一个伟大小说家的怪念头、或幻想、或创作幻象。"① 从王尔德的观点看，杜丽娘和柳梦梅是文学艺术的模仿者，他们的爱情想象和行为的蓝本来自文学文本，是对《题红记》《崔徽传》和诗词乐府中爱情的模仿。

　　从以上分析看，汤显祖的天才想象，以一出浪漫的爱情故事展现了爱情语言是如何构建人类的爱情的。从现代语言哲学角度看，这一天才的想象具有深刻的真理性。正是这种深刻的真理性，才使得《牡丹亭》这一虚构的文本又构建出了明清女性真实的梦境和爱情故事，这是《牡丹亭》爱情语言的后果。这也就是希利斯·米勒所说的，用语言表达的故事"使一些事情在现实世界中发生：譬如，它建议人格模式或行为模式，然后它们就在现实世界中被模仿。据说，顺着这些思路，早已有人说过，如果没有阅读小说，我们就不知道我们是否在恋爱"②。希利斯·米勒所说的就是文学语言对人的主观经验世界（包括爱情观念）的构建。明清两代有不少女子因读《牡丹亭》而产生对爱情向往的故事，其中最著名的是冯小青和三妇合评《牡丹亭》的故事。虽然钱谦益认为冯小青的故事是虚构的，但根据陈寅恪的考证，冯小青确有其人，是冯云将儿子的妾。因属同姓通婚，有违礼教，故作为冯云将朋友的钱谦益为维护朋友而曲说冯小青的故事是基于"情"字虚构出来的。据说，冯小青不为冯妻所容，被迫独居西湖边。她喜欢《牡丹亭》，并深受其影响，其《焚馀》诗草有绝句云："冷雨幽窗不可听，挑灯闲看《牡丹亭》。人间亦有痴于我，不独伤心是小青。"③ 她模仿杜丽娘的行为模式，临死前请画师画下自己的形象："一日语女奴曰：'传语冤业郎，可觅一良画师来。'师至，命写照，写毕揽镜熟视曰：'得吾形矣，未得吾神也。'姑置此，师易一图进，曰：'神似矣，丰采未流动也。'乃命师复坐，自与女奴扇茶铛或检图书或整衣褶或代调丹碧诸色，从其领会。久之，命写图，图成笑曰：'可矣。'取其供榻前，

---

　①　赵澧、徐京安主编：《唯美主义》，第129页。
　②　兰特里奇、麦克列林等编：《文学批评术语》，（香港）牛津大学出版社1994年版，第92页。
　③　陈文述：《兰因集》，载《丛书集成续编》，（台北）新文丰出版社1989年版，第16页。

艺名香设梨汁奠之,曰:'小青,小青,此中岂有汝缘分耶?'抚几而泣,泪与血俱,一恸而绝,年才十八耳。"[1] 由此可见,冯小青的行为和观念实在是受《牡丹亭》的指引和构建,杜丽娘的行为通过冯小青完成了它的自我复制,只是现实中的冯小青没有虚构的杜丽娘幸运,无法完成其肉身的复活,这说明语言只能构建人的主观经验世界和行为,却无法构建实在的物质实体,《牡丹亭》中杜丽娘的死而复活应当另有深意(详下)。清代《吴吴山三妇合评牡丹亭还魂记》则是另一种被《牡丹亭》构建的传奇故事。这一故事始于吴人(字吴山)未过门的未婚妻陈同。陈同是一位迷恋《牡丹亭》的年轻姑娘,她热衷于搜集校对《牡丹亭》的不同版本,直到获得汤显祖所属书坊所刻的权威版本。从此之后,她开始点评《牡丹亭》。在不幸染病之后她依然熬夜苦读,她的母亲担心她的健康,焚烧了她的书。幸运的是,陈同的乳母保存了她所评点的《牡丹亭》第一卷。陈同死于结婚之前,她的乳母将她所评点的《牡丹亭》第一卷卖给了吴人。吴人后来娶了谈则,谈则也喜欢《牡丹亭》,她在陈同的基础上继续评点《牡丹亭》。同样不幸的是,谈则死于婚后的第三年。后来吴人又娶了钱宜。钱宜和陈同、谈则一样,也喜欢《牡丹亭》,她通宵阅读陈同和谈则的评点,并加入自己的观点。她后来变卖珠宝,说服吴人出版《三妇合评牡丹亭还魂记》一书。钱宜以为《牡丹亭》的故事是真实的,因此,在刻完此书之后,于元夜月上,置净几于庭,设杜丽娘灵位,将《三妇合评牡丹亭还魂记》一册供于上方,并折红梅一枝,插入胆瓶之中,然后点灯,陈列酒果祭奠。根据钱宜的说法,她的丈夫吴人起初认为《牡丹亭》中的杜丽娘是虚构的人物,如此祭奠未免过于痴情。谁知,半夜她的丈夫叫醒她,跟她说他做了一个梦,梦中和她同到一个花园,只见花园中有一亭子,亭前各色牡丹盛开,不久有一美人从亭后出来,容颜更胜牡丹,他以为这就是杜丽娘。梦中钱宜问美人姓名住处,皆不回答,又问是否杜丽娘,也不回答,只是笑笑而已。过一会儿,大风吹得牡丹花满空飞搅,遂惊醒过来。让钱宜感到惊奇的是,她也同时做了同样的梦。其

---

[1] 陈文述:《兰因集》,载《丛书集成续编》,(台北)新文丰出版社1989年版,第5页。

实,这并不是什么奇异的事,吴人和钱宜之所以同床同梦,从语言世界观理论角度看,乃是因为他们的心灵世界都为《牡丹亭》所构建,都向往《牡丹亭》中的浪漫爱情,因而在梦中重构出相同的杜丽娘。

第三节　语言构建爱情的前提:白日梦 文本的真实性

语言世界观理论认为,语言可以构建人的主观经验世界,然而,在现实世界中,我们发现,并非每一种语言事实上都能构建人的主观经验世界。因此,语言构建人的主观经验(包括爱情经验)肯定有其前提条件。

语言对人的主观经验世界的构建,应该是英国语言学家奥斯汀所说的言语施效行为。奥斯汀的言语行为理论认为,人类的话语具有施事行为和施效行为。"所谓'话语施事行为'从字面意思看是指在说话当中所实施的行为,即在说话中实施了言外之事。"[1]　"所谓'话语施事行为'是指说话者在说了些什么之后通常还可能对听者、说者或其他人物的感情、思想和行为产生一定的影响。这种影响之产生不是话语施事行为,因为它不是在说话中所实施的行为,而只是言后之果。"[2]　话语的施事行为是就话语主体而言的,它意味着话语主体在说话的同时践行话语所承诺的行为,是话语主体在履行自己的承诺。而话语的施事行为是就话语的接受者而言的,它意味着是话语接受对象对话语的接受并以此来构建自己的主观经验世界,它是无法被话语主体所强制的,是接受者心甘情愿接受的结果。那么,什么样的话语才会让接受者心甘情愿地接受呢?奥斯汀并未作出详细分析。我们可以借用巴赫金对具有内在说服力的话语的论述来加以解释。在巴赫金看来,一种语言如果既具有说服力,又具有权威性,那么就容易为人所接受,构建人的观念世界。巴赫金认为,在人的思想意识和世界观的形成过程中,他人话语已经不是什么信息、指示、规矩、范例之类的东西;它力求规定我们世界

---

[1] 杨玉成:《奥斯汀:语言现象学与哲学》,商务印书馆2002年版,第84页。
[2] 同上书,第85页。

观的基础、我们行为的基础，它在这里以专制的话、具有内在说服力的话出现。专制的话语和具有内在说服力的话语既有着深刻的区别，又可以结合在一起，这种既具有专制的力量又有内在说服力的他人话语虽然很少见但亦可出现，而且，这种话语一旦出现，便具有极强的构建能力。对于杜丽娘来说，理学话语是无论如何都得服从的专制的权威话语，而《题红记》《崔徽传》和诗词乐府中的爱情文本则是虽没有权威却具有内在说服力的话语，《诗经·关雎》则是二者的结合，它既是专制的权威话语，又是具有内在说服力的话语，因为《诗经》作为儒家经典是官方承认的权威话语，也是必须服从的专制话语，但杜丽娘所理解的《关雎》又融入了《题红记》《崔徽传》和诗词乐府中爱情世界的具有内在说服力的话语。因此，《诗经·关雎》以一种奇特的方式一方面以专制权威话语的身份为她的爱情正名，给她的爱以合法性，另一方面，又以其真实的爱情白日梦令她信服，从而得以构建杜丽娘的爱情世界。

那么，《诗经·关雎》《题红记》《崔徽传》和诗词乐府中的爱情白日梦对杜丽娘来说为什么是真实的、令她信服的？这要从白日梦的性质说起。如前所述，爱情语言构建了杜丽娘和柳梦梅的梦幻世界，他们所做的梦传统上叫春梦，现代心理学叫性爱白日梦。从弗洛伊德的精神分析理论来看，梦，"实际上，是一种愿望的达成"①。在弗洛伊德看来，人的包括性本能在内的无意识心理被意识所压抑，这种被压抑的无意识本能欲望除了通过自我的现实原则在现实中获得实际满足之外，还通过梦（包括夜梦和白日梦即幻想）和艺术活动等途径获得假想的满足。在现实中，由于自我的现实原则（现实理性）和超我的至善原则（道德理性）的制约，大多数无意识的本能欲望并未获得满足，它们只能处于被压抑的状态。但这些无意识的本能欲望是强大的，它们跃跃欲发，在睡眠中随着现实和道德理性的松弛而戴着各种假面具进入人的意识世界，这便是夜梦。当然，在大白天，现实和道德理性也有松弛的时候，这时，人们往往进入幻想的想象世界。在弗洛伊德看来，白日的幻

---

① 西格蒙德·弗洛伊德：《梦的解释》，赖其万、符传孝译，作家出版社1986年版，第37页。

想与梦具有相同的性质,因而被称为白日梦。弗洛伊德进一步认为,艺术家创作的艺术品其实也是一种使在现实中受挫的无意识本能欲望获得想象性满足的白日梦:"想象的王国实在是一个避难所。这个避难所之所以存在,是因为人们在现实生活中不得不放弃某些本能要求,而痛苦地从'快乐原则'退缩到'现实原则'。这个避难所就是在这样一个痛苦的过程中建立起来的。所以,艺术家就象一个患有神经病的人那样,从一个他所不满意的现实中退缩下来,钻进了他自己想象力所创造的世界中。但艺术家不同于精神病患者,因为艺术家知道如何去寻找那条回去的道路,而再度把握现实。他的创作,即艺术作品,正象梦一样,是无意识的愿望获得一种假想的满足。"[1] 在弗洛伊德那里,艺术文本实际上是作家梦幻的客观化,它包含着人类被压抑但又渴望得到满足的无意识本能愿望,因而是真实的、令人信服的。从弗洛伊德的观点看,杜丽娘和柳梦梅所做的梦是典型的性爱白日梦,他们之所以做这样的梦是因为他们那既基于生理冲动又被爱情文本推波助澜的强烈的爱欲在现实中无法得到满足,因而只能通过白日梦获得假想的满足,这在柳梦梅的独白中已一语道破:"小生待画饼充饥,小姐似望梅止渴。"(第二十六出)所谓画饼充饥,望梅止渴,实际上就是在现实中无法满足的欲望的假想满足。因此,梦植根于个人经验,他和个人的欲望是否得到满足密切相关。对于这一点,英国心理学家霭理士也有相当明确的阐述:"就大体说,白日梦的梦境往往建筑在有趣的个人经验之上,而其发展也始终以此种经验做依据。……白日梦也和性的贞操有相当的关系,大抵守身如玉的青年,容易有白日梦。"[2] 由此来看,杜丽娘的白日梦与她的个人经历及贞操观念密切相关。通过《牡丹亭》文本,我们知道,杜丽娘生长在理学盛行时代的官宦之家,在公开场合,她所读的是符合理学观念的既权威又专制的男、女四书,符合理学社会的期待。然而,她又私下阅读《题红记》《崔徽传》和诗词乐府中让她感到真实和信服的爱情文本。在"春心无处不飞悬"的二八年纪,这些真实和信服的爱情文本助长了她的情欲。然而,在那样一种理学盛行的环境中,未婚

---

[1] 《弗洛伊德论美文选》,张唤民、陈伟奇译,知识出版社1987年版,第9页。
[2] 霭理士:《性心理学》,潘光旦译,三联书店1987年版,第127页。

的杜丽娘的情欲在现实中是无法得到实际满足的,因此只能通过白日梦和前人白日梦的产品——爱情文本(《诗经·关雎》《题红记》《崔徽传》和诗词乐府中的爱情文本)来获得假想的满足,这和蔼理士对性爱白日梦的描述完全一致:"女童的白日梦则往往和本人所特别爱读的小说发生联系,就是,把自己当作小说中的女主角,而自度其一种想象的悲欢离合的生涯。过了十七岁,在男女的白日梦里,恋爱和婚姻便是常见的题目了;女子在这方面的发展比男子略早,有时候不到十七岁。"① 因此,对于杜丽娘来说,无论是自己的白日梦,还是作为他人白日梦客观化的爱情文本,都具有高度的心理真实性和可信性。正是这种高度的心理真实性和可信性,才使她迷恋爱情文本和梦幻世界中的爱情模式,并将它作为现实行为的指南。那些迷恋于《牡丹亭》的明清女性也同样如此,她们和虚构人物杜丽娘一样,生长在理学盛行的时代,个人的情欲在现实中无法得到实际的满足,只能通过白日梦和白日梦客观化的爱情文本《牡丹亭》来获得假想的满足。《牡丹亭》对于她们来说是具有高度的心理真实性和可信性的,这从前述的冯小青和吴人前后三位妻子的言行中即可看出。因此,语言是否能构建接受者的主观经验世界(包括爱情世界)关键在于语言所描绘的世界是否与接受者的心理需要相一致,是否从内心里被认为是真实和令人信服的。如果语言所描绘的世界与接受者的心理需要相一致,在内心上被认为是真实和令人信服的,那么,接受者就会自动认同语言所描绘的世界并以此作为他行为的指南,语言就能构建接受者的主观经验世界(包括爱情世界)。

  作为《牡丹亭》的作者,汤显祖在《牡丹亭》题词中特别强调了杜丽娘情梦的真实性:"天下女子有情,宁有如杜丽娘者乎!梦其人即病,病即弥连,至于手画形容,传于世而后死。死三年矣,复能溟莫中求得其所梦者而生。如丽娘者,乃可谓之有情人耳。情不知所起,一往而深。生者可以死,死者可以生。生而不可与死,死而不可复生者,皆非情之至也。梦中之情,何必非真?天下岂少梦中人耶!必因荐枕而成亲,待挂冠而为密者,皆形骸之论也。"对汤显祖的这一段话,必须结

---

① 蔼理士:《性心理学》,潘光旦译,三联书店1987年版,第126页。

合他在《寄达观》中所说的"情有者理必无，理有者情必无"①，才能理解其中所包含的历史真实性和深刻意义。在汤显祖和他所创造的人物杜丽娘那里，情（具有内在说服力的话语）与理（专制的权威话语）存在着尖锐的对立，这就是"情有者理必无，理有者情必无"。这种对立是明代中后期社会重理的官方意识形态（理学）话语和重情的儒学异端话语尖锐对立的反映，它与儒学的历史发展有密切的关系。如果我们仔细考察，就会发现，情（感性生命活力和欲望）和理（道德理性）二者的关系是先秦儒家著作的重要内容，二者在先秦儒家著作那里大体处于一种平衡的状态，因而未形成尖锐对立。先秦儒家以植根于父子自然生理血缘基础之上的孝道为其道德基础，因而对人的食色等肉体欲望一直持较为宽松的理性态度。先秦儒家虽然本着中庸原则对肉体欲望持较为警惕的态度，但并不主张禁欲。孔子在主张少年戒色的同时，又主张"欲而不贪"②。孟子虽然主张寡欲，但并不主张禁欲，认为："男女居室，人之大伦也。"③ 因此，他对告子"食色，性也"④ 这一主张并不加以驳斥。《礼记》也明确承认："饮食男女，人之大欲存焉。"⑤ 总之，先秦儒家只是强调必须以礼节欲，不使欲泛滥而已。反对孟子寡欲说的荀子更进一步认为"礼者养也"⑥，认为礼无非是为调和物质财富和人的欲望之间的矛盾而制定的，目的是养人之欲。显然，在先秦儒家那里，肉体欲望虽然被看做较低的层次，但并未被禁止和否定。因此，一直到唐代，中国人对肉体欲望一直持一种比较宽松的理性态度，人的肉体欲望在现实中均可以得到合理的满足。但到了宋代，随着程朱理学的出现，一部分文人开始在理论上对肉体欲望持一种较为严厉的态度。虽然本着儒家的孝道原则，二程也认为饮食男女之欲，喜怒哀乐之情，都是人性自然，但他们确实从理论上将天理和人欲绝对对立起来："不是天理，便是私欲……无人欲即皆天理。"⑦ 朱熹也认为："人之一心，

---

① 蔡景康编选：《明代文论选》，人民文学出版社1999年版，第283页。
② 杨伯峻：《论语译注》，中华书局1980年版，第210页。
③ 杨伯峻：《孟子译注》（上），中华书局1988年版，第209页。
④ 杨伯峻：《孟子译注》（下），中华书局1988年版，第255页。
⑤ 孙希旦：《礼记集解》（中），中华书局1998年版，第607页。
⑥ 《诸子集成》卷三《荀子集解》，岳麓书社1996年版，第253页。
⑦ 《二程遗书》，上海古籍出版社2000年版，第190页。

天理存则人欲亡，人欲胜则天理灭，未有天理人欲夹杂者也。"① 在程朱那里，人欲和天理处于不是你死便是我活的生死对立之中。因此，程朱理学在理论旨趣上已大大不同于先秦儒学。

本来，程朱理学如果仅仅是一种学术流派和主张，它也就不可能对现实中的芸芸众生产生实际的影响，因而也就不可能成为扼杀人的合理的本能欲望的工具。然而，到了明代，由于统治者将程朱理学钦定为官方统治思想和意识形态，朱熹所注的四书成为科举考试的标准，程朱理学因而被官方化、制度化了，成为专制的权威话语。程朱理学的"存天理，灭人欲"这样一种观念也就不仅仅是一种学术观念，而是一种被制度化了的官方统治思想和意识形态。作为官方统治思想和伦理制度，它变成了具体的政策条例和道德准则，承担着规训人体、压制人欲（尤其是女性欲望）的功能。因此，从明代开始，节妇、烈妇被政府和宗族大张旗鼓地表彰，节妇、烈妇也因而大量出现。这就导致了后来戴震所说的后儒以理杀人的残酷现实。

当然，这种极端的禁欲制度，由于完全忽视人的自然本能的合理满足而不可能长期存在下去。因此，从明代中叶开始，这样一种极端的禁欲制度就开始受到现实和观念等多方面的冲击。从社会现实方面看，从明代中叶开始，随着与传统重在军事、政治功能不同的云集着大批商贾和手工业业主的工商业市镇大量出现，城市中聚集了相对充裕的欲望对象，为个人欲望的满足提供了必要的物质财富。本来，按照荀子"故礼者，养也"的说法，礼无非是为调和物质财富和人的欲望之间的矛盾而制定的，目的是养人之欲。现在，既然丰富的物质财富能满足人们对欲望的进一步要求，理学对人的欲望的较为严厉的礼的限定，也就因为失去其现实基础而变得更松弛，也就不再为人们所遵从了。于是，个人欲望的无限制的自由满足成了市民尤其是商人和手工业主的首要追逐目标。在市民社会中，谁获得最大限度的欲望满足，谁就成为那个时代的英雄。这从那个时代的工商城市所直接孵化出来的《金瓶梅》中即可看出。作为药材商人的西门庆因财富、女人、权力等方面欲望的极大满足而被礼遇，成为那个时代城市社会的英雄。城市中商人和手工业主

---

① 《朱子语类》（一），中华书局1999年版，第224页。

对欲望的无止境追求，影响了整个社会，市民奢侈成风，连一般老百姓也不例外，"民风从上到下，从富至贫，尽皆'靡然向奢，以俭为鄙'，不仅'豪门贵室，导奢导淫'。不仅一般富民'竞相尚以靡侈'，就连底层贫民也是'家无担尺之储，耻穷布素'，'奔劳终日，夜则归市渞酒，夫妇团醉而后已，明日又别为计。'"① 甚至连许多有名的文人都公然以追逐世俗感官欲望的自由满足为乐事，张岱在《自为墓志铭》中记述他"少为纨绔弟子，极爱繁华，好精舍，好美婢，好娈童，好鲜衣，好美食，好骏马，好华灯，好烟火，好梨园，好鼓吹，好古董，好花鸟，兼以茶淫桔虐，书蠹诗魔"②。举凡那个时代能满足其感官欲望的，无所不好。从观念方面看，作为儒学异端的王学左派及其何心隐、李贽等人也从理论上给予程朱理学以致命的打击。

　　汤显祖是在这样一个重理的官方意识形态和重情欲的儒学异端尖锐对立的时代背景下创作《牡丹亭》的，因此，情与理在他及其所创造的人物杜丽娘中形成了尖锐的对立。当然，在那个缺乏外来理论和思想资源的年代，他反对扼杀生命的教条化的理学其实也只能从先秦儒家经典中寻找理论依据和思想资源，正像他的对立面程朱理学其实也是从先秦儒家经典中寻找理论依据和思想资源一样，先秦儒学在此被撕裂为尖锐对立的两面。这就造成了人性的分裂，道德理性和感情欲望处于尖锐的对立之中。在公开场合，由于官方的强力推行，人们依程朱理学的道德理性行事，现实因而被程朱理学的专制权威所构建。然而，人又是一种肉身的存在，有着无法消灭的人欲，因此，在私下里，人们又不得不为自己的私欲寻找合理性的辩护。这种合理性辩护最有效的途径是从儒家经典中寻找证据，其最通常的做法是将儒家经典情欲化，以反对程朱理学的教条化，这在《牡丹亭》中表现为杜丽娘和春香以情解释《关雎》。程朱理学由于抽去先秦儒学道德理性的感性血肉基础而使道德理性教条化，并使其所构建出来的世界和人类失去感性生命活力。因此，戴震的"后儒以理杀人"不仅指对人的肉体的摧残，而且也指对人的感性生命活力的摧残，这种对人的感性生命活力的摧残导致人虽然在肉

---

① 赵士林：《心学与美学》，中国社会科学出版社1992年版，第157页。
② 张岱：《琅嬛文集》（卷五），岳麓书社1985年版，第99页。

体上并未死亡，但却缺乏旺盛的感性生命活力，如《牡丹亭》中的杜宝和陈最良。因此，对于汤显祖来说，杜丽娘的死并非是肉体的死亡，而是内心中来自被程朱编注的男女四书的僵化教条的道德理性的死亡，即摆脱了失去活力的僵化教条的道德理性话语的构建。在摆脱了失去活力的僵化教条的道德理性之后，感性生命欲望和活力才得以显现，这就是死而复生。因此，在汤显祖那里，生死就不仅仅是形体上的生死，而且是感性生命活力和欲望的生死，只看到前者，看不到后者，是形骸之论。失去活力的僵化教条的道德理性活着，就意味着感性生命欲望和活力的死亡；失去活力的僵化教条的道德理性的死亡，就意味着感性生命欲望和活力的复活，这就是"情有者理必无，理有者情必无"。在汤显祖看来，这种感性生命欲望和活力表现为贯通天地万物的气机："通天地之化者在气机，夺天地之化者亦在气机。化之所至，气必至焉。气之所至，机必至焉。"① 表现为人兽共有的情（感性生命活力）："人生而有情。思欢怒愁，感于幽微，流乎啸歌，形诸动摇。或一往而尽，或积日而不能自休。盖自凤凰鸟兽以至巴、渝夷鬼，无不能舞能歌，以灵机自相转活，而况吾人。"② 这种感性生命活力是强大的，是不可能被根除的。然而，被制度化了的教条化的道德理性虽然很僵化，但借助强大的官僚机构及其对人的理性的构建，它筑起了铜墙铁壁，成功地压制了人的感性生命活力。因此，杜丽娘只能在现实和道德理性不再起作用（即现实和道德理性的死亡）的白日梦和鬼魂世界中复活其感性生命活力和情欲。在现实的理性的人类世界，杜丽娘无法逾越这铜墙铁壁般的道德理性，因此，在她死而复生，回到理学盛行的现实世界之后，面对柳梦梅的求欢，她的所作所为与她在梦境和鬼界中的所作所为截然相反："秀才可记的古书云：'必待父母之命，媒妁之言。'""前夕鬼也，今日人也。鬼可虚情，人须实礼。"（第三十六出）这可以说是一种策略，即在拥有君子后必须遵循现实和道德的理性原则来实现欲望的满足。这类似于弗洛伊德所说的艺术家，知道从想象的白日梦世界返回现实世界并重新把握现实的道路。杜丽娘显然是一位深知其中奥妙的行为

---

① 蔡景康编选：《明代文论选》，人民文学出版社1999年版，第278页。
② 同上书，第280页。

艺术家,她知道,在现实中,通过婚姻满足欲望是为现实和道德理性所允许的。这正是杜丽娘为何在鬼界、梦幻世界和现实世界表现截然相反的原因。在鬼界和梦幻世界,随着自我的现实理性和超我的道德理性的死去,杜丽娘的本我因而得以以快乐原则肆意行事,而在现实世界中,由于自我的现实理性和超我的道德理性的严密监控,本我被压抑到无意识的世界中,杜丽娘只能依自我的现实理性和超我的道德理性行事。基于理想的男女相爱基础之上的合法的婚姻解决了这一难题,依快乐原则行事的本我和代表现实理性的自我和代表道德理性(良知)的超我在合法的理想婚姻中又重新处于平衡的状态,代表现实理性自我和代表道德理性(良知)因其对本我的兼容而失去其教条性和专制性,重新获得生命活力。杜丽娘也因而摆脱了感性生命活力和现实、道德理性尖锐对立的"情有者理必无,理有者情必无"的人格分裂状态,感性生命活力和现实、道德理性重归于好,现实、道德理性话语因感性生命活力的注入而免于僵化,感性生命活力因现实、道德理性话语的规范而免于失范。

冯梦龙显然认为,像《牡丹亭》一样,文学产生于被现实理性和道德理性所压抑的情(感性生命活力),因而具有高度的情感真实性,这种具有高度情感真实性的文本对世界产生了极大的影响:"世总为情,情生诗歌,而行于神。天下之声音笑貌大小生死,不出乎是。因以瞻荡人意,欢乐舞蹈,悲壮哀感鬼神风雨鸟兽,摇动草木,洞裂金石。"[1] 这就是奥斯汀所说的言语施效行为和语言哲学所说的语言对人的主观经验世界的构建。因此,从《牡丹亭》爱情世界的前因与后果看,文学语言的情感真实性和内在说服力是它能否实际构建人的主观经验世界的重要条件。而优秀的文学作品总是具有这种高度的情感真实性和内在说服力,因此,与日常和科学语言相比,它更能实际构建人们的主观经验世界和行为模式。

---

[1] 蔡景康编选:《明代文论选》,人民文学出版社1999年版,第275页。

第四章

王蒙创作的语言世界观阐释

第一节 王蒙的语言观

作为2004年《甲申文化宣言》的发起者之一，王蒙的语言观备受争议。他曾经是激进的文学探索者，却在全球化愈演愈烈的当今以文化保守主义者的面目出现，争论自然在所难免。"先锋、激进"的王蒙是如何变成"保守"的王蒙的？曾经热衷于西方"新潮"的意识流小说的王蒙又是如何变成热衷于"保守"的汉语言文字的王蒙的？这是一个值得探讨的问题。

一 从文化的自觉到语言的自觉

在我看来，王蒙之所以对汉语感兴趣，首先与中国成功地加入世界贸易组织有直接的关系。入世之后，全球化成为中国面临的一个现实问题。虽然从全球化即是欧洲资本主义的全球扩张这一最宽泛的意义上讲，全球化早就进行了好几百年，但全球化成为1949年之后中国人的一个迫切的现实问题，则是在中国加入世界贸易组织之后。"入世"之后，一方面由于中国人现实地感受到从经济到文化领域的全球化，另一方面由于西方国家关于全球化理论话语的介绍和引进，中国人不仅有了全球化的切身感受，同时也获得了表述这一感受的话语形式。全球化就这样成为一个中国必须面对的现实问题。对于没有多少历史文化传统的民族来说，这也许不是一个问题，但对于中国这样一个有着悠久的历史文化传统的民族来说，这是一个巨大的问题。中国加入全球化进程一方面是被动的，另一方面又背负着深厚的民族历史文化传统，因此，从民族文化认同和情感角度看，很多中国人（尤其是人文学者）面对全球化进程，其内心是非常复杂的。从现实和理性的角度来看，他们中的大多数都非常清楚地意识到，我们必须主动融入全球化进程之中，并争取处于这一进程的前列。但在情感上，他们又希望能够保留中国传统文化，作为民族文化身份认同的依据和民族情感的寄托。因此，他们多半选择近代以来那种"中学为体，西学为用"的态度，在器用层面上接受西方的科学技术和经济文化，但在本体上则认同中国传统文化。在这一点上，新世纪以来的王蒙和他的同乡张之洞基本上是一样的。在"人文精神与社会进步"的演讲中，王蒙一方面基于中国落后的科学技术现实，对有些中国学者不顾这一现实而跟随西方学者"质疑经济的发展，质疑科学技术的发展，质疑现代化、现代性，特别是质疑全球化的进程"[①] 很不以为然，因为中国是一个经济和科学技术很落后，现代化程度很低的国家。对于那些运用文化相对主义（这本来是西方有良知的知识分子用来反思西方中心主义的）来为中国科技落后、缺乏民主和个性辩护的学者，王蒙更不以为然，认为这是因噎废食。对于"越是民族的，就越是世界的"，王蒙认为这个观点的逆命题也是成立的。只要自己还是弱者，"越是民族的"就只能成为强势文化拯救的对象或旅游的对象（成为博物馆）。在王蒙看来，全球化，尤其是科学技术、工业、经济等领域的全球化是不可避免的："现在全球化的趋势是在加快，而且实际上不可阻挡。随着工业化，特别是信息化的发展，全球化、标准化和数字化已经成为一种潮流。"[②]

但另一方面他又反对科学技术万能论，因为科学技术虽然能解决经济、生产、生活（衣食住行等）问题，但却解决不了人生信仰、意义、价值、情感、生命本身等问题。例如，对于爱情，科学就无能为力："我觉得用这种纯科学来说明男女情感，甚至于说一个配种站都是有遗憾的，因为配种站有些时候也有存在美感的。……所以如果科学技术的发达、数据化的观念使你丧失了对爱情最起码的感受，我是觉得非常遗憾的。没有美的感受，这个爱情还存在什么。"[③] 因此，对人生信仰、

---

① 《王蒙新世纪讲稿》，上海文艺出版社2005年版，第201页。
② 王蒙：《接纳大千世界》，春风文艺出版社2003年版，第262页。
③ 《王蒙新世纪讲稿》，第208页。

意义、价值、情感等的追求与满足，只能通过很难说有科学意义上的"进步"的人文精神领域来获得。正是在这一意义上，他赞同文化保守主义。因为文化世界通过其记忆功能将一个民族对生命的体验、激情、理想、价值、意义等保存下来。他频繁地赞美汉字，认为汉字虽然在清晰性、严密性和可操作性上有缺陷，但由于其特有的灵活性、弹性、暗示性、多义性、不确定性，汉语言在审美上具有一种独特的魅力。例如《夜的眼》是单数还是复数？这是翻译成西方语言必须考虑的问题，但在汉语中，这却不是问题，它可以同时包含复数的"眼"和单数的"眼"，具有审美的模糊性和不确定性。尤其是在古汉语中，这种审美的模糊性和不确定性普遍存在，例如杜甫的"幼子绕我膝，畏我复却去"。历来对之有多种解释，有的认为是长时间不见，幼子认生，因而怕我，不敢靠近，有的则认为是幼子怕我再次离家，因而抱住我的腿，这两种解释其实都合理，因为它确实同时包含这两种意思。因此，他很珍视古典文学作品（尤其是古典诗词）中所保留下来的汉民族对生命的体验、激情、理想、价值和意义。在王蒙看来，世界的发展从来不是单向的，在全球化、标准化、数字化的同时，地域化、多样化、民族化同时并存，后者矫正前者。面对全球化，一个有文化传统的民族会越来越顽强地保持自己的文化系统。因此，文化是矫正全球化的一个主要领地。因为文化的价值是多元的，不能简单地说过圣诞节就先进，过春节就落后，完全可以你过你的圣诞节，我过我的春节。王蒙认为，这是文化上的自觉，是一个非常值得珍惜的东西。之所以值得珍惜是因为"文化起着这么一种作用：它使世界变得丰富多彩，使一个民族得到尊严，甚至使一个国家得到凝聚。所以这叫'文化爱国主义'。""这种文化自觉、自尊和自爱，使我们这个全球化的过程能够变得平衡。"[1] 正是在这一意义上，王蒙认为，在全球化的背景下，我们应该自觉地建设文化大国。在王蒙看来，文化主要保留在语言文字之中，汉文化则主要保留在汉语言文字之中："我觉得有一个集中体现中国文化的东西，就是汉字。"[2] 因此建设文化大国，"首先，我觉得我们应该有一个在文化

---

[1] 王蒙：《接纳大千世界》，春风文艺出版社2003年版，第272页。
[2] 《王蒙新世纪讲稿》，上海文艺出版社2005年版，第313页。

建设上的全民族的自觉。"① "其次，我们建设文化大国，我们弘扬中华文化，首先的是爱护我们的语言和文字，就是我们通常说的汉语和汉字。"② 由此可见，王蒙是由文化自觉走向语言自觉的。

二　从语言的不及物性到语言的文化性

从以上论述看，王蒙由文化自觉走向语言自觉的直接原因是全球化所导致的民族文化自觉。但这仅仅是一个方面的原因而已，还不足以令人信服地解释王蒙为何走向语言和文化的自觉。因为全球化是当下所有中国作家所面临的共同问题，但为什么不是所有的作家都表现出这种语言和文化的自觉？因此，除了全球化所导致的民族文化自觉这个原因之外，还应有更内在的原因，这个原因就是他从20世纪70年代末开始从事文学形式探索之后初步形成的文学语言观。作为新时期最早一批致力于探索新的文学形式的作家，他在70年代末至90年代初初步形成的文学语言观为他后来的语言文化观奠定了基础。在这个时期里，王蒙对文学语言的不及物性有了初步的认识。我这里所谓的文学语言的不及物性，指的是法国文论家热奈特意义上的文学作品的内容和意义与其语言形式的不可分离。热奈特认为，诗的言语是不及物的："之所以不及物，那是因为诗之言语的意义不可能脱离它的表达形式，不可能用其他言辞来表达，并由此注定永无休止地'在其形式内获得再生产'。"③ 王蒙在创作意识流小说时就意识到内容和语言形式是不可分离的，特定的内容只能通过特定的形式表现出来，因此，他非常重视语法修辞的问题，在《蝴蝶》中句号占压倒优势，不用引号，因为所写的是心理活动而不是对话，在《春之声》中，有一大段叙述只有名词没有主语、谓语……这都是为了更好地表达人的内心意识的波动而采用的语言形式，如果没有这些语言形式，这些内心意识的波动也就无法表达出来。他还把结构看成语言，因为结构能告诉人们一些东西，而这些东西离开特定的结构是无法表达出来的，就像同样一句话，由于前后次序的不同

---

① 王蒙：《接纳大千世界》，春风文艺出版社2003年版，第279页。
② 同上书，第281页。
③ 热拉尔·热奈特：《热奈特论文集》，史忠义译，百花文艺出版社2001年版，第105页。

就会有不同的意义一样。曾国藩和太平天国军打仗时,一度屡吃败仗,在写战报时,他巧妙地将"臣屡战屡败"改为"臣屡败屡战"。虽然所述的是同一件事,文字也相同,但由于语序不同,含义截然相反。"屡战屡败"意味着一败涂地,而"屡败屡战"则意味着"英勇悲壮,百折不挠,精神可嘉!……这说明结构本身也是一种语言,它是有表现力的"①。

由文学语言的不及物性,王蒙进一步认为,一般语言也是不及物的。在他看来,《老子》的"有无相生。难易相成。长短相较。高下相倾。音声相和。前后相随"既是语言形式又是一种朴素的辩证思想的模式,因此,"在读《老子》的时候,我们简直难以区分哪些是思想的玄秘哪些是语言的玄秘,哪些是思想的闪光哪些是语言的闪光,哪些是思想的有序哪些是语言的有序"②。因为"思想、感情、人类的一切知性悟性感性活动直至神经反射都与语言密不可分,思想的最精微的部分,感情的最深邃的部分,学理的最精彩的部分与顿悟的最奥秘的部分都与原文紧密联系在一起"③。因此,不用说将《老子》译成西方文字,即便译成白话文,也无法传达出原文的神韵与精微。也正是在这一意义上他认为:"英语不仅是一种达意的符号,也是一种情调,一种文化,一种逻辑性,一种生活方式。"④

语言的不及物性意味着语言并不是一种纯形式的东西,其中积淀着不可剥离的民族文化内容,例如民族的思维方式、情感、哲理、人生经验和智慧等。这就是王蒙所说的语言的记忆功能,这种记忆功能使整个民族历史最终变成语言,变成文本。在王蒙看来,在一个民族的文化遗产中,既有实物又有文本的东西给我们留下的印象最深,只有文本的次之,而没有文本只有实物的则是哑巴。因此,世界上很多东西之所以让人觉得可爱,是因为文本本身可爱。西湖之所以可爱,是因为有很多关于西湖的诗和故事,尤其是苏轼的诗。我们现在所看到的黄鹤楼虽然是伪黄鹤楼,但我们依然喜欢它,是因为有崔颢和李白的诗"这样一个

---

① 《王蒙文集》(七),华艺出版社1994年版,第164页。
② 同上书,第742页。
③ 《王蒙自述:我的人生哲学》,人民出版社2003年版,第10页。
④ 同上书,第31页。

记忆宝库,这样一个文化心理保存,使黄鹤楼始终生长在我们心里",是"因为黄鹤楼的仙气、灵气在它的文本上,在它的语言上"①。正是在这一意义上,文化的自觉最终必然导致语言的自觉,因为语言是不及物的,汉民族文化积淀在汉语言文字中,它的内涵不可能与汉语言文字相剥离。因此,汉民族文化的根源是汉语言文字,离开了汉语言文字,就无所谓汉民族文化。

三 作为民族文化记忆宝库的语言对人的塑造

在王蒙那里,民族文化积淀在语言中,语言显然就是民族文化的记忆宝库。作为民族文化的记忆宝库,语言可以塑造人,引导人们形成相应的人生经验和价值观念,使民族文化得到自觉地传承。虽然,从人类整体角度看,语言是人类的创造物,但是,对于每一个人来说,在他出生之前,已经存在了一个完整的语言世界,这个语言世界不仅积淀着民族的所有文化内涵,而且还对外部世界进行命名、分类和表达。正是在这一意义上,王蒙认为:"语言、文字先于你对世界的认识,它变成了帮助你认识世界的前导。我们甚至可以说,它像一个导游,一下子打开了你的眼睛,使你发现了世界、发现了自身、发现了欢乐、发现了悲哀、发现了高尚、发现了许许多多值得珍重的东西。"② 王蒙说,他小的时候是在读了幼稚园的歌谣"秋风凉,天气变,一根针,一根线,累得妈妈一身汗,妈受累不要紧,等儿大了多孝顺"之后忽然感悟到母亲是多么重要和可爱的。在王蒙看来,这个童谣的根源是孟郊的《游子吟》,"所以语言不仅反映了世界,而且也发现了世界,语言不但发现了世界,还打开了我们的眼界,打开了我们的心灵,这些我们在小说的阅读里都可以得到"③。也正是在这一意义上,王蒙认为,爱情虽然植根于人的生理本能,但它需要作为语言艺术的文学作品的引导,才能摆脱本能的粗鄙状态,形成文化意义上的爱情。这是语言对人性的修辞功能和提升功能,也是语言的人性化功能和审美功能。王蒙在讲演中

---

① 《王蒙读书》,复旦大学出版社 2005 年版,第 212 页。
② 王蒙:《接纳大千世界》,春风文艺出版社 2003 年版,第 232 页。
③ 同上。

多次提到,《阿Q正传》中的阿Q向吴妈表达感情本来是天经地义的,但由于没有读过爱情诗,情感没有得到修辞,结果以失败而告终。王蒙因此认为:"修辞能使很多事情甚至于发生本质的变化,从野蛮到文化,从野兽到文明的人,可以有很大的变化。"①"所以,在某种意义上说,是语言使我们的生命、经验、才华、欲望、情感升华了,如果没有语言,人就只剩下赤裸裸的动物功能,所以,语言的审美功能是非常重要的。"②

植根于人的本能的经验、情感尚且需要语言的唤醒、引导与修辞,那些与本能没有直接关系的超验的思想、智慧更离不开语言的唤醒与引导。在王蒙看来,语言,特别是书面语言,有自己的规则、有自己的要求、有自己的性能,这使得语言得以按自身的规律不断地重新组合、构建、发展、变化,而语言的重新组合、构建、发展、变化会产生新的思想,从而丰富人们的思想。例如,像"无限"这样的词汇,它指向的是非经验的超验世界,因此,"一个人要从经验的、有限的东西达到那种超验的、形而上学的东西,要靠语言帮助。就是说,语言所达到的很多是经验所没有达到的。……所以语言大大地丰富了、提高了、延伸了人的精神能力,建构了许多许多思想"③。在王蒙看来,孔子的"朝闻道夕死可也"中的"道"就是超验的至高无上的绝对价值,它能引导人们去追求这种绝对价值。

四 突破语言陷阱,创新民族语言和文化

然而,语言是民族文化的记忆宝库,同时也意味着作为文化之网中的动物的人不得不生存在语言文化之网中,受到语言文化之网的制约,语言也因此而成为陷阱和桎梏。王蒙非常清醒地意识到这一点,认为本来是人的工具、本来应听命于人的需要的"语言反过来主宰了人生。因为语言的力量太大了,我们对世界已经找不到我们自己的感受了,有现成的语言在那儿引导着我们,规范着我们,描述着我们"④。这就是

---

① 《王蒙读书》,复旦大学出版社2005年版,第213页。
② 《王蒙新世纪讲稿》,上海文艺出版社2005年版,第120页。
③ 同上书,第118页。
④ 同上书,第124页。

结构主义语言学常说的"是话说我而不是我说话",语言是囚禁人的牢笼。王蒙在演讲中多次提到,像"皎洁"这样的现成语言一方面既帮助他感受和描绘月亮,但同时也扼杀了他对月亮的独特感受,因为一看到月亮,"一轮皎洁的明月"这样的语言就会自动地涌现出来,这使他丧失了对月亮的感觉,使他一见月亮便自动地想到"皎洁","皎洁"因此而变成他最痛恨的形容词之一,"因为它控制了我,它抹杀了我的创造性,抹杀了我的原始的感觉"①。语言就这样变成了陷阱,变成了桎梏。

如何克服语言的陷阱与桎梏?从王蒙的众多演讲、报告和著作来看,克服语言的陷阱与桎梏的方法有两种途径。首先是在学好汉语的基础之上,以开放的心态学习其他民族的语言,接受其他民族语言中优秀的文化内涵。许多媒体往往从只言片语出发,炒作王蒙要保卫汉语,反对学习外语,这是对王蒙的误解。其实,能熟练地运用维吾尔语和英语的汉族人王蒙从他自身的语言学习经历中领悟到了语言的真谛:语言是一种生活方式,是一个文化世界。在谈到学习的时候,王蒙认为,没有比学习语言更重要的了:"多学一种语言,不仅多打开一扇窗子,多一种获取知识的桥梁,而且是多一个世界,多一个头脑,多一重生命。"②因为语言不仅仅是工具,而且还是文化,是别一个民族的心态、生活方式、礼节、风习、思维方式、文化的积淀,"它带给我们的会是一个更加开阔的心胸,更加开放的头脑,对于新鲜事物的兴趣,更多比较鉴别的可能与比较鉴别的思考习惯,这里还包括了养成一种对于世界的多样性、文化的多样性的了解与爱惜,……与此同时,就会克服和改变那种小农经济的鼠目寸光,那种'非我族类,其心必异'的排外心理与'美国的月亮比中国的圆'的媚外心理"③。在王蒙看来,一种语言的活力在于它对其他民族语言的容纳和吸收。历史上,汉文化就成功地转化了来自印度的佛教,使之成为中国式的禅宗。今天,中国人的许多日常用语诸如"平常心""觉悟"等其实都来自佛教,只是我们日用而不

---

① 《王蒙新世纪讲稿》,上海文艺出版社 2005 年版,第 83 页。
② 《王蒙自述:我的人生哲学》,人民出版社 2003 年版,第 10 页。
③ 同上书,第 15—16 页。

知，习焉不察而已。因此汉语是在其自身深厚的文化基础之上，通过不断地吸收其他民族语言的词汇和语法，获得新的发展的。特别是从近代以来，汉语的这一特点就更明显了，它不断地吸收、消化英语、日语和俄语等多种外语的词汇和语法，并使之中国化，以增强汉语的表现力和活力。因此，汉语文化的自觉不是拒斥外来语言和文化，而是克服妄自菲薄的心态，在一种文化自尊的基础之上，学习外来语言和文化，实现双赢："所有活的文化都是充分利用开放和杂交的优势，在和异质文化的融合和碰撞当中发展的，语言文字也是如此，语言文字本来是最稳定的、最富有民族性的，但不知不觉地，我们已经不知道吸收了多少的外来词语和外来的修辞方式。"① 这种来自异族的语言和文化价值能防止汉语的僵化、教条化，防止汉语成为扼杀正常人性的暴君。在王蒙看来，像"您好""你好"这样来自俄语的表达方式使汉语变得更温情更美好。

其次，在文学创作方面，在尊重民族语言规范的基础之上，超越语法规范，表达作家的独特感受、信念和创造性。这种超越的对象包括两个方面。一个方面是由传统优秀作家所形成的文学语言传统规范，另一方面是日常语言规范。先看对由传统优秀作家所形成的文学语言传统规范的超越。王蒙一方面念念不忘古典诗词的魅力，但同时又发现古典诗词束缚了作家的表达："在古典诗词的写作上，要得到一点点新意，非常难。我常常感觉到已经'穷'了，已经被古人'穷'了，已经没有我们置喙和放笔尖的余地了。"② 因此，对于萧风那种既比较符合古典诗词规范，又比较现代、时尚，能在一定程度上超越古典诗词规范的古典诗词写作，他就非常欣赏。作为一位小说家，他在新时期对小说文体的探索实际上就是尝试通过探索不同于以往作家成功地运用过因而成为文学规范的文体，以表达自己对社会历史、现实及其人生的独特感受，形成一种独特的小说文体。

再看对日常语言规范的超越。为了交流、表达等实用目的，日常语言强调规范。然而，规范的语言只能表达一般的思想感情，不能表达作

---

① 《王蒙新世纪讲稿》，上海文艺出版社 2005 年版，第 442 页。
② 同上书，第 316 页。

家对世界、人生、历史和现实的独特感受，因此，追求创造性的文学语言往往超越日常语言规范。王蒙发现，李商隐的一些诗，"字词的组合有相当的弹性、灵活性。它的主、谓、宾、定、状诸语的搭配，与其说是确定的，明晰的，不如说是游动的，活的，可以更易的。这违背了逻辑的同一律、否定律和排中律，这也违背了语法规则的起码要求。……但这种更换在诗里有可能被容许，被有意地采用乃至滥用。原因在于，这样的诗，它不是一般地按照语法—逻辑顺序写下的表意—叙事言语，而是一种内心的抒情潜语言、超语言"①。这就是说，为了创造性地运用语言，为了表达作家独特的感受，文学语言是可以违反和超越日常语言规范的。文学语言的这一特点使"语文教育碰到了一个悖论，出现了互相悖谬的两个命题。一个是我们中小学的语文学习必须要规范，比如怎么用标点、怎样避免错别字，包括语法上都应当规范。但是这些语言上的表达又随时要求突破规范，随时要求创意，而创意就会和既有的规范不完全相同，于是出现了两个矛盾体"②。因为入选语文课本的一般都是文学史上的经典作品，它已经成为文学和语言的规范，学生掌握这些规范将有利于他们在日常生活中按语言规范表达，增进交流和理解，但这种规范又扼杀了学生的创造性，因此又必须加以超越。因此，王蒙常常对那种过分强调规范乃至教条化的语文教学提出批评，认为这是扼杀学生的创造力。

正是在文学创作必须超越文学的传统规范和日常语言规范这一意义上，他肯定了作家对语言形式的探索："语言是一种符号，但符号本身有它相对的独立性与主动性。思想内容的发展变化会带来语言符号的发展变化，当然，反过来说，哪怕仅仅从形式上制造新的符号或符号新的排列组合，也能给思想的开拓以启发。"③

五　王蒙语言观的意义

对于王蒙的语言观，我们可以套用他对韩少功《马桥词典》的评

---

① 《王蒙文集》（八），华艺出版社1994年版，第396—397页。
② 王蒙：《接纳大千世界》，春风文艺出版社2003年版，第237页。
③ 《王蒙文集》（七），华艺出版社1994年版，第802页。

论来加以评价。王蒙认为,韩少功《马桥词典》中的那种既深刻又片面的"人类并不是语言的主宰,恰恰相反,语言才是人类的主宰"这样一种语言观"来自已经不十分新鲜的西方语言学新理论。韩书使这种理论与马桥生活经验相结合,倒也有新意[①]。其实,这段话用来评价王蒙自己的语言观再恰当不过了,因为王蒙也无非是运用对西方人而言并不十分新鲜但对中国人而言相对新鲜的西方语言学理论来阐释他的创作、阅读及其人生经验的,这种阐释当然自有他的新意和深意。结构主义语言学认为,不是人说话而是话说人,语言因而是牢笼。王蒙也有相同的观点,那就是认为语言是陷阱,是桎梏。当然,作为《老子》的崇拜者,王蒙不像结构主义那么极端,他在看到语言对人的主宰的同时又看到了人对语言的创造性运用的可能,在看到语言的纯形式的一面的同时更强调语言的文化内涵。因此,王蒙的语言观和德国语言学家洪堡特的语言观更为接近。因此,如果放在西方的学术背景下,王蒙的语言观,确实并不新鲜。但是,将他放在中国的学术背景下,却也有新意和深意。因为在当下的中国,不用说一般的人,就连一些从事语言学研究的学者,依然将"不是我说话而是话说我"这样一种观点当做胡说八道来看待,王蒙以他的创作、阅读和人生经历来阐述这一观点,其意义不能说不大。而且,在当下中国,对于被创新之狗追赶得发疯的学界来说,王蒙这种从学术史的已有成果出发,探讨自身当下所面临的问题,并用自身经验矫正一些片面的观点的做法,用他的话来说就是"扎扎实实搞学术",其价值和意义是非常巨大的,因为我们看到了太多的、离开了学术史所提供的扎实的基础之上的所谓创新的学术体系犹如沙滩上的大厦在我们面前轰然倒下。

王蒙所倡导的语言和文化自觉是一种建立在文化自尊、自爱基础之上的开放性的语言和文化的自觉,它不同于"月亮是外国的圆"的全盘西化者那种对民族文化的妄自菲薄和民族文化虚无主义,也不同于文化保守主义者对民族文化的妄自尊大式的自恋,是一种不卑不亢的文化的自尊和自爱。虽然有些国人一厢情愿地认为人权高于主权,民族国家已经成为历史的陈迹,但现实却相反,民族国家(尤其是文化意义上

[①] 《王蒙读书》,复旦大学出版社2005年版,第346页。

的民族国家）依然不可替代。王蒙在一次与德国前总理施罗德的谈话中问这位积极推进欧洲一体化进程的总理："你们欧洲货币可以统一，可是欧洲的语言呢？语言能统一吗？"施罗德回答："语言不能统一。"①既然语言不能统一，文化也就不能统一。在王蒙看来，在全球化背景下，我们应该以一种建立在对本民族语言文化自尊、自爱的基础之上的开放的心态面对外国语言和文化，只有这样，才能在本民族语言文化基础之上，吸纳外国语言和文化的精华，创新本民族语言和文化，使民族语言和文化获得创造性和活力。这样的王蒙既是"保守"的，又是"现代"的，甚至是"后现代"的。

第二节　王蒙小说中的抒情语言和戏仿语言

王蒙认为，语言、文字先于个人对世界的认识，它是个人认识世界的前导，甚至可以说，它像一个导游，一下子打开了人的眼睛，引导人发现世界、发现自我、发现各种情感和价值。因此，他鼓励人们多学不同的语言，因为多学一种语言，就意味着一个人多打开一扇窗子，多一种获取知识的桥梁，多一个世界，多一个头脑，多一重生命。因此，我们认为，一方面，王蒙的语言观与洪堡特的语言观有相同之处，那就是认为不同民族虽然面对同一个世界，但各民族由于语言的不同，其成员所形成的世界观和价值观也是不相同的，民族语言显然对其成员起着引导和规范的作用。当然，和洪堡特一样，王蒙也认为，民族语言虽然对其成员起着引导和规范的作用，但个人也并不是完全被语言所决定的，个人完全可以发挥其创造性，丰富和发展民族语言。因此，王蒙不是绝对意义上的语言决定论者，而是相对意义上的语言决定论者，这种语言观显然是一种温和的相对主义语言观。另一方面，王蒙也不是绝对意义上的语言相对论者，他并不认为所有的语言所形成的世界观和价值观都是等同的，这与他曾经是有信仰有理想有激情的少年布尔什维克有关。作为一个有信仰有理想有激情的少年布尔什维克，王蒙在本质上是一个歌颂理想和激情的抒情诗人，他在谈自己的创作经验时曾经说过："到

---

① 王蒙：《接纳大千世界》，春风文艺出版社 2003 年版，第 272 页。

了关键的时刻，我一定要跳出来，我觉得在我跳出来的时候就不仅仅是小说家，而且还是一个抒情诗人。"[1] 这样一位有信仰有理想有激情的抒情诗人所歌颂的是绝对正确的世界观和人生理想，他的抒情语言中有不容亵渎的绝对的东西。而正是他的抒情语言中这种不容亵渎的绝对的东西，使他不可能走向绝对意义上的语言相对主义，因此他的语言观是一种温和的相对主义语言观。这种语言观认为语言影响人的世界观和价值观，但并不认为所有的语言所形成的世界观和价值观都是等同的。仔细考察王蒙的小说创作，我们就会发现，其实，这种温和的相对主义语言观在 20 世纪 80 年代的王蒙小说中就已经出现。只是当时这种温和的相对主义语言观并不是在不同民族语言比较中得出的，而是在民族语言内部不同的文学语言形态的比较中得出的，确切地说，是在抒情小说的抒情语言和讽刺小说的戏仿语言的比较中得出的。

一 王蒙小说的抒情语言及其相应的世界观

王蒙虽然以小说家的身份在文坛获得定位，但他同时又是一个诗情浓郁的"抒情诗人"。作为一个有理想有激情的少年布尔什维克，王蒙在本质上是一个歌颂理想和激情的"抒情诗人"，这一"抒情诗人"的身份必然在他的小说创作中留下印迹。在王蒙的一些抒情小说中，我们常常读到非常雍容华丽、高贵典雅的抒情语言："这是一个发现世界与发现自己的年岁！这是一个在迅跑当中忽而向世界投去了热情一瞥的年岁！这是一个一下子把所有的爱，所有的情，所有的诗，所有的歌，所有的花朵，流水，绿树，雄鹰，鲸鱼，白帆，神话和眼泪都集中到自己的心里、脑里、每一粒细胞里的年岁！我宁可不要所有的光荣，幸福，财富，我要十九岁！"（《如歌的行板》〈五〉）这类语言正如小说的标题，是《如歌的行板》，是抒情的乐章，虽然数量极少，但却典型地体现了作为一个有理想有激情的少年布尔什维克和"抒情诗人"的世界观和价值观。

在叙述形式上，这类抒情小说只有一种语言，一个视点，一种统一的信仰和情调，因此，叙述者"我"即是"我们""他"（"他们"）、

---

[1] 《王蒙文集》（八），华艺出版社 1994 年版，第 586 页。

"你"（"你们"），一句话，我即是"我们"、你（你们）和他（他们），可以互换，因为无论是从我（我们）还是从他（他们）或你（你们）角度来叙述，其视点都是一样的，因为你（你们）、我（我们）、他（他们）的信仰是一致的，与之对应的是世界观和价值观的高度统一。

在以第一人称叙述的《如歌的行板》中，叙述人周克时而用单数第一人称"我"时而用多数第一人称"我们"叙述，二者可以毫无障碍地自由转换，我可以随时转换成我们："也许人们会了解我，会了解我们吧？""难道我能够相信，所有这些看着我，看着我们……"（《如歌的行板》〈六〉）我之所以自由地转换成我们是因为我克服了个人英雄主义、个人主义、自由主义，将代表正面价值和唯一真理的我们的世界观、价值观全部融化为我的热血、我的神经、我的呼吸："猴子变人，五种生产方式，新民主主义革命的三大法宝，生产力决定生产关系，遵义会议结束了王明的路线，物质第一性精神第二性，矛盾统一律、质量互变律和否定之否定律，运动战的十大原则和共产党员的修养，所有这些最正确最新鲜最有味、无坚不摧无攻不克无往不胜放之四海而皆准的革命道理，我就是在星月辉映的田野上全部吸收，全部接受，全部融化为我的热血、我的神经、我的呼吸。我检讨了我的个人英雄主义、个人主义、自由主义、温情主义、虚荣心、片面性、盲动性……"（《如歌的行板》〈三〉）我即我们，因为我们万众一心："我们的青春是和我们共和国的第一面五星红旗一起升起在天安门广场的蓝天之上的。'我们万众一心，冒着敌人的炮火，前进，前进，前进！'"（《如歌的行板》〈三〉）我们不仅万众一心，而且万物共用："那时候，我们之间是一种怎样的革命情谊，阶级友爱啊！马雅可夫斯基在一首诗里曾经写道：'公社/我的一切/都是/你的/除了/牙刷'而我们呢，连牙刷都可以共用一个，这不是做作，也不是笑话。……当时我们是怎样地忘掉了'小我'，唾弃了'小我'，就象一滴水珠，是怎样欢乐地汇合到了大洋里！……平等，无私，天下为公，人人为我，我为人人，水滴融入大海，胸怀坦荡，将心比心，关心别人比关心自己为重，无事不可对人谈……"（《如歌的行板》〈三〉）

这种单数第一人称"我"和多数第一人称"我们"毫无障碍地自

由转换无疑是一种典型的抒情，与《青春万岁》中的一首抒情诗毫无二致：

咦！怎么木柴渐渐稀疏？
怎么火焰渐渐微小？
火星飞落，不知道去处，
歌舞匆匆，也有个完了，
而我的诗篇不会结束，
它永生赞颂，一直到老。
我们的青春常在，
我们的青春燃烧，
我们的青春常在，
我们的青春燃烧。（《青春万岁》〈1〉）

在这里，我的青春即我们的青春，我的诗篇即我们的诗篇，毫无二致。

不仅单数第一人称"我"时而用多数第一人称"我们"叙述，二者可以毫无障碍地自由转换，而且我和你、我们和你们也都可以毫无障碍地自由转换："那时候，我们是多么年轻啊，我们快乐而自由，庄严而又诚笃。——如果当青春在你身上觉醒的时候……是的，如果当青春到来，打开了你的眼睛使你眼界大开，打开了你的心灵使你愿意拥抱这个世界的时候正逢革命的高潮，革命的胜利，革命的凯歌行进，正逢衰老的祖国突然恢复了青春，正逢已经霉锈和停摆了的钟表突然按照每秒三个转的速度加速旋转，那么，我就说，从周口店的北京人到亿万斯年以后的可以轻易地离开我们小小的地球，到别的星系，别的空间去做客的未来人，在这个无数一代又一代人中间，你是幸福的一代！你是令人——前人和后人羡慕的一代！你的人生是骄傲的，饱满的和没有遗憾的。"（《如歌的行板》〈二〉）在这里叙述人称由我们转向你，然后转向我，最后又转向你，自由地转换着。

在以第三人称叙述却又具有浓郁的抒情风格的《青春万岁》中，我们和他们也可以毫无障碍地自由转换："最后是我们的人，共产党员，民主青年联盟的盟员。她们在党的地下组织领导之下，进行团结群众和发展组织的工作。"(《青春万岁》〈2〉)在这里我们即她们，她们即我们："她们肩上承担起来的是数倍于一个普通年轻孩子能够挑起分量的担子，她们有一种少年布尔什维克的英勇的浪漫主义气质……我们的中学生，站在新的历史时期的门槛上。"(《青春万岁》〈2〉)作为他们的孩子们也是我们的："然后太阳升起，新的一天开始。孩子们欢呼野营的每一天，每一天都是青春的无价的节日。所有的一切，都是新发现的，所有的一切，都归我们所有。蓝天是为了覆盖我们，云霞是为了眩惑我们，大地是为了给我们奔跑，湖河是为了容我们游水，昆虫雀鸟更是为了和我们共享生命的欢欣。"(《青春万岁》〈1〉)在这里，人称上类似于他们的孩子们自然地转向我们。《青春万岁》热衷于描绘夏令营和元旦、五一等集体节日的欢乐，是为了突出你我他不分的集体归属感。

总之，在王蒙的这类抒情小说中，你我他、你们我们他们是一心的，这种你我他、你们我们他们是一心的合一的极致在《如歌的行板》的叙述者我（周克）和既是叙述对象的"她"又是交谈对象的"你"的萧玲的重逢中得到了淋漓尽致的表现：

"你在大厅里，向我说话了吗？"我问起了她。
"那怎么说呢？有那么多人，隔着那么远！"她惊奇地说。
"但是我先看见了你，"她补充说，"我心里在对你说话，我想说的。"
"你想说什么了？你想说什么了？"我激动起来，抓住了她的手，"你知道么，我听见你的话了，我是听见你的话才转过头去，才看见你，才注意到那支曲子的。"
"你听见了什么呢？"她也感兴趣起来。
"我听见了你的声音，虽然很弱很弱。是你说：'周克，你听啊！'后来，你又说：'周克，你好！'"
"那就是我说的！那就是我在心里想说而没有说出口的呀！你怎么听到了呢？"
"真神！真神！怎么听到了呢？"我们同时说，我们问天，我

们问海，我们听到了潮水的欢笑的喧哗。(《如歌的行板》〈十四〉)

巴赫金在讨论诗歌语言时说，诗歌体裁的语言是只有一个中心的统一的而又唯一的托勒密世界，在诗歌里，语言所体现的价值是绝对的，是无可争议、无可怀疑、无所不能的。在诗歌领域中往往会产生一种诗歌语言的乌托邦冲动，认为诗歌语言是纯粹属于诗歌的、同日常生活隔绝的、超历史的语言——上帝的语言。巴赫金在比较诗歌语言和小说语言的不同时，认为诗歌只需要一个价值中心，一个声音，那就是作者的声音，作者的语言，作者所代表的就是绝对而又唯一的价值，诗歌因而变成作者思想的独白，它容不下其他的语言及其对应的世界观、价值观。当诗人将这一要求推向极端时，诗歌体裁的语言常常变得霸道、教条、保守。诗歌语言的这一特征在《如歌的行板》中极为典型，身兼叙述者和抒情者的周克虽然一方面认为自己已经融入群众，成为群众之一分子，但又觉得自己高于优于他人，并陶醉于这种感觉之中："既感到自己是群众的一分子，又感到自己明显地优越于别人，这是一种什么样的幸运儿的感觉呀！如果我的心是一个酒杯，那么，这种感觉就像甜美的葡萄酒浆，酒浆已倒满了雕花的高脚玻璃杯，并且不断地从杯中涌起，外溢，爆裂着雪白的泡沫。我敢于向全中国全世界宣告，我是最幸福的人。青年，大学生，老革命，共产党员，还有什么人能把这几样最美好的身份集于一身呢？"(《如歌的行板》〈十四〉)作为将青年、大学生、老革命、共产党员这几样最美好的身份集于一身的幸运儿，我和我所代表的世界观和价值观是绝对正确的，是不容置疑的。因此，作为"反右"五人组组长，"我成了真正的反右积极分子、冲锋陷阵的勇士、铁面无私的领导人，原则、义愤和压倒一切的气势的化身"(《如歌的行板》〈十五〉)。当柳克让他写材料说明金克当年写给萧玲的信已有反党的苗头时，"我立即答应了。写个材料，让组织掌握情况，为了从政治上帮助自己的老友、一个同志，这是无可怀疑的天经地义"(《如歌的行板》〈十七〉)。这导致周克失去了恋人萧玲，失去了老朋友金克，这些曾经的你我不分的我们，但他从不后悔："不。我从来没有后悔。即使生活重新开始，只要是同样的条件，我只能做出同样的选择。选择革命的道路是不容易的,不仅因为革命有形形色色的、凶恶和狡猾的敌人;还因为,革命是太激动人心的事情,革命是威严至猛的狂风暴雨、电闪雷鸣,革命在一年之内所要变革的,超过历史发展平常时期的几十年、几百年甚至上千年。太激动、太威严又太迅速的变革之中,人们不可能不出错。"(《如歌的行板·无序号的篇章》)"我用不着忏悔,用不着对自己进行心理分析。在五十年代,我真诚而且正直。我用不着为我的真诚和正直忏悔。"(《如歌的行板·无序号的篇章》)这种表白是多么的自信呀!又是多么的自以为是呀!

对比捷克小说家米兰·昆德拉对青春、革命的抒情语言以及抒情诗人的批判,我们就可以感觉到王蒙对抒青春、革命之情的抒情语言以及相应的世界观和价值观并不是一概地否认,虽然他承认其中存在着错误。米兰·昆德拉在《生活在别处·序言》中认为:"抒情时代就是青春。我的小说是一部青春的叙事诗,也是对我称之为'抒情态度'的一个分析。抒情态度是每一个人潜在的态势;它是人类生存的基本范畴之一。作为一种文学类型,抒情诗已经存在了许多世纪,因为千百年来人类就具有抒情态度的能力。诗人就是它的化身。"[1] 正因为抒情是人类生存的基本范畴之一,所以诗人在欧洲变成了上帝式的伟大人物,是神圣价值的代表:"从但丁开始,诗人也是跨越欧洲历史的伟大人物。他是民族性的象征(卡蒙斯,歌德,密茨凯维奇,普希金),他是革命的代言人(贝朗瑞,裴多菲,马雅可夫斯基,洛尔伽),他是历史的喉舌(雨果,布勒东),他是神话中的人物和实际宗教崇拜的对象(彼特拉克,拜伦,兰波,里尔克),但他首先是一个神圣价值的代表,这个神圣价值我们愿意用大写字写出来:诗。"[2] 但是诗人在 20 世纪消失了,只是在 20 世纪的中欧共产主义革命时期才短暂地复活了,但这种复活是可怕的:"我亲眼目睹了'由刽子手和诗人联合统治'的这个时代。我听到我所崇敬的法国诗人保尔·艾吕雅公开正式地与他的布拉格朋友脱离关系,因为这位朋友即将被斯大林的最高法院法官送上绞刑

---

[1] 米兰·昆德拉:《生活在别处·序言》,景凯旋等译,作家出版社 1991 年版,第 1 页。

[2] 同上书,第 1—2 页。

架。这个事件使我受到创伤：一个刽子手杀人，这毕竟是正常的；而一个诗人（并且是一个大诗人）用诗歌来伴唱时，我们认为那个神圣不可侵犯的整个价值体系就突然崩溃了。"① 在那个时代，诗人为刽子手伴唱，诗人利用语言构造美丽迷人的韵律和节奏表现出一种神奇的力量，然而，在这美丽迷人的韵律和节奏里面，却是既神奇又充满暴力的力量，革命因此注定离不开诗人，离不开诗人美丽迷人的韵律和节奏："革命对韵律的喜好难道仅仅是偶然的偏爱吗？大概不是。在韵律和节奏中，存在着一种神奇的力量。一旦挤进有规律的音步，混乱的世界随即变得井然有序，清楚明了，美丽迷人。……通过诗歌，人类达到了它与存在的一致，而韵律和节奏便是获得一致的最天然方式。难道革命可以无需对新秩序反复证实吗？难道革命可以无需韵律吗？"② 显然，昆德拉对抒青春和革命之激情的诗人和抒情语言是持否定态度的，因为在抒情诗美丽迷人的韵律和节奏中蕴含着暴力，暴力借美丽迷人的韵律和节奏将其神奇的威力发挥到极致。王蒙则既看到其中的错误，又看到其中的绝对价值，因而他的语言观不可能是走向虚无主义的绝对意义上的相对主义语言观，而是温和的相对主义语言观，他既看到青春和革命激情所引发的错误，但更强调其合理性。

二 王蒙小说戏仿语言及其对应的世界观

在《如歌的行板》中，当你、我、他价值观尚未分化的时候，抒情是流畅的、华丽的，如歌如诗如乐，我就是你，我就是他，我就是整个祖国："伟大的中华呀！自从黄河发源于青海的巴颜喀喇山北麓，自从黄帝轩辕氏驾着指南车在大雾之中与作恶多端的蚩尤氏酣战，自从河出图，洛出书，文王演周易而孔丘修春秋，在你的漫长的、悠远的历史上，究竟有几遭象二十世纪五十年代初期那样，年青有为，充溢活力，万众一心，蓬勃向上呢？"（《如歌的行板》〈四〉）然而，一旦你、我、他价值分化之后，这种流畅的、华丽的、如歌如诗如乐般的抒情便难以

---

① 米兰·昆德拉：《生活在别处·序言》，景凯旋等译，作家出版社1991年版，第2—3页。
② 同上书，第179页。

为继，小说也因而难以继续以抒情风格推进完成，《如歌的行板》最后只能以"无序号的篇章"来描绘周克与萧玲分手后，也就是我和你、她价值分化之后的惨淡现实，叙述和风格上都极不协调，呈断裂状，犹如两部不同的作品，前后两部分只是勉强靠人物的同一连接在一起。

其实，这种世界观、价值观的高度统一在历史上是短暂的，在现实中实际上只是一种乌托邦式的梦想，只能出现在作为白日梦的艺术（如柴可夫斯基的《如歌的行板》）中，甚至连这一白日梦的艺术也只能出现在真正的梦中，因为连周克关灯听音乐也被同志们视为小资产阶级情调，连曾经与周克共用同一把牙刷的柳克也这样认为。"睡着以后，我听到了柴可夫斯基的音乐，如歌的行板，从头至尾，完整无缺，醒来以后，我甚至记得每一个细节，每一个细小的和声，装饰音，强和弱的变化。那是我醒着的时候从来没听出来过，更是没有保持过什么记忆的。"（《如歌的行板》〈九〉）周克们很快发现，革命的激情岁月很快就过去了，取而代之的是日常生活，这个时候，人们是靠理性而不是革命的和青春的激情生活，如果还执着于革命的和青春的激情生活，那就会陷入迷惘和危机，就会强烈地感受到我与社会、他人的分离。周克迷茫了："那四年的革命生活到哪里去了？""那凯歌行进、悲壮激越的日子！马克思说，革命时期，一天等于二十年！四年，又等于多少年呢？那是一个伟大的时代！"革命的第二天如期而至，那同一、伟大而浪漫的时代过去了，取而代之的是毫无诗意毫无激情的平庸的日常生活："在我们工作过的公安机关，一天等于二十年的时期已经过去了。现在是一天只等于一天，有时候由于拖拉，也许两天才等于一天。例行公事的会议，千篇一律的公文，衙门作风不是在开始悄悄地消磨革命的锐气了吗？而且那些老同志们一个个娶妻生子，成家立业，锅碗瓢盆，尿布草纸……革命已是日常的、司空见惯的事情了。……再说，金克和柳克，大克和老克，以及我这个小克，已经分道扬镳了，三个人再聚一聚吗？不，他们俩并没有这个要求和时间，我呢，我也知道如果聚在一起也无法再现那种团结起来到明天的肝肠俱热的友谊了。"（《如歌的行板》〈十二〉）在《青春万岁》中，正处于青春激情岁月中的郑波们也迷惑了："'黄丽程为什么要结婚呢？'郑波没有看田林，问。""'可是黄丽程干吗结婚呢'郑波又问。"（《青春万岁》〈十二〉）《青春万岁》

中写得最好的部分是你我他大家融为一体的欢乐的夏令营和节日，而学生们的日常生活（学习）却相当乏味。节日正好是日常生活的颠倒，处于青春期的郑波们迷恋于节日式的革命，迷惑于日常生活（学习和未来的婚姻）。

世界观和价值观的分化导致了语言的分化，统一的抒情语言已不可能。这一点，王蒙在《组织部来了个年轻人》受到批判之后应该已经逐渐意识到。因此，王蒙虽然难以忘怀那段青春的激情和革命的大同理想，但脚下坚硬的土地和冰冷的现实使他逐渐转向理性和宽容，转而在小说中描绘代表不同的世界观和价值观的各种不同的语言，将它们作为描绘对象。因此，从严格意义上来说，王蒙并没有写出真正的抒情小说中，《如歌的行板》只是半部抒情小说，《青春万岁》只有开头具有抒情风格。相反，王蒙反而写了不少以不同的语言为描写对象的讽刺性的杂语小说，作为难以忘怀的大同梦想，表现那段青春的激情和革命的大同理想的抒情语言往往镶嵌在讽刺性的杂语小说中，成为被描绘的一种语言形象。在抒情小说中，描写对象是感情而不是语言，语言是次要的。而在讽刺性杂语小说中，则以语言为主要描写对象。和抒情小说的单一视点不同，讽刺性杂语小说则是多视点的。杂语意味着多种语言的对话，参与对话的每一种语言都有各自的眼睛，都有各自的观察视点，都有各自的价值标准和世界观，你、我、他在这里是不能互换的。

王蒙的讽刺性杂语小说如《一嚏千娇》《冬天的话题》《来劲》《球星奇遇记》等是语言的大杂烩，是不同的社会方言、杂语的对话。在这类讽刺性杂语小说中，各种代表着不同世界观和价值观的社会方言、杂语以戏仿的形式轮番登场，尽情展现各种社会思潮、观念，展现社会生活的各个方面和各种可能性。《来劲》中的主人公叫"xiang ming"，可以写为向明，或者项铭、响鸣、香茗、乡名、湘冥、祥命或者向明向铭向鸣向茗向名向冥向命……有着无限的书写可能性。就算他得病，时间可能是三天以前，也可能是五天以前，也可能是一年以前，也可能是两个月以后。在性别方面，"xiang ming"可能是男性的他也可能是女性的她也可能是中性的它。得的病可能是颈椎病也可能是脊椎病、龋齿病、拉痢疾、白癜风、乳腺癌，也可能是身体健康益寿延年什么病也没有。年纪可能是小的也可能是大的。"xiang ming"可能坐出租车，坐火车，坐飞机，也可能骑骆驼。"xiang ming"可能出差、旅游、外调、采购、推销、探亲、参观、学习、取经、参加笔会、展销、领奖、避暑、冬休、横向联系、观摩、比赛、访旧、怀古、私访、逃避追捕，可能住宾馆住招待所住小学教室住人民防空工事住地下洞住浴池住候车室住桥洞下面住拘留所住笼子——总之，各种可能性随不同的语言纷至沓来，诸如"觉得真是变了样了，高楼大厦，柏油马路，百货店全展销出口转内销的毛线衣，毛线衣的款式花色超出了一切记忆和想象，穿上它们好象变成了洋绅士、洋淑女。自由市场的鸭舌头鹅冠顶鱼与熊掌比天堂里的仙女还多。觉得还是又穷又破，用洋灰代替木材没有一片大理石，所谓咖啡厅雅座只配用来喝复方甘草合剂牙痛药水，青年人留的长发多日不洗不象披头士倒象在逃犯，打的领带松松垮垮，露出了肮脏的衬衣领子，建筑物上没有一块花岗岩没有一座喷水泉没有一座铜雕。觉得一点也不落后不但有书法热而且有交响乐热而且有鹤翔桩而且有艺术体操狮子滚绣球花样游泳人仰马翻而且一个小女孩准备建立国际轰炸机贸易股份股票公司。不但有现实主义有革命现代京剧而且有现代主义意象流非非派，飞飞飞是天桥练单杠的，凤飞飞是台湾著名歌星，而且吹吹打打之中一匹一匹黑马种牛伢猪雄象被牵出台。觉得最好还是先修几个过得去的厕所免得随地吐痰随地便溺，随时又挤又推又撞打电话象骂娘坐公共汽车用过期票，喝啤酒一直喝到霍乱般地喷涌而呕，用一个肮脏的塑料杯子先交押金三角"。在这里，高雅的和粗俗的语言并举，艺术的和生活的语言并接，中国的和外国的语言并置，商业的和艺术的语言相互勾连……它们构成的语言之流不断向前涌动，我们所看到的既不是人物形象或生活场景而是由不同语言构成的稠密的语言形象，这密密麻麻的语言形象之林犹如狂欢节大街上涌动的人群在尽情地狂欢表演。面对这密密麻麻的语言及其背后的观念，"xiang ming"不禁发问："鸡蛋黄究竟会诱发心脏病还是有益健康？过去了的时光能不能重新倒流？新的形态与旧的形态哪个更易朽速朽？大学文凭多了是说明教育事业前进、人们的文化素质提高了还是相反？一个人说得最多的话是否便是喜欢说最想说的话？吸烟与吃名贵中药与看连续电视剧哪一样更催人早死？骂倒别人是不是就证明自己聪明？有人说他走得过快有人说过慢能不能证明他走得不快不慢正合适？会说英语的人究竟是不是一定找到洋配偶然后把小舅子也接出去？个体、集体、全民哪个更积极主动？高谈阔论的人有几个人不是骗子？四合院与摩天大楼哪一个更现代化？区分离休与退休、改正与平反的语言学家为什么没有得奖金？古人与今人拔河谁能取胜？蜈蚣金龙大风筝与波音七四七飞机哪个更伟大？做事的人与指手画脚的人哪个更聪明？冬天与夏天哪个季节更容易发生上呼吸道感染？追悼会与生活会上的发言哪个更可靠？精简机构与增加编制哪个更有效？武侠与伤痕哪个更富有崇高与英雄主义？理论家与艺术家哪一个更神经衰弱？出差与旅游哪个更费钱？向前走一百步向后走一百步是否就是回到了原处？患肠炎的人是否犯有浪费食物罪？病人住院与出院究竟是否与病情有关？诗人弄不懂的诗、画家弄不懂的画、钢琴家弄不懂的钢琴曲是否非诗人非画家非钢琴家就一定更加不懂？我爱你与我恨你究竟哪个更表现了爱情？外汇兑换券与人民币哪个更体现了民族文化传统？寂寞与红火哪个更富有进取色彩？水和酒哪个更浓？艺术与金钱哪个更美？向明与祥命哪个更象我自己？公园与监狱哪里更适合气功入定？假遗老与假洋鬼子哪个更是国粹土特产？洋河大曲低度新产品里是否掺了水？人醒了是否就意味着不做梦？是不是所有的外宾都在可能邀请你出访？急步迅跑是不是因为背后有疯狗追？把小说改成电影脚本到底算改编还是算编剧？是工作的人收入多还是不工作的人收入多？是不是所有的女子都是美的所有的科学家都科学？是不是装在纸套里的筷子一定比摆在桌面上的筷子干净？为什么喝汤一定不能踢哩秃噜？为什么中国人要服从欧洲的礼节，吃东西而不叭唧叭唧地响还有什么滋味？抽水马桶一定比夜壶先进吗？"各种语言及其背后的世界观、价值观孰是孰非？孰优孰劣？还是不相上下？

　　王蒙当然不会认为各种语言及其背后的世界观不相上下，是等值的，这在《一嚏千娇》《球星奇遇记》等中可以看出来。尽管在《一嚏千娇》中，老喷的革命激情语言因他的面部表情的"无物"与"冷笑"而和其他语言一起被戏仿，因而不再是绝对神圣的，不可置疑的，但依然比其他语言比如老砍的语言更具魅力和价值，因为老砍参加革命是由于活得腻味，需要革命加恋爱式的浪漫，而不是出于崇高的人类和社会理想。尽管从小资产阶级角度看，老砍更值得肯定，但从老喷角度看，老砍们太娇嫩、太神经，太空洞清高又太无能，他们坎坷活该。当然，王蒙不是老喷，他不会像老喷那样义愤填膺地批判老砍，因为站在老砍的角度看，老砍有老砍的合理性。推而广之，任何人物，任何视角都可以看到世界的特定方面，都有其合理性，王蒙因此在《一嚏千娇》中大发宏论又自我解嘲："换一个视角是对智力与胸怀、对于自己的道德力量与意志力量的大考验。当然也是大发展。——刘宾雁把王守信写成了半人半妖的怪物、蠢物，如果王守信也拿起一支生花妙笔或如椽巨笔呢？也许这正是笔者王蒙往往做不到板起煞有介事面孔痛快淋漓、大义凛然地批判他的反面人物的主要原因？多么没有出息，多么不够伟大、多么无益的手下留情啊！而被你讽刺的人物将会怎样讽刺你，这又将是一个多么引人入胜的问题！"（《一嚏千娇》〈二十八〉）既然连王守信这样半人半妖的怪物、蠢物如果有机会拿起一支生花妙笔来写也会倒过来讽刺作者，那么，作者又如何能唯我独尊地痛快淋漓、大义凛然地批判他人？在王蒙看来，视角绝不仅仅是文学叙述技巧与文学结构的问题，而是重大的哲学问题，"它关系到哲学——认识论与方法论。关系到伦理道德人际关系，也关系到政治。我们是要认真思考一个问题，坎与喷，他们的相互作用到底是怎么回事。其次，坎与喷，到底哪种类型对国家和社会有益、有用，该不该推崇一个闹菜勺的知识分子？虽然一生坎坷，令人泪下。"当然，这也并不意味着所有的视角和语言的同质、同等、同步，更不意味着"此亦一是非，彼亦一是非"的绝对相对主义："双向关系并不意味着同质、同等、同步，更不意味着承认'此亦一是非，彼亦一是非'的绝对的相对主义，这篇小说不是哲学论文。而作为一篇小说，捅一捅各类煞有介事的面孔，是颇有些幽默的。"（《一嚏千娇》〈二十九〉）在王蒙看来，视角之所以是重大的哲学问题，是因为它涉及世界观、人生观、价值观等重大问题，决不能虚无地对待，决不能怎么都行。讽刺性杂语小说通过戏仿这些有其独特的世界观、人生观、价值观的语言并非是要完全否定它们，而是以幽默的方式防止它们的唯我独尊，防止它们成为霸道教条僵化的语言。

这种大量铺排各种流行的社会方言但又不认为所有的社会方言意味着同质、同等、同步，更不意味着承认"此亦一是非，彼亦一是非"的绝对的相对主义在《球星奇遇记》中也非常明显。在《球星奇遇记》中，随着叙述的展开，读者看到的是多视点、多价值的各种流行的社会方言随着叙述者的戏仿口吻纷至沓来:"从此,恩特开始了他的大球星生涯,真是享不尽的荣华富贵,看不尽的颜色风光,想不到的佳境奇景,受不尽的横财艳福。他的照片张贴在大街小巷。税务部门规定,每看一眼他的标准像,收高心理调节税男5分女55分。一种壮阳药广告使用了他的肖像,并通过广告公司预付给他五万金元,并言明今后全世界每售出一粒振雄壮阳丸就有他的四分之一元报酬。不仅得到了汽车的赠予,而且,由于他的'非凡的姿势与风度',加赠了一条旅游摩托艇。民航公司赠送他的过期奶油干酪怎么吃都吃不完,他把它们转让给特种工艺品公司,一小块奶油或干酪上可以刻上佛经、《圣经》与《读者文摘》合订本的全文,比中国鼻烟壶还适销对路,创汇增收。对于他两次守门的殊勋,全市全国全球已经召开了七十三次学术会议,创立了一千多个'恩特足球协会'、'恩特效应研究会'、'恩特定律创造会'、'恩特球技普及协会'、'向恩特致敬退役老球员联谊会'……之类的组织。各种报刊上发表了体育记者、体育教授、体育评论员和业余体育学者的三千多篇论文、特写、专访、报告文学、纪实小说。各种相互翻译、辗转翻译、互编文摘文萃、盗版书小册子不计其数。世界流行舞蹈立即吸收了'恩特连环势',即先腾空跃起、斜倒卧地、向前耸鼻孔、转身、跃起、转身向后、撅腚三次。这一姿势风靡全球,北美洲和拉丁美洲的选美大赛上,候选小姐每人都要跳这个舞,成为保留节目。恩特被吸收为国际舞蹈研究院荣誉院士,并得到礼金不计其数。随之后起的还有'恩特服装研究'、'恩特幽默探源'、'恩特风格散论'、'作为艺术的恩特球技观照'、'恩特的鼻头与臀尻的综合比较分析'等新型学科兴起,并形成了四大学派:天才派、临场发挥派、战略派与技巧派。即认为恩特在该场比赛所建殊勋由于A、天才;B、临场发挥;C、战略思想优势;D、技巧细腻而致。至于恩特收到的致敬信、慰问信、要求签名照片信、求爱信更是如雪片之降高巅。他雇了一位秘书帮他整理信件,把包含愿与他做爱的暗示的妙龄女郎信件信号贮入电脑,由他一一检索品味并一一亲笔回信,其他信件任凭秘书装入麻包卖废旧物品收购站并使该废旧物品收购员获当年陛下的'敬业奖'。"这类流行的社会方言虽然数量众多,但由于叙述者是以戏仿的口吻叙述的,因而并没有绝对性和唯一性。相反,随着叙述者视点和人物(恩特)视点的重合，单一视点的华丽的抒情语言便出现了，叙述者的戏拟和调侃的口吻也消失了，取而代之的是真诚的抒情："恩特看着无言的雪峰，盘旋一阵突然静止不动的山鹰，看着似动非动的枝桠上积雪的古松，看着日光和月光怎样改变着松树的明暗，看着红色的松鼠在树上树下跳跃行走，与人亲近的红松鼠还凑拢过来，立起两腿，凝视了他一会儿。一种说不出的伤感攫住了他。世界万物，山中万有，不论是有生命的无生命的，为什么都能各得其所，宠辱无惊，惟独人，却要这样心劳计拙，轻举妄动，贪得无厌，勾心斗角？与其做这样一个勋爵，他何如去做一棵松，一只山鹰，一只小松鼠啊！"这类抒情语言虽然在数量上不占优势，但却是有分量的。

　　纯净的抒情语言和戏拟调侃式的戏仿语言是王蒙小说中常见的两种语言类型，分别对应着作为诗人、信仰者的王蒙和作为小说家、理性主义者的王蒙。作为诗人和信仰者的王蒙运用诗一般的语言创作抒情小说，其典范作品是《如歌的行板》和《青春万岁》；作为小说家和理性主义者的王蒙则运用社会生活中的各种流行语言创作讽刺小说，其典范作品是《冬天的话题》《一嚏千娇》《来劲》《球星奇遇记》等。这两种语言形态分别代表了王蒙的信仰、情感和怀疑、理性。少共的经历使他成为一个绝对的信仰主义者，并由此产生对这种信仰的虔诚之情。而由这种信仰和感情所带来的坎坷的人生又使他产生对信仰的怀疑，因而趋向理性。因为这种怀疑是智者的理性的怀疑，因而这种怀疑并未使王蒙在价值上走向虚无主义，在语言上的走向绝对相对主义，而是使他走向智者的宽容与豁达。正是这种宽容与豁达使他承认价值和语言的多元性，但在承认价值和语言的多元性的同时，他又认为信仰和虔诚的语言和价值更有分量，即便这种语言和价值的信仰和虔诚给他带来了伤害。因此，和同时代的有相同经历的大多数作家不同，他在语言和价值观上并未由一个极端走向另一个极端。因此，他的抒情是宏大的、雍容的、浓郁的、华丽的、高贵的、典雅的、纯净的。他的讽刺小说的嘲讽是同情式的嘲讽和自嘲，是调侃和戏仿，而不是尖刻的嘲讽，没有丝毫暴戾之气。

　　从时代背景来看，20世纪50年代是价值统一的时代，也是王蒙的青年时代，无论是就个人来说还是就社会来说，都是诗的时代，创作于那个年代的《青春万岁》就其实质来说是诗而不是小说，而创作于 80 年代的《如歌的行板》则是对这种诗的年代的凭吊。20 世纪七八十年代，语言及相应的世界观、价值观的分化已经非常明显，除了官方的主流语言之外，各类原本被压制和禁止的民间语言开始浮出水面，各式各样的资本主义语言也开始大量涌入，此时的中国已由语言和价值统一的时代正式进入语言和价值分化的时代，此时也是历经坎坷的王蒙步入理智的中年的时代，对语言和价值十分敏感的他不可能不注意到这种语言和价值的分化，因此，艺术地描绘这种语言和价值的分化对他来说再自然不过了，所写的小说也因而转向众声喧哗的讽刺小说。

在这类戏拟调侃式的讽刺小说中，语言占有非常重要的位置，是作者着力描写的对象。在王蒙的这类小说中，无论是知识分子、领导干部，还是一般百姓，都有很强的语言能力和极强的语言表达欲望。语言像滔滔不绝的江河喷涌而出，有时甚至成为一种不可控制的自为力量，随时从这人之口转入那人之口，似乎不是人说话而是话说人，话比人重要，语言形象比人物形象重要。因此，王蒙非常重视语言形态，和其他小说家不同，他异常重视小说语言的声音形象，经常标出关键字词的发音。对语言声音形态的重视还表现在对语调和排比的重视上，因为它和语言的声音形象一样，能表现思想和感情的分化和区别。

第三节　王蒙的元小说

1988 年，王蒙发表了《一嚏千娇》和《球星奇遇记》，令不少批评家既感兴趣但又困惑不已，他们本能地觉得这是两部不同于一般小说的小说，但由于他们缺乏适当的理论框架和范畴，因而未能对它们在王蒙小说创作和中国当代小说创作中的意义作出恰如其分的评价。在我看来，如果将这两部小说看做元小说，并用元小说的理论框架和范畴来分析，也许我们会因此而对这两部小说作出恰如其分的评价，并发现它们在王蒙小说创作和中国当代小说创作中的独特意义和价值。

一　元小说对小说成规的戏仿

元小说这一概念是模仿语言学中的元语言这一概念而命名的，元语言被定义为"关于语言的语言",元小说也因此而被命名为"关于小说的小说"。虽然元语言和元小说在概念上有这样的相似性,但二者的指归却有很大的差别。元语言指向对象语言的成规,目的是建立一种规范的语言,而元小说虽然也以成规为对象,但却是对小说的成规进行戏仿、质疑乃至解构,其最终目的并不是建立一套规范的小说成规,相反,它揭示各种小说成规的人为性、假定性、虚构性和任意性,以及由此带来的局限性和相对性,探索小说叙述的新的可能性。如果说,自然语言是第一模式系统的话,那么,文学艺术确实如洛特曼所说的,是第二模式系统:"文学用一种特殊的语言来说话,这种特殊语言是作为第二系统而建构于自然语言之上的,文学因而相应地被定义为第二模式系统。"① 作为第二模式系统,文学艺术也是一种"语言",而每一种作为文学艺术的"语言"都有自己观察描绘世界,构建经验世界的特定角度,都有自己观察描绘世界,构建经验世界的"语法"(成规)和"词汇",因而都具有各自独特的价值,相互之间不能取代。一旦一种作为文学艺术的小说"语言"公然宣称只有自己才能正确地观察描绘世界,构建经验世界,企图独霸垄断,元小说就会出现,通过揭示这种小说语言成规的人为性、假定性、虚构性和任意性,以及由此带来的局限性和相对性,探索小说叙述的新的可能性。王蒙的元小说是作为清算社会主义现实主义的垄断地位而出现的,目的是为小说探索提供新的可能性。

《一嚏千娇》属于自我戏仿式的元小说,这种元小说将小说的叙述成规和行为由幕后推向前台,使之替代人物、事件等常规小说的叙述对象而成为小说的真正主角,人物和事件或者退居幕后,或者成为陪衬的次要角色,叙述者所要叙述的不是某个人物的故事或性格,而是小说中某个人物的故事或性格得以产生的叙述行为和成规,叙述者将它们暴露出来,并当众加以讨论,就像木偶戏的表演者当众表演木偶戏的操作技法和过程一样。这样一来,本来是幕后的却跳到了前台,叙述者和他的叙述行为以及叙述行为所得以展开的叙述成规成了引人注目的对象,读者所看到的是叙述者在喋喋不休地谈论小说的创作过程和成规,似乎小说在当众谈论自己,具有很强的自我意识。《一嚏千娇》就是这样一部

---

① 洛特曼:《艺术的文本结构》,王坤译,中山大学出版社2003年版,第30页。

小说，它有着很强的自我意识，这种强烈的自我意识首先表现在叙述者不断地在小说中暴露小说的创作过程。小说一开始，叙述者就讲述一位给叙述者的父亲看病的老中医的一件轶事。这位老中医无意中这样评价一位喷嚏打得很有风度的人物，叙述者因此而失眠并产生了创作冲动，对此，叙述者调侃式地评论道："很可能，这就是那个'烟士披里纯'——灵感。"（《一嚏千娇》〈一〉）在通常情况下，小说作者一般都会将这类事情放在小说文本之外的创作杂谈来介绍讨论，决不会让叙述者在小说文本之内加以讨论，叙述者的这一举动无疑将小说的创作过程暴露了出来。与一般小说叙述者不同，《一嚏千娇》的叙述者热衷于在读者面前以戏拟口吻讨论创作问题，以突出小说叙述的人为性："鲁迅的小说《离婚》里用了不少的篇幅描写七大人打喷嚏的情形。农女爱姑本来是很泼辣有几分造反精神的，一上来还'小畜生、小蓄生'地骂，大有'舍得一身剐，敢把老爷拉下马'的气概。但是，当七大人打了一个喷嚏又大叫了一声'来兮'之后，爱姑不由地慑服了。虽然小说里对七大人的喷嚏描写得不够生动细密，但是情节本身起了烘云托月的作用。一个能够立即制服粗犷的农女的喷嚏，何等地威严，何等地有益于治安和秩序！""1988年4月3日上海《文汇报》第三版——星期文摘版国外见闻专栏里登载了这样一段消息：'英国一位26岁的孕妇金·屈达士打了一阵异常猛烈的喷嚏……引起了她的阵痛，比预产期早了两个月……诞下一男婴，仅重二磅六安士……左图为正在打喷嚏的金·屈达士和她情况早已稳定的早产婴儿……'像这样一种具有国际新闻价值的喷嚏在我国实属罕见！不但月亮是外国的圆厕所是外国的香而且喷嚏也是外国的神气！你不服，你打个喷嚏看看，能不能造成早产？！""拙作《活动变人形》里曾经描写过一位重要人物（女）静珍的喷嚏，花了不少笔墨，仍然觉得不理想，还是自己的功力太差。如果有巴尔扎克或托尔斯泰那样的素养，看能不能把静珍的喷嚏写深写细写活，写出神韵风骨意境来！"（《一嚏千娇》〈十二〉）这类暴露构思过程和技巧的行为在这部小说中随处可见。其次，叙述者的强烈自我意识还表现在对其他小说成规的直接评论和暴露上。首当其冲的当然是现实主义的小说成规，因为现实主义小说向来自诩直接客观真实地再现现实，不存在任何虚构性和假定性，是唯一正确的具有最高价值的文学样式。因此，元小说一般都首先揭露现实主义小说的这一神话，通过对现实主义小说叙述行为和成规的暴露和戏仿，将现实主义小说当做一种假定性地再现现实的形式，而不是客观真实地再现现实的唯一正确形式。作为一种假定性形式，其虚构性、人为性、任意性是十分明显的，说到底，现实主义也仅仅是众多文学成规中的一种，就其是一种文学成规而言，它既不优于当然也不劣于其他文学成规，就像我们不能简单地评判汉语和英语本身的约定俗成的假定方式的优劣一样。在《一嚏千娇》中，叙述者在产生了创作冲动之后，开始梦见这个后来被称为老喷的主人公，叙述者进而戏仿式地运用现实主义小说的肖像描写手法对老喷的外貌诸如头发、眼睛等进行描写，然后直接对现实主义小说的成规进行了评论："最后竟用这样鄙俗的语言形容我的梦中人，使我甚至怀疑地思考起现实主义是否真的有点不再行时起来。"(《一嚏千娇》〈二〉)像这样对现实主义成规进行直接评论在《一嚏千娇》中还有多处："不论读者印象如何，我们的男主人公——风度翩翩地打喷嚏的他，似乎有几分鲜明性和生动性了，然而任何小说的鲜明性都是以牺牲非鲜明性为代价的。而非鲜明性正是现实的一个特征。现实主义要求鲜明而现实未必鲜明。"(《一嚏千娇》〈二十〉)这实际上是说现实主义并不能像它所自诩的那样客观地再现现实，宣判了现实主义的客观真实性神话的破灭。现实主义无非是一种小说的假定性成规，它先假定现实是鲜明的，然后用所谓精雕细琢的写实手法加以描写，给读者造成一种似真性的幻觉。然而，现实主义的这一追求却暴露了它的人为性和假定性，因为现实并不像现实主义小说那样鲜明，鲜明性实际上是人为追求的产物，是一种约定俗成的假定性的成规。《一嚏千娇》的叙述者正是本着这样一种相对主义的文学观念来评论各种文学成规的，因此，它既不否认现实主义文学成规的价值，但也不将现实主义树为最高的典范，以此否定其他文学成规存在的合理性。因此，不同于元语言的目的在于建立一种规范的唯一成规，元小说则走向相对主义，承认每一种文学成规的独特价值和不可替代性，承认艺术成规是多元的、无中心的。

当然，王蒙并不是语言和价值观上绝对意义上的相对主义者，而是温和意义上的语言和价值观相对主义者，因此，他在质疑现实主义语言成规的同时，并未否认其自身的价值，也并未将现代主义或其他文学形式树为唯一能正确反映现实的形式。就像汉语和英语都能表达真实的信息一样，现代主义和现实主义一样可以产生真实性效果："本篇小说本来努力于制造间离效果的。笔者无意集中写几个活生生的人物，宁可去写一些片段，搞一些拼贴，连缀一些麟麟爪爪，唤起内心自由驰骋。笔者实验的是伞式结构性现实主义。写着写着，起码两个人物和他们的思想感情直至他们的思想感情直至政治的瓜葛特别是他们各自的性格特征似乎正依照自己的不依作者意志为转移的规律形成起来。正像九年以前笔者观赏黄佐临大师导演、杜澎主演、布莱希特的名著《伽利略传》，看着看着，观众还是进了戏，欷歔不已，完全忘记了关于间离的美学定律。倒是看京剧的时候，一再提醒要'间离'，免得跑上台去把《拾玉镯》的媒婆赶走。"（《一嚏千娇》〈二十〉）因此，大可不必纠缠于所谓的现实主义、现代主义或者其他什么主义："当'现代派'的帽子不怎么光彩甚至面目可疑的时候，确有一些好人明明暗暗地想'帮助'我彻底摆脱'现代派'的阴影，这种帮助还相当地红火过那么一段。过了些年，一些可畏的后生们，自以为得到了现代派的真传（如应该从高楼上跳到画布上以完成一幅画的说教），自以为'现代派'成了时髦的'桂冠'，成了国际流行色，成了某个心向往之的圣地的通行证。这些急于一鸣惊世的朋友，又在指诉笔者并非真现代派乃至是假现代派了。多么廉价又多么一厢情愿！"（《一嚏千娇》〈二十〉）其实，在第二模式系统层面上，不管现实主义"语言"还是现代主义"语言"（如布莱希特）还是传统的京剧"语言"都能给观众和读者以真实感和感染力，正如在第一模式系统层面上不管是汉语还是英语还是法语还是别的什么民族语言都能根据自己的需要描绘构建现实世界一样。

在王蒙看来，不仅现实主义现代主义等可以看做"语言"，甚至每一部作品也都可以看做"语言"，都有自己的观察描绘和构建世界表达思想感情的特定角度，都可以构造出独特的艺术世界。因此，视角的调整变化会为诗文开拓全新的、丰富得多的可能性。李白的《静夜思》从诗人——游子的视角抒情，但如果以月亮为视角抒情，则应该是：

不知寒与热
莫问白与黑（读贺音。王注）

悲喜凭君意
与我无干涉

杜牧的《清明》从诗人——行人视角写，如果从一个毫无诗意、唯利是图的酒家视角写，则可能是：

清明时节雨哗哗
生意清淡效益差
我欲酒中掺雨水
又恐记者报上骂

如果从一个毫无诗意的行人视角写，则可能是：

清明时节雨霏霏
路上行人欲断腿
借问医家何处有
的士要你付外汇
（《一嚏千娇》〈二十八〉）

虽然每一部作品都可以构建出各自的世界，但李白和杜牧的诗所构建的艺术世界肯定更真切更感人。正像王蒙设想的，如果阿 Q 生逢其时，有机会到某个速成函授写作中心培训，然后让他写鲁迅，他大概会这样说："朋友们，先生们，同志们，你们中了奸计了！难道我当真有这么落后吗？外国人说鲁迅写得好，难道不是别有用心吗？我追求吴妈，难道不是人性的觉醒，爱的觉醒，红高粱黄土地式的觉醒吗？妈妈的嘲笑我做甚！"（《一嚏千娇》〈二十八〉）阿 Q 固然也可以从自己的视角用自己的语言表达，但其艺术性显然无法与鲁迅的《阿 Q 正传》相比。正因为一方面看到不同的语言都可以描绘构建世界，另一方面又看到不同的语言描绘构建出来的世界又是不一样的，因而王蒙甚至对反面人物也做不到板起面孔煞有介事痛快淋漓大义凛然地批判，但另一方面并未走向"此亦一是非，彼亦一是非"的绝对化的相对主义，认为不同语言虽然都有其合理性,但构成的世界在质量上是有差别的。

《球星奇遇记》则是另外一种类型的元小说。这类元小说所戏仿的是某一前文本或文类,通常它并不暴露自身的叙述行为和成规,而是戏仿某一前文本或某一文类的叙述行为和成规,这些被戏仿的前文本或文类往往是经典之作或者是非常流行的,它们已经为社会所普遍认同并被自然化,社会上大多数成员已经觉察不到它们的人为性、假定性和成规性,并自动地对它们产生真实性的幻觉,以为它们是天然如此的、天经地义的。一般说来,这类元小说的叙述者之所以能戏仿某一文本或文类,关键在于它对这一文本或文类的熟悉,并洞悉其人为性、假定性,以及由此带来的局限性。《球星奇遇记》所戏仿的是非常流行的传奇类通俗小说,这部小说的叙述者显然对传奇性的通俗小说成规非常熟悉,在叙述球星恩特在其妻酒糖蜜女士的策划下被提名为皇家足球协会副会长兼皇家俱乐部副主任时,叙述者来了一个斯特恩式的叙述中断,直接暴露并评论传奇性的通俗小说中的类似成规:"中华看官!余自幼谙读郑证因、宫白羽、还珠楼主之武侠小说,便知上战场需刻意提防僧(道)、童、残、女四种人,即大将上场叫阵后,对方战鼓声中毒龙旗下,杀出一位秃头和尚(或高髻道士),或一个小孩子,或一个癞子一个跛子一个独眼龙一个独臂猿一个侏儒,或一个女子,那么哪怕我方将领有关云长之勇巨无霸之威佐罗之技人猿泰山之灵活性,也要倒吸一口冷气。为何呢?其中学问可是不小啊!"正是叙述者对传奇性通俗小说成规的熟悉,使它在模仿传奇性通俗小说的成规时采取一种居高临下的戏仿态度,将它暴露出来,使它变得人为化、假定化和非自然化,从而丧失了似真性的幻觉。这种戏仿态度存在于情节结构和语言等不同层面之中。在传奇性的通俗小说中,情节的传奇性在突出奇的同时,往往注意分寸,保持成规的自然性,以免打破读者的似真性幻觉。而《球星奇遇记》在模仿传奇性通俗小说的传奇性细节描写时,却将传奇细节夸张到极致,使之变成荒诞不经和不可能的事情,这样,此类描写的人为性、假定性便昭然若揭,读者因而不可能产生真实性的幻觉。在《球星奇遇记》中,流浪汉恩特被迫充当球星恩特守门,开赛刚四分钟,对方绰号"黑驴"的前锋恶煞般带球疾奔而来,本方后卫被撞得东歪西倒,恩特吓得浑身发抖,瘫倒在地,"球踢到了恩特鼻梁上。恩特鼻梁呈外弓形，比一般人结实，球踢上去弹回原处，竟将抬脚射门后站立未稳的'黑驴'撞了一个跟头。全场掌声雷动，吼声如潮，口哨声如西北大风。——'黑驴'气得哇哇叫，然后一根一根拔自己的头发，一共拔了四十九根头发。"下半场，"黑驴"再次闯到门前，拔脚怒射，恩特魂飞天外，他汲取第一次的教训，连忙转身，结果球踢到他的屁股上，"可能是由于他的尻门子的力气用得太大，可能是由于他的尾椎骨太硬，可能是由于球的抛物线入射角度的巧合，可能是由于一种恩特本人未曾意识到的特异功能的发功，也可能是什么都不因为，就是说是一种三维空间范围内无法感知也无法理解的一种力、一种能量的作用，一种只有用神秘主义第六感官经络学说新式思维学科才能解释的罕有效应，世界足球史上的奇迹出现了：这个球从恩特的尻部反弹回来，越过整个足球场，改变了牛顿力学定律所派生的种种公式，不偏不倚，落入对手门区。（你不信活该!）""这一球落地后，全场球员、裁判、记分员、计时员、警察、清洁工、拉拉队员，直至每一个观众，目瞪口呆，鸦雀无声，全场静默，连地球都停止了运转十五秒钟。"在这里，表面上一本正经的科学的、客观的数字化叙述最终将虚拟性推向顶峰，人为性、假定性、任意性、武断性暴露无遗，"你不信活该!"更是强化了这一效果。

在《球星奇遇记》中，叙述者同时承担两种功能，它一方面按照传奇性通俗小说的成规叙述故事，另一方面又对故事得以展开的通俗小说成规进行戏仿和暴露，使《球星奇遇记》成为文类戏仿式的元小说而不是一般意义上的传奇性通俗小说，它实际上承担着暗指作者对传奇性通俗小说成规及各种社会成规的暴露和戏仿。当年有些批评家未能看清这一点，仅从小说题目和题材判定这部小说的性质，误以为王蒙也下水写通俗小说了，这实在是一种极大的误解。在《球星奇遇记》中，叙述者这种居高临下的戏仿态度渗透到了语言层面，使叙述语言变成戏仿的语言，戏仿的语言突出了语言的人为性、假定性和任意性，使读者忽然看到能指和所指之间的松动和断裂，看到了多种相互矛盾相互悖反的声音和意义的并存，读者感到无所适从，感到语言的不可信，因而也不可能产生实实在在的真实性幻觉，例如："亲爱的达玲！你看见我啦？我崇拜你我思念你我爱你我喜欢你我要把一切都献给你！其实从你得金鱼奖的时候我就爱上了你！我随你漫游了天涯海角！我吻你走过的土地！我收藏你的脚印，我要修建一个博物馆展览你的声音！我雇了一位广告商为我的思恋写诗！我请了一位工程师把我的爱火转化成海底能源！我好几次乘着蝙蝠去寻找你！我终于找到了你！我是歌唱巨星酒糖蜜！我真想即刻向你提供白昼夜间服务！顾客至上，宾至如归，信誉至上，保君满意！然而，你重任在肩！你任重道远！你忍辱负重！你志在千里！你万里姻缘一线牵，萝卜快了不洗澡！快回去快回去！我们俩私定终身吃豆腐脑儿！你方要养精蓄锐破千军！我这里如火如荼花开灿烂！快回去快回去！莫忘了军机大事伊尔呀忽呦！欧开有欧开？"像这样不可全信又并非全不可信的语言在《球星奇遇记》里比比皆是。

二 王蒙创作元小说的必然性

王蒙的这两部小说当然不是突然出现的，它们实际上是王蒙小说创作的必然结果，具有必然的内在逻辑性。王蒙的小说创作始于 20 世纪 50 年代，《组织部来了个年轻人》既给他带来了荣誉，也给他带来了厄运。和那一年理论界以何直为代表的理论家强调现实主义应该直面现实、忠于现实、按照现实生活本来面目描写现实相一致，这部作品所写的是年轻的革命干部林震所看到的组织部的种种缺点，这种被有些批评家认为是客观、真实的描写使王蒙获得了声誉。然而，也正因为如此，那些提倡社会主义现实主义、认为现实主义应反映生活的本质的批评家却觉得这部小说并不真实，因为它并不反映新中国英雄人物的崇高品质这一社会主义新人的本质。正因为如此，"反右"扩大化时，作者因此而遭到批判。这一事件对作者思考文学的本质特征具有极大的启发意义：为什么在一些人看来是真实的而在另外一些人看来却是不真实的呢？为什么这些见解各不相同的人都自认为是现实主义者？运用不同的艺术成规是否能观察并表现相同的现实？在今天看来，这涉及不同的艺术语言和成规这一理论问题。来自欧洲 19 世纪的现实主义和来自 20 世纪 30 年代苏联的社会主义现实主义实际上是不同的艺术语言和成规。它们对现实的观察角度和表现方法极不相同，因此，它们不可能对现实达成一致的看法。很可能，王蒙当时对这一问题的思考并不十分透彻，因此，在这之后他发表的小说诸如《眼睛》《夜雨》等都不突出小说的叙述形式和成规，对叙述形式和成规并不十分敏感。

虽然王蒙当时可能没有明确地意识到并透彻地思考这一问题，但这一问题肯定已经进入他的内心世界之中，在合适的时候，他会重新思考这一问题，并将他的思考表现在他的小说创作之中。这一艺术事件发生于 1979 年。王蒙在与王干的对话中指出："从一九七九年底，开始写《夜的眼》的时候，我好象才真正进入了文学。"① 在我看来，这句话对了解王蒙的小说创作极为重要。正是在这个时候，经过叙述形式和语言上的探索，他实际上已经意识到了叙述形式和语言的重要性，不同的叙述形式和语言会观察到并表现出不同的现实。内化了社会主义现实主义语言和成规的作家所观察并表现出来的现实自然不同于内化了 19 世纪现实主义语言和成规的作家所观察并表现出来的现实，更不同于内化了意识流小说语言和成规的作家所观察并表现出来的现实。实际上，每种小说语言和成规都有自己特定的观察和表现现实的视角，都有自己的词汇，都有自己的长处，为其他小说语言和成规所不具备，但同时也因此而注定有自己的局限和盲点，并不能替代其他小说语言和成规。意识到这一点，确实表明作者对文学有了很高的自我意识，确实是真正进入了文学。正因为对文学有了这样一种很高的自我意识，而不仅仅是对文学的一种本能的热爱，王蒙对不同的小说语言和成规并不是采取一种狭隘的褒此贬彼的态度。作为小说家，王蒙实际上内化着不同的小说语言和成规，并在不同时期或同一时期的不同时候分别使用，创造出不同的叙述者和不同的叙述世界。因此，王蒙在创作《夜的眼》《春之声》《海之梦》《风筝飘带》等被称为意识流小说的同时，也创作了被批评家称为现实主义的作品，例如《表姐》《说客盈门》等小说。由于当时大多数批评家和读者都只内化了《表姐》等被称为现实主义作品的小说语言和成规并将这一语言和成规自然化，但对意识流小说语言和成规却不甚了解，更谈不上内化成内心的小说体裁使之自然化，因此，当他们面对这些被称为意识流小说的小说时，他们便不能自动地由叙述语言和成规进入叙述世界，叙述形式、语言和成规像一幅幕布那样遮蔽了他们所要观看的叙述世界，叙述形式、语言和成规首次成为作家和读者共同关

---

① 《王蒙文集》（八卷），华艺出版社 1993 年版，第 518 页。

注的对象。只是在这个时候,这些意识流小说的叙述者还未将叙述形式、语言和成规的人为性、假定性和任意性在作品中揭露出来,叙述者在作品中露迹还不是很明显,作品也还没有丧失整体性。

在1980年创作的《杂色》中,叙述者首次将叙述语言和成规推向了前台,直接对叙述语言和成规进行评论。这部创作于美国依阿华的小说的叙述者开始不安心于传统小说叙述者甘于幕后默默无闻地操作的职责,开始跳到前台对叙述形式、语言和成规进行公开的评论。虽然这部作品的叙述者依然选择一个在意识流小说中最常见的限知视角作为主要的叙述视角,叙述语调也主要是感伤的,但已开始出现了元小说叙述者的戏仿和直接评论。在简要介绍曹千里生平的部分,多次出现的"该曹"显然是对当代中国档案文体中的"该同志"等叙述方式的戏仿。不仅如此,作品开始出现对叙述成规和语言的直接评论。"好了,现在让曹千里和灰杂色马蹒蹒跚跚地走他们的路去吧。让聪明的读者和决不会比读者更不聪明的批评家去分析这匹马的形象是不是不如人的形象鲜明而人的形象是不是不如马的形象典型,以及关于马的臀部和人的面部描写是否完整,是否体现了主流和本质、是否具有象征意味、是否在微言大义、是否是情景交融、寓情于景、一切景语皆情语、恰似'僧敲月下门'、'红杏枝头春意闹'和'春风又绿江南岸'去吧,让什么如果是意识流的写法作者就应该从故事里消失,如果不是意识流的写法第一场挂在墙上的枪到第四场就应该打响,还有什么写了心理活动就违背了中国气派和喜闻乐见,就是走向腐朽没落的小众化,或者越朦胧越好,越切割细碎,越乱成一团越好以及什么此风不可长,一代新潮不可长的种种高妙的见解也尽情发表以资澄清吧。""这是一篇相当乏味的小说,为此,作者谨向耐得住这样的乏味坚持读到这里的读者致以深挚的谢意,不要期待它后面会出现什们噱头,会甩什么包袱,会有个出人意料的结尾,他骑着马,走着,走着,……这就是了。"如果说元小说就是关于小说的小说,是在小说中评论小说的小说,那么,《杂色》显然已经萌发了元小说的意识。只是因为隐含作者和叙述者的露迹还仅限于少数几个地方,所以,和《一噘千娇》相比,它还是有很强的整体性的。与《杂色》相比,《一噘千娇》更像是缺乏整体性和统一性的大杂烩,是各种语言成规和文学成规的大杂烩,也是各种逸闻趣事的大杂烩。《杂色》正是由《夜的眼》《海之梦》等小说走向《一嚏千娇》等小说的中间环节。

三　王蒙元小说的意义

从以上简略的分析看，王蒙从20世纪50—80年代的小说创作实际上是以个体的方式重演小说发展的历史。小说在西方最初是与现实主义纠缠在一起的。为了让读者产生如现实生活般的真实性幻觉，现实主义小说的叙述者总是竭力隐蔽小说的叙述成规。现代主义小说作为对现实主义小说的反叛，开始自觉地追求叙述形式，进入了小说的自我内省阶段："现代主义小说的主题之一其实就是小说艺术本身，通过使读者超越小说转述内容而进入它的形式。"① 现代主义小说虽然突出叙述形式，但叙述者却并不当众抛头露面并评论叙述成规，而是隐藏在叙述世界后面，因此，现代主义小说并未丧失整体性以及由此带来的真实性幻觉。作为现代主义小说的延伸，后现代主义的元小说则在现代主义小说的叙述成规探索的基础上向前迈进了一大步。在元小说中，叙述者不仅仅揭示各种叙述成规的人为性和假定性、任意性，而且对自己正在叙述的故事的叙述成规也当众揭露出来，就像木偶戏的操纵者直接从幕后走向前台当众表演如何操纵一样。叙述形式和成规成了元小说最重要的主题，叙述形式和成规的暴露以及作品整体性的丧失成为元小说最重要的特征。从王蒙的小说创作历史来看，以《组织部来了个年轻人》为代表的作品是现实主义，以《春之声》等为代表的作品是现代主义，以《一嚏千娇》等为代表的是后现代主义的元小说。因此，王蒙实际上是以个体的方式重演了小说的历史，这在小说史上是不多见的，从王蒙的小说创作历程中，我们可以看到一个缩小了的中国当代小说的发展历史。

在王蒙的小说创作中，元小说作品比例极小，在有些批评家看来，这也许仅仅是一个例外。但在我看来，这一例外在王蒙小说创作乃至整个当代中国文学创作中都有着极大的意义和价值。它标志着一个文学自觉时代的到来，以及一种宽容的相对主义的文学观的形成。它同时标志

---

① 《20世纪世界小说理论经典》（下卷），华夏出版社1996年版，第326页。

着中国当代作家不再盲目相信只有社会主义现实主义才是唯一正确的文学形式。他们认为，在文学领域中，存在着各种各样各不相同的文学形式和成规，它们都可以以各自不同的方式从不同的角度再现现实的不同方面，就像世界上各种各样各不相同的语言以各自不同的约定俗成的方式反映我们所共同拥有的世界一样。王蒙元小说的叙述者在元小说中所表达的文学成规的人为性、假定性、任意性和局限性是王蒙在小说之外反复宣讲的，而元小说叙述者的相对主义立场也体现在王蒙的全部文学创作中。这是一种理性的、宽容的相对主义文学观。和绝对论者不同，王蒙不仅仅内化了一种文学成规，而是内化了多种文学成规，这使他的小说创作进入了挥洒自如的自由境界。正是在这一意义上，我们认为王蒙的元小说创作在他个人创作乃至整个当代中国小说创作中都具有十分重要的意义，它不仅标志着王蒙的小说创作达到了高度的自觉，具有极强的自我意识，而且也标志着中国当代小说创作进入了高度的文体自觉的阶段，从此以后，中国当代小说创作不再纠缠于现实主义和非现实主义之争，而是全方位地探索各种叙述成规和形式的可能性。当然，作为小说创作自觉程度最高标志的元小说不仅仅出现在王蒙的创作中，而且还出现在马原、洪峰、余华、王小波、李冯等小说家的创作中。王蒙的独特意义在于，通过他的元小说创作，我们可以看到一个微缩了的当代小说创作的历史，这就是由对社会主义现实主义的盲从到内省（对于王蒙来说，内省阶段即是意识流小说时期，对于中国当代小说创作来说就是先锋小说的出现）再到高度自觉的历史过程。就此而言，没有经历过社会主义现实主义的马原们显然不具有这一独特的、能透视当代小说创作完整的历史的意义。

第五章

韩少功创作的语言世界观阐释

第一节 韩少功的语言观

一 语言与人生世界的复杂关系

人是语言的生物,生活在语言世界中,其思维、观念、行为均受隐没于后台的语言世界的无意识的影响与指引。韩少功对这一问题的思考最早见于发表于1983年《青年文学》上的《反光镜里》(后来改为《后视镜里》)。在这篇小说中,人如何受语言的影响与指引,又如何受语言的摆布和束缚,然后又如何用现实来校正语言,均得到了戏剧性地展现。这篇小说的主人公是一位漂亮的公交车女司机——小蓉,因为曾经被一位局长公子抛弃,不再与异性约会,埋头读小说,以解心中的愤怒与苦闷。然而,"小说常常是害人的,使她常常幻想牛虻和保尔,幻想小说主人公那样的硬汉和义士,幻想那些很少言语、但扛得住苦难、碰上枪林弹雨眼都不眨、走在瓢泼大雨中从不要伞也从不快跑的人"。小蓉从此开始以小说语言作为眼睛来观察评判世界,观察评判男人。有一天,一位乡下老头坐她的公交车,因没钱买票,被她公事公办地罚款,又被其他乘客起哄,十分狼狈,这时,一个男青年看不过眼,为他打抱不平,并给他补票。通过后视镜,小蓉看清楚了男青年"那双眼睛中的有一只带有白膜,色泽不大对劲,大概是眼中的某种伤痕。如果你一凝神,有机会仔细打量它,你会暗暗吃惊于它的强悍和粗暴。"由于男青年眼睛的伤痕与牛虻脸上的伤痕的类似,由于男青年眼中硬汉式的小说主人公所特有的强悍和粗暴,小蓉开始注意这个男青年的一举一动,注意他的乘车习惯,注意他的着装,注意他的身体特征,并用小说语言所塑造的正面男主人公的行为模式去想象男青年的行为，男青年背人上车，她就想那是助人为乐吧？男青年坐末班车，她就想那是因为深夜研究技术革新吧？有一次，男青年头上缠着白纱布，她就想那一定是见义勇为与歹徒搏斗受伤了吧？这一来自小说语言世界的想象影响着她的行为，如果她从后视镜中看到那男青年熟悉的身影在赶车，即便车已启动，她也要停车等他，一次，两次，三次——小蓉正在发生变化，"她到理发店换上了时新的发式，到鞋帽店选购了漂亮的皮鞋，大概是为了掩饰羞涩，又用白口罩遮住了自己大半个脸。她的驾驶座也更有女人味，一束菊花，几枝月季，是大窗前常有的点缀。一个摆在窗台的绒布狗熊，高举着双臂，正在向幸福和希望扑拥而来——"然而，此时一个叫"酒坛子"的常客在车上丢了钱包，车被开到刑警队大院，上车搜寻小偷的警察很快就带走了那个男青年，尽管小蓉怀疑警察看错了，但警察自信地说，就是他，因为他是从前非常有名的小偷"瓦大爷"，警察对他非常熟悉。此时，小蓉简直快崩溃了，觉得自己太蠢太痴太荒唐，居然把蟊贼当成浪漫小说的正面主人公。然而，此时的小蓉虽然摆脱了浪漫小说正面主人公行为模式对自己想象的操控，但她的想象却又暗中受小说中反面主人公行为模式的影响，自以为总算想明白了。于是，男青年那次背人上车，被想象成营救他的犯罪同党；那一次坐末班车，是深夜作案后蛇行鼠窜；那一次头上缠纱布，肯定是街头斗殴自找苦吃，至于给乡下老头买票，肯定是麻痹大家的障眼法。这件事情发生后的一个周末，车队队长给她介绍了一个正在准备考试出国的大学生做男朋友，虽然小蓉觉得这个男朋友太女人气，但还是接受了。从此，小蓉没时间读小说了，她忙着工作，忙着给男朋友织毛衣——然而，现实又给她开了一个玩笑，在一次与乘客"酒坛子"的闲聊中，小蓉得知那一次他的钱包并未被偷，是自己酒喝多记错了，男青年被冤枉了。在随后乘客们的闲聊中，小蓉知道那个男青年确实曾经是小偷，但早已改过，不仅不再打架偷窃，而且还读电大，成绩全厂第一，为救火还负了伤，只是自从上次被冤枉后，再也不敢坐公交车了。一天，正下着雨，小蓉突然从后视镜中看到那个男青年的熟悉的身影，他正像小说中的硬汉那样毫不在乎地扛着一个车轴模样的金属工件悠悠然地在雨中慢走。看到这一情景，她减缓了车速，打开了车门，甚至开闪光灯示意他上车，但他有意地躲开了，小蓉车子的喇叭声透着绝望，并对她的男朋友莫名地发脾气。

在这个故事中，小蓉总是无力摆脱小说语言世界的影响，要么用小说世界中正面男主人公的行为模式来想象那个男青年，要么用小说世界中反面角色的行为模式来想象那个男青年，然而，每一次她都被复杂的现实所捉弄。通过小蓉的戏剧性经历，作者似乎认为个人无意识地生活在语言之中，无意识地受语言影响，然而，语言本身似乎又难以让人认识和应对复杂的现实、人生和人心。这奠定了韩少功对语言的态度，一方面，人类无意识地生活于人自己创造的语言之中，无意识地受语言的影响和塑造；另一方面，人类又试图摆脱有缺陷的语言的限制和束缚，拥抱更复杂更丰富的世界、自然、人生与人性。

创作时间大体与《马桥词典》同时的《暗香》（1995）是一部探讨小说语言创造力的别具一格的小说。小说的主人公是一个叫老魏的出版社退休编辑，与亲戚、同事很少来往。1983年的一天，突然有一个叫竹青的大胡子男人来看他，不仅嘘寒问暖，而且还帮他倒尿、喂药、量体温。虽然这个叫竹青的大胡子男人对老魏和家人都了如指掌，但老魏却想不起这个人到底是谁。这个叫竹青的大胡子男人来了又走了，只留下了一股香味。十年之后，这个叫竹青的大胡子男人又来看老魏，老魏依然闻到来客身上一股香味，一问原来他是一个花匠，但老魏还是想不起这个人到底是谁。直到有一天，老魏无意中打开一口木箱，发现自己当年偷偷写下但从未发表过的两篇小说手稿，才知道这个大胡子男人原来是他的一篇小说中的人物，全名叫蒋竹青。"小说是这样写的：竹青是个归国华侨，因为有一台相机，被怀疑从事反革命活动，开除出教师队伍，当上了一名花工。在一次校园火灾事故中，他再次蒙受冤屈，被当做纵火嫌疑犯，由革命师生愤怒地扭送公安局。但他事实上是个好人，多年来帮助一位素不相识的邻家哑女，得知哑女喜爱鲜花，每逢节日就在哑女窗前献上一束，以鼓舞对方自学和自强的勇气，直到哑女多年后成为一位名声大振的画家。"看到自己用语言虚构的人物如此深情地惦记自己，不辞劳苦千里迢迢从广西来看望自己而周围的亲友同事却从来不理睬自己，老魏很后悔没把故事展得更开，没把主人公写得更多姿多彩，尤其后悔没给竹青添上几个子女，让他晚景孤单。女儿女婿知道原委后很不以为然，以为这是老魏的幻想，大家说不到一块，老魏就不再和他们说这事，自己窝在房里，修改旧作，以弥补自己的歉疚。写着写着，自己完全进入了语言所构造的情境，完全与他所创造的主人公蒋竹青感同身受，以致写到花木时，窗外果然飞来一大群蜜蜂，黑压压的一大片，把光线都挡住了，女婿女儿百思不得其解。他期待竹青的到来，然而没等到竹青再次到来，他却在一个秋雨天中去世了。女儿在整理遗物时发现了七八个练习册，上面写着大小不一的字，完全看不清，如同天书，就把它们塞到火炉烧了。不久，她收到一封来自广西的电报："家父×月×日不幸死于意外火灾，丧葬已毕，专此哀告。"这篇小说一方面认为小说语言完全可以创造出活生生的人物和世界，另一方面却又通过小说语言所创造的温情脉脉的人物、世界和现实中冷酷无情的世界对比，展现了小说语言所创造的世界和现实世界之间的裂隙和不一致，揭示了语言和现实世界之间的错综复杂关系。从经验角度看，这篇小说似乎较难理解，但只要我们换一个角度看，其实也容易理解。一个值得注意的细节是，这篇小说的主人公老魏所写的小说并没有发表，因此，他所创造的蒋竹青便只活在他的世界中，而没有活在他的周围人的世界中。设想他的小说不仅发表了，而且有足够的感染力，那么，小说反过来构建现实中的某些人的言行使他们像蒋竹青那样并非不可能，就像"晕街"等词语构建马桥人的世界一样。

如果说，《反光镜里》主要涉及语言对人的决定性影响的话，那么，《暗香》则侧重于人如何通过语言来创造一个新的世界。在语言与现实之间，韩少功不是从单一的角度看问题，不是简单地认为语言决定现实或现实决定语言，而是关注二者之间的复杂关系。

《马桥词典》和《暗示》全面地展现了语言和现实之间的种种复杂关系。特定的现实和特定的人们的需要产生了特定的语言和词汇，反过来说，也只有通过特定的语言和词汇才能理解特定的现实，这是韩少功编写《马桥词典》的原因之一。在《马桥词典》的后记中，韩少功提到他到海南市场买鱼的一段经历，当他用普通话问卖主这是什么鱼时，卖主回答说"海鱼"，当他再问"是什么海鱼"时，卖主因无法用普通话说清是什么海鱼，只得词不达意地说"大鱼"。其实，出于生存的需要，海南本地渔民所使用的方言有丰富的有关鱼的语言和词汇，足以区分各种不同的海鱼，在他们的语言里，区分不同的海鱼毫无困难，无法区分并表达不同海鱼的是普通话而不是海南本地语言。这一经历给韩少功很大的震动："我差一点嘲笑他们，差一点以为他们可怜地语言贫乏。我当然错了。对于我来说，他们并不是我见到的他们，并不是我在谈论的他们，他们嘲啾呕哑叽哩哇啦，很大程度上还隐匿在我无法进入的语言屏障之后，深藏在中文普通话无法照亮的暗夜里。他们接受了这种暗夜。"① 在他看来，海南人其实生活在海南话所构筑的世界之中而不是普通话所构筑的世界之中。由这一经历，韩少功认为，自己多年来学习和使用普通话肯定也使自己和家乡普通话化了。"这同时意味着，我记忆中的故乡也普通话化了，正在一天天被异生的语言滤洗——它在这种滤洗之下，正在变成简单的'大鱼'和'海鱼'，简略而粗糙，正在译语的沙漠里一点点干枯。"② 这当然不是说故乡不能谈论，而是说故乡已被普通话所谈论，而普通话中的故乡肯定不同于家乡方言中的故乡，它已经被普通话滤洗了，不再是家乡方言中的故乡了。在韩少功看来，虽然可以使用任何一种语言来讨论每一个人的故乡，但由于每一种语言所包含的世界观、价值观的不同，所谈出来的故乡也就大不一样，就像海南方言可以自如地区分和讨论各种海鱼，而普通话只能笼统地称为"海鱼"或"大鱼"一样。在《世界》一文中，韩少功甚至认为故乡只存在于方言之中："根系昨天，惟有语言，是一种倔头倔脑的火辣辣的方言，突然击中你的某一块记忆，使你禁不住在人流中回过头来，把陌生的说话者寻找。——有时候一个县，一个乡，特殊的方言在其他语言的团团包围之中，不管历经多少世纪，不管经历多少混血、教化、经济开发的冲击，仍然不会溃散和动摇。这真是神秘。当一切都行将被汹涌的主流文明无情地整容，当一切地貌、器具、习俗、制度、观念对现代化的抗拒都力不从心，惟有语言可以从历史深处延伸而来，成为民族最后的指纹，最后的遗产。"③

既然真正的故乡只存在于故乡方言之中，那么，我们如何理解马桥

---

① 韩少功：《马桥词典》，人民文学出版社2008年版，第356页。
② 同上书，第357页。
③ 同上书，第36页。

呢?唯一的办法是马桥的语言,是马桥的词典。马桥的特定现实和马桥人的特定需要产生了马桥的语言,马桥的语言凝聚着他们的世界观、价值观,凝聚着他们生活世界的方方面面,凝聚着他们的希望与憧憬、痛苦与忧伤、欢乐与幸福——因此,韩少功认为:"词是有生命的东西。它们密密繁殖,频频蜕变,聚散无常,沉浮不定,有迁移和婚合,有疾病和遗传,有性格和情感,有兴旺有衰竭还有死亡。它们在特定的事实情境里度过或长或短的生命。"①词汇而不是人物因而成为了《马桥词典》的真正主角和描写对象。在《马桥词典》中,我们看到马桥的词汇是因何种马桥现实生活的因缘际会而蓬勃生长并获得它们独特的生命的,看到这些有生命的语言又反过来以无意识的方式引导甚至限制、摆布着马桥人的方方面面。我们看到,因为男尊女卑的现实导致了马桥女性的无名化,而女性的无名化反过来又影响着女性对自身的价值、地位的认识,使她们安于女性的次要地位,从而最终强化了男尊女卑这一现实的。在马桥,没有女性特有的称呼和名字,女性的称呼和名字男性化了,其实也是无名化了。"小哥"意指姐姐,"小弟"是指妹妹,"小叔"和"小伯"是指姑姑,"小舅"是指姨妈,如此等等。马桥语言中女人无名化或男性化意味着马桥女人没有独立的地位,女人只是男人的附属品,这反过来影响她们对自身价值和地位的认识,影响她们日常生活的一言一行一举一动。"女人无名化的现象,让人不难了解到这里女人们的地位和处境,不难理解她们为何总是把胸束得平平的,把腿夹得紧紧的,目光总是怯怯低垂落向檐阶或小草,对女人的身份深感恐慌或惭愧。"②她们羞于自身的女人特征,掩盖甚至消灭自己的女人特征,极力确证自己"小哥"一类的男性角色。"从表面上看,她们大多数习惯于粗门大嗓,甚至学会了打架骂娘。一旦在男人面前占了上风,就有点沾沾自喜。她们很少有干净的脸和手,很少有鲜艳的色彩,总是藏在男性化的着装里,用肥大的大统裤或者僵硬粗糙的棉袄,掩盖自己女性的线条。她们也耻于谈到月经,总是说'那号事'。'那号事'——同样没有名谓。我在水田里劳动,极少看见女人请例假。她们可以为赶

---

① 韩少功:《马桥词典》,人民文学出版社2008年版,第358页。
② 同上书,第28页。

场、送猪、帮工等等事情请假,但不会把假期留给自己的身体。我猜想她们为了确证自己'小哥'一类的男性角色,必须消灭自己的例假。"①

当然,马桥语言中女人的无名化或男性化并没有能真正取消女人的生理特征,它只是通过其中所蕴含的价值观念影响女人对自身的态度和认识,改变她们的心理和价值世界。因此,作为汉语方言的马桥语言和普通话的差别往往不在指称对象上,而是不同的指称方式所蕴含的世界观、人生观、价值观和心理世界等方面的不同。哲学家弗雷格认为,特定的意义与特定的符号对应,而同一个对象可以用多个符号来指称,因而,不同的符号指称意味着不同的意义世界。因此,"小哥"和"姐姐"虽然指称对象相同,但二者的内涵不同。《马桥词典》提供了这方面大量的范例。在马桥人那里,屠宰畜生叫做"放转生",以掩盖其中的血腥味。他们认为,畜生是人转世再生,前世作孽,现世遭罪,活得最苦,早死早转生,脱离苦海,因此,屠宰它们是一件大恩大德的善事。"放转生"虽然不能改变畜生被宰杀这一事实,但却改变了马桥人对宰杀畜生的态度,他们不再认为这是残忍的行为,而是功德无量的善事。屠夫们宰杀畜生不再有罪感,而是理直气壮,食客们也因此而大快朵颐,吃得心安理得了。韩少功认为:"语言可以改变人的感觉,一个词的更换,可以缓解甚至消除人们在屠宰场上的悲悯,对淋漓的污血和肉案上一双双直愣愣没有闭上的眼睛从此无动于衷。"②

如果说《马桥词典》旨在说明人只能生活在语言之中,那么《暗示》则试图推翻这一观点。因为无论是内部世界还是外部世界,都有言辞无法抵达的地方,存在于言辞之外。在《暗示》的前言中,韩少功说:"我眼下仍处言说之中,但一直没法遏止自己尝试的冲动,让自己能够闯入言说之外的意识暗区。我必须与自己作一次较量,用语言来挑战语言,用语言来揭破语言所掩蔽的更多生活真相。我在写完《马桥词典》一书后说过:'人只能生活在语言之中',这有点模仿维特根斯坦或者海德格尔的口吻。其实我刚说完这句话就心存自疑,而且从那时候起,就开始想写一本书来推翻这个结论,来看看那些言词未曾抵达

---

① 韩少功:《马桥词典》,人民文学出版社2008年版,第29页。
② 同上书,第323页。

的地方,生活到底是否存在,或者说生活会怎样的存在。"① 但这种挑战的结果却是发现人其实很难离开语言,人不仅生活在狭义的"语言"(各种自然语言及其更具体的方言)中,而且还生活在广义的"语言"(各种文化符号即中国古代广义的"文")之中,因为《暗示》所谈论的具象一部分虽然不是以狭义的语言为媒介,但却离不开其他文化媒介(广义的语言),因此,人类的生活其实是言与象的互动和互在。所谓的用语言来挑战语言其实是用狭义的"语言"来挑战狭义的"语言"。韩少功后来承认:"具象里藏着语言。人类已经有了语言,已经借语言组织了自己的抽象思维,就不可能还有语言之外的物象与事象。在此之前,我一直搜寻语言之外的动静,描述具象如何形成了非语言的隐秘信息,我当然还需要做另外一件事:考察言与象二者之间的相互依存和相互控制,回过头来看看这两件东西在一个动态过程中如何密切难分。换句话说,本书序言中所称'言词未曾抵达的地方'其实并不存在,严格的说,那只是一些言词偷偷潜伏的地方。"② 在他看来,社会生活就像一个多声道混录带,原本杂乱如麻,我们听到什么,取决于已经被语言牢牢控制的感觉排除功能。一个卢瓦河边的牧民,一旦获得民族主义言说,就会发现自己除了天主教徒的身份之外,还与陌生而又富裕的银行家都是"法兰西人",贫富悬殊并不妨碍他们共同站在国旗下高唱《马赛曲》向普鲁士人或英格兰人挥动着拳头。一个莱茵河畔的汽车修理工,在获得了阶级主义的言说之后,就会发现自己除了德国国民身份之外,还与井冈山下的雇农都是"无产阶级",面目陌生、习俗差异、语言不通都不妨碍他们在中国战场上并肩作战。这一切都是语言使然。韩少功认为,从儿时学说话开始,语言一直在塑造着我们:"从儿时学会第一个词开始,每个人都接受先于他存在的文化训练和塑造。脑袋里的概念来自父母、朋友、教师、邻居、领袖、学者、新闻编辑、广告制作者、黑压压的大众等一切'非我'的存在。从某种意义上说,我从来只是历史和社会的某种代理,某种容器和包装。"③ 在韩少功看来,

---

① 韩少功:《暗示·前言》,人民文学出版社2002年版,第1—2页。
② 同上书,第300页。
③ 韩少功:《在小说的后台》,山东文艺出版社2001年版,第46页。

存在于语言中的文化对人的塑造使人成了隐形的文本:"文化使人脱离了动物状态,也失去了这些好的或不好的东西,获得了新的人性表现——说这是隐形的文本,是进入了本能和遗传的文化积层,没有什么不对。"① 既然语言及其中所蕴含的文化已经成了隐形文本,成为本能和遗传,那么,人注定无法摆脱语言,语言因而不是随取随弃的工具,而是人类认识自我和世界的无形器官。

当然,必须指出的是,韩少功认为,语言所构建的是第二级事实,是再生性事实,而不是第一级的物理现实和最基本的生理需要。就像马桥的"晕街",其实是语言对人的心理暗示。一旦接受这种语言的心理暗示,人们往往一听说"睡觉"就睡觉,听说"鬼"就见鬼,听说"阶级敌人""阶级斗争"就处处见到阶级敌人并与他们斗争。因此,语言符号对人的影响应分别来看,它对人的最基本的生理需要的影响是有限的,但对人的心理需要有重要影响,甚至是决定性的影响。语言可以改变马桥女人的心理态度,但不能取消她们的生理特征和需要。

二 动态的过程语言观

在韩少功看来,人是一种语言生物,这注定了人不可能离开语言。问题在于我们需要一种什么样的语言意识,才能让语言一方面帮助我们获得对外部世界和内部世界的全面认识,另一方面又能构建一个健康合理的世界观、价值观、人生观和人性观,避免由语言的片面所带来的知识的片面(知识危机)和人性的片面,避免人成为语言的奴隶。在《多嘴多舌的沉默》中,韩少功意识到了语言的双重特性:既构建、显示世界、真实、自我又遮蔽世界、真实、自我。从佛教因缘理论看,"我"是多种因缘合和的产物,本来没有自性。但语言将"我"切分为物质的"我"和"心智"的我,语言的这种切分一方面既建构了一种灵肉二分的"自我"观念,但另一方面又遮蔽了"我"的许多因素,比如水、空气、阳光、粮食、猪肉、牛肉等一切"非我"的物料,比如来自父母、朋友、教师、邻居、领袖、学者、新闻编辑、广告制作者、黑压压的大众等一切"非我"的存在。但这并不意味着人类必须

---

① 韩少功:《韩少功散文》,海南出版社1996年版,第290页。

废除语言。人类的语言固然遮蔽着世界、真实和自我，但它同时也建构、显示世界、真实和自我。因此，人类必须对语言持一种批评性的态度，既要穿过重重后台揭示语言构建、显示世界、真实、自我的过程，同时也要穿过重重后台揭示语言遮蔽世界、真实、自我的过程。这是一种重过程的语言观，这种语言观将语言构建、显示世界、真实和自我看做某种认识的凝定，是对现实的无奈的简化，它并不是世界、真实和自我本身，而只是某一次语言命名的结果，就像象征某一次婚姻的结婚证不等于婚姻一样。作为某一次语言命名的结果，它忽现了命名过程中主体和客体的不断流变以及其中所蕴含的作为主体的自我和作为客观的世界以及作为主客观关系产物的真实的多重性和丰富性，就像一纸结婚证无法敞开婚姻主体相互间曲折漫长的感情过程以及其间丰富的感情世界一样。这种对语言的批评性态度既不是对语言的废弃，也不是对语言的神圣化和凝固化，而是将语言看做一种动态的过程。只有将语言看做一种动态的过程，世界、真实和自我本身的过程性和丰富性才有可能从语言的陷阱中突围出来。在韩少功看来，"为了使心智从语言困境中解放出来，应该视言语过程比目的更为重要，'说'比说'什么'更为重要。换一句话说，'什么'是有的，但更多地存在于'说'的过程，'什么'就是'说'。任何名词都成了动词，任何动词都成了不及物动词——语言被悄悄地动态化了。他们几乎不再以为自己能说明什么，不许诺任何可靠的终极的结论，不提供任何稳定的一点，不设置任何停泊思维的港湾，而迫使自己与听众不停地驱动思维作持续的航行，一刻也无法怠惰。真诚和智慧不在港湾里，而只是远航过程中的无限风光——这就是他们想表述的'什么'所在。"[①]这并不是说，作为对人类的终极关怀的真实与美好已经死亡，而是说真实与美好既是语言活动所追求的目标，又体现在语言在构建、显示世界、真实和自我的同时又对语言对世界、真实和自我的遮蔽的抗争的过程之中。

这种动态的语言观反对将语言静态化、凝固化和神圣化，语言的静态化、凝固化、神圣化往往会导致将语言所构建的知识和价值静态化、神圣化、凝固化、教条化，从而导致知识和价值的双重危机。现代社会

---

① 韩少功：《在小说的后台》，山东文艺出版社2001年版，第49页。

的价值危机的根源是知识危机,而知识危机的根源在于语言的危机,而语言之所以产生危机在于将语言静态化、神圣化、教条化、凝固化和空心化。在韩少功看来,现代社会是一个语言(包含广义的语言即非文字的文化符号和狭义的语言)空前繁荣和泛滥的时代,是一个语言空前的静态化、神圣化、教条化、凝固化和空心化的时代,当然更是一个知识和价值空前危机的时代,真实、真诚被泛滥的语言所淹没,被流行的劣质语言所定义。语言静态化、神圣化、教条化、凝固化和空心化的结果是语言越来越远离真实与真诚,这导致20世纪成为人类社会历史上最为残忍的极端年代。

  韩少功认为,在这样的时代,人类需要能真实地表现外部世界和真诚的内部世界的优质的语言,而不是远离真实与真诚,静态化、神圣化、教条化、凝固化和空心化的劣质语言。只有优质的语言才能带来真理和有益的知识,带来正确的价值观和人生观、自然观,带来健康的人性。那么,什么样的语言才是优质的语言呢?韩少功认为:"一种优质的语言并不等于强势语言,并不等于流行语言。优质语言一是要有很强的解析能力,二是要有很强的形容能力。前者支持人的智性活动,后者支持人的感性活动。一个人平时说话要'入情入理',就是智性与感性的统一。"[①] 换句话说,优质的语言既有感性理据,又有理性理据,即通情达理。所谓语言的感性理据就是韩少功所说的言中有象,即语言通过象似性一方面获得很强的形容能力,即古人所说的"状难写之景如在目前",另一方面又与自然、现实、事实即真实世界存在紧密的感性联系。语言如果失去这种感性理据,极易变成感觉枯竭型的疯子,这类疯子"言绝缘于象。于是对现实处境及其变化浑然不知,以致视而不见,听而不闻,饿不觉饥,冻不觉寒。他们的逻辑可能严密,知识甚至超群,但逻辑与知识都是从书本上照搬,偏执之下用得不是地方,俗话称之为'认死理''钻牛角尖''凿四方眼',是一些强词夺理的'书呆子'。严格说,呆也是疯,在日常生活中被人们称为'神经病',即'疯子'的同义语。"[②]《暗示》中生病前的阿凤和《日夜书》中的蔡海

---

  ① 韩少功:《小题大做》,人民文学出版社2008年版,第43页。
  ② 韩少功:《暗示》,人民文学出版社2002年版,第329页。

伦就非常接近这类疯子。阿凤完全按医学知识安排生活，蔡海伦完全按女权主义操作生活，都是只认书本上的死理，不顾具体的生活情境。所谓语言的理性理据指的是语言要有语法、逻辑、理性和思想的根据与支撑，一个人的语言如果没有理性理据，极易变成理智崩溃型疯子，这类人往往"象失控于言，于是皇帝与袜子握手，老鼠与雷电同歌，汽车被土豆吞食，导弹被道路追逐——可以成为他们那里常见的心理幻境，在正常人看来纯属思绪混乱，记忆错杂，胡言乱语，心意得不到正常表达，逐渐郁结成一种焦灼甚至暴烈。"[①] 生病后的阿凤以及"无厘头"分子们其实就是理智崩溃型疯子。重病后的阿凤在认识一位江湖高手后转而认为自己根本没有生病，而是神秘的劫数在起作用，完全失去了理智。"无厘头"分子们及时行乐，肆意狂欢，其语言和符号胡涂乱抹、张冠李戴、随心所欲，完全没有逻辑、理性和思想。

然而，单一的强调语言的理据性（无论是感性理据还是理性理据）也会造成语言的神圣化与凝固化、教条化，正像单一地强调语言的任意性造成语言与真实世界相脱离而造成语言的空心化一样，在优质语言中二者必须保持张力和均衡状态。韩少功说，他最警惕两种语言倾向："一种是语言与事实之间只有机械僵硬的关系，语言没有独立而自由的地位；另一种是语言与事实之间完全没有关系，语言独立和自由得太离谱，泡沫化的膨胀和扩张，一句话可以说清楚的事用三句话来说，用八句话甚至十句话来说，甚至把矫揉造作胡说八道当作语言天才——"[②] 前一种倾向就是过度强调语言的理据性，结果造成语言与事实之间机械僵硬的关系，后一种倾向就是过度强调语言的任意性，结果造成语言与事实之间的分离，造成语言的空心化。

为什么过度强调语言的理据性会造成语言与事实之间机械僵硬关系呢？在韩少功看来，过度强调能指与所指、语言与事实之间的理性理据关系往往会造成二者之间单一的一一对应关系，造成语义的贫乏和单一，语言符号的理性变成了凝固不变的教条，语言因此不能指称新的现实与经验，丧失了表现丰富复杂的外部世界和内部世界的能力。韩少功

---

① 韩少功：《暗示》，人民文学出版社2002年版，第329页。
② 韩少功：《马桥词典》，人民文学出版社2008年版，第366页。

认为,语言的理性本质是一把双刃剑,语言一方面可以编织理性,组织道德信念,节制个人私欲,因此,"语言所编织的理性是人生的现实镇痛剂和理想兴奋剂,语言这一理性工具和理性载体使古今中外的圣者烈士成为了可能,使视苦为乐和视死如归的超人品格成为了可能"。然而,"语言毕竟是一种抽象的符号,只能承担一种简化的表达,一开始就伏下隐患。哪怕是解释一个杯子,也有'开口便错'(禅宗语)的窘境。说'杯子是一种用具',但用具并不是杯子;说'用具是物质的',但物质的并不等于用具;说'物质是有属性的',但有属性的并不等于物质——在无数个由'是'所联结的阐述中,在思维和言说的远行过程中,每个环节的简化在悄悄地叠加累积,每个环节都有义涵的溢冒或折扣,最后可能绕出一个严重偏执的逻辑——酿出一幕幕历史悲剧也就不难想象。这还只是语言事故的寻常一种,远不是事故的全部。'宗教''民族''阶级''文明'等等言词,就是在这样的事故中曾经由真理滑入荒谬,成为一些极端化思潮的病灶。英国历史学家霍布斯鲍姆把他回顾二十世纪百年风云的著作命名为《极端年代》,准确概括了这个时代主要的特征。他没有提到的是:极端者,教条之别名也,危害公益的语言疯魔也。最为极端的时代,恰是心智中语言最为富积的时代,是人类教育规模最为膨胀的时代。"[1] 在韩少功看来,这类理性抽象的语言有完美的理性依据,符合语法和逻辑,但由于能指与所指、语言与事实之间的理据是僵硬固定的,它们的意义也是单一贫乏的,语言不仅失去了丰富的感性内涵,语言中的理性也失去了它本来的思考功能,变成了神圣僵化的教条,这就极易造成语言的血案。这类语言血案通常出现在政治和宗教领域。在政治和宗教领域,权力通过过度强调能指与所指、语言与事实之间的理据关系而造成二者之间单一的一一对应关系,造成语义的单一而使语言神圣化、凝固化和教条化。在这里,语言是有完美的理性理据的,但这一完美的理据来自于一种权威的解读,那就是政治和宗教领域的绝对权力作出的解读,那是唯一的、神圣的解读,是不容亵渎的意义和解读。对政治和宗教领域语言神圣化、教条化、凝固化和由此带来的灾难,韩少功深有体会。"文化大革命"中他曾参与调

---

[1] 韩少功:《暗示》,人民文学出版社 2002 年版,第 363—364 页。

查一个重要电台的一位播音员，那位播音员在一次现场直播时把共产党要人"安子文"误读成国民党要人"宋子文"，因而成了罪囚，被判刑15年。他惊讶地发现，不仅所有的审理者都觉得他为一个字付出15年的生命是应该的，连他自己也觉得自己有罪，对不起党对不起主席。他突然产生了一种对"安"字、"宋"字以及其他文字的莫名恐怖。韩少功发现，后人很难理解"文化大革命"中参与武斗的双方除了"红司""革司"一类词的区别外，在思想、理论、做派、趣味、表情、着装、语言方面完全没有什么不同，怎么可能红着眼睛相互厮杀呢？"这就如同我曾经不能理解十字军的东征。我读过天主教的《圣经》也读过伊斯兰教的《古兰经》，除了'上帝'和'真主'一类用语的差别，两种宗教在强化道德律令方面，在警告人们不得杀生、不得偷盗、不得淫乱、不得说谎等等方面，却是惊人的一致，几乎是一本书的两个译本。那么十字与新月之间为什么爆发了一次又一次大规模圣战？他们用什么魔力驱使那么多人从东边杀到西边又从西边杀到东边，留下遍地的骨和数以万计孤儿寡母的哭嚎？……"① 在韩少功看来，语言曾经推动人类文明的发展，但语言的抽象化、神圣化、教条化、凝固化也威胁着人类文明，"一旦语言僵固下来，一旦语言不再成为寻求真理的工具而被当作了真理本身，一旦言语者脸上露出惟我独尊惟我独宠的劲头，表现出无情讨伐异类的语言迷狂，我就只能想起一个故事"②。这个故事就是《马桥词典》中魁元的故事，"魁元"因为不满自己的名字被写成"亏元"而报复盐午，最后也以血淋淋的悲剧而告终。在《暗示》中，曾经让人类受益的民族主义语言、阶级语言、宗教的语言都因为代表权力但又缺乏实践经验的知识精英对其加以极端化、教条化的解释而制造了令人触目惊心的血案，无论是东方还是西方都如此。正是出于这一残酷的历史与现实，韩少功特别强调，"语言运用要取得有效性和安全性，不能与生活实践有如何须臾的疏离，不能不随时接受公关实践的核对、校正、充实、弥补、滋养以及激活，不能没有大范围和多方位的具象感

---

① 韩少功：《马桥词典》，人民文学出版社2008年版，第328页。
② 同上书，第329页。

觉以做依托——在人文理性领域尤其是这样。"① 在他看来，人类的知识不能从语言到语言，从书本到书本，所有的知识必须用亲历的实践经验激活，必须用人类历史和现实的实践校正，必须找到坚实的感性根据。那些乡村中的农民，由于朝夕与地主相处，有足够的感性经验，对感性生命心存敬畏，因而并不抽象地理解阶级，并不极端化地理解阶级斗争，并不主张搞残酷的阶级斗争。相反，那些照抄书本的知识分子由于缺乏感性经验，缺乏对感性生命的敬畏，往往教条化极端化地理解阶级和阶级斗争，大搞残酷的阶级斗争，他们杀一个阶级敌人就像删除一个符号一样轻松。

不仅在政治宗教领域，在日常生活领域，过度强调能指与所指、语言与事实之间的理性理据关系所造成的语义的贫乏和单一，也会对人类认识和行为产生无意识的影响，束缚人的语言和行为。《马桥词典》"下"这一词条展示了一个有着完美理据的词汇是如何教条化并最终无意识地束缚着人的言行的。"下"是下流、下贱、下作的简称，既指不正当的性行为，也指一般的性行为。这一词条可以说是有理据的，是有现实根据的，因为就人的体位来说，头脑高高在上，作为大脑产物的思维和精神也是高高在上，因而自然高贵、高尚、崇高，而性器官则在人体下方，自然是下贱的，性行为自然是下流的。在韩少功看来，这其实是将人类人为设定的价值和观念自然化在语言中的表现，有其必然性和根据性："寺庙建在高山，罪犯囚于地狱，贵族居于殿堂。贱民伏拜阶下，胜者的旗帜升向高空，败者的旗帜践踏足底……这一切很难说是偶然的择位，一定是某种信念的外化和物化。我怀疑，这一切源于古代穴居人对自己身体的困惑和最初的认识，从那时候开始，寺庙、贵族、胜利的旗帜，成了穴居人脑袋的延伸，获得了上的方向。而相反的一切，则只能同耻感的下体一样永远屈居于下。"② 马桥以前特别"下"，但自从公社干部何部长出示名为穿山镜实为望远镜后，不少马桥人居然连男女性事也不敢做了，情歌也不敢唱了，因为何部长说这个穿山镜可以看见一切，包括所有的下事，见一个抓住一个，处分一个！决不手软！万

---

① 韩少功：《暗示》，人民文学出版社2002年版，第364页。
② 韩少功：《马桥词典》，人民文学出版社2008年版，第83页。

玉对此很不满意，抱怨说乡下人就觉觉歌和男女之事这一点文化生活，也要用穿山镜照，什么世道！再说，共产党不准大家下，以后小共产党哪里来呢？韩少功认为，共产党在性观念上并不保守，但作为共产党之一员的何部长却为何运用代表性保守观念的"下""穿山镜"这些词汇来吓唬马桥人呢？而马桥人又为何听到这些词汇后不敢乱说乱动呢？原因在于"下"这一能指长期以来已经和性行为尤其是不正当性行为固定在一起并无意识地影响着人的观念与行为，这一切其实都是语言教条化凝固化以及由此而来的价值保守化的结果。在韩少功看来，这是一个漫长的历史过程，早在清王朝，《西厢记》被列为禁演戏曲名录的榜首，许多爱情小说和诗词也都是官方眼中的"秽恶之作"，一批批被搜缴和焚烧。一直到国民党统治中国的时候，在广州、武汉等地都出现过军政府禁止交谊舞的事件，交谊舞被视为"有伤社会风化"的淫乱。因此，"一个'下'字，不仅仅是马桥人现在的用词，几乎贯穿了漫长历史，透出了汉语思维几千年来对性爱行为一脉相传的道德偏见。只要这个'下'的命名没有取消或改变，人们要真正、全面、彻底走出偏见的阴影都是相当困难的。何部长即便是一个十分开明的人，也不一定能够摆脱已经内化于他骨血中的心理定势。他只不过是一个传统词典的运用者，操着望远镜在词义的轨道上向前滑行，就像一只驴戴上了笼套，只能往前走。在这个意义上，到底是人说话，还是话说人？到底是何部长应该对他的刻板和僵硬负责，还是一个'下'字早已成了何部长的笼套——因此，包括马桥人在内的一切这样运用汉语的人应该对何部长负责？当然就成了一个问题。"[1] 在韩少功看来，"下"字及其相应的价值观念经过漫长的历史过程早就成为汉民族的语言无意识，人们只能无意识地在其设下的语义轨道上滑行，成为语言笼套中的奴隶。

在韩少功看来，一方面，过度强调能指与所指、语言与事实之间的理性理据关系往往会造成语义的贫乏和单一，语言符号的理性由此变成了凝固不变的教条，语言因此不能指称新的现实与经验，丧失了表现丰富复杂的外部世界和内部世界的能力。另一方面，过度强调能指与所指、语言与事实之间的感性理据关系则往往会使语言失去理性思考和分

---

[1] 韩少功：《马桥词典》，人民文学出版社2008年版，第84页。

析的能力,最终并没有收获感觉的丰盈,而是造成感觉和理性的贫乏与僵化。在《感觉跟着什么走》一文中,韩少功考察了20世纪八九十年代中国文学领域语言感觉化的蜕变过程。在他看来,20世纪80年代,"跟着感觉走"确实在与很长一段时间以来流行的看似充满理性其实是假大空的空心化语言的抗争中解放了曾经被这类语言所压制的各种感觉,有效地恢复了瞬间视觉、听觉、触觉等在文学中所应有的活力。但由于将"感觉"与"理性"对立起来,在对理性的简单化的否定中,不仅否定了假大空的空心化语言中教条化、僵化的理性,而且也否定了语言中应有的思辨理性,其结果是,在90年代的文学中,语言拒绝了理性,一路感性下去,但感觉却越来越贫乏单一,而不是更宽广,越来越迟钝粗糙,而不是越来越敏锐细腻。这些感觉分子们的感觉只对消费时代的所谓成功人士的纸醉金迷的都市生活感光,对人类赖以生存的大自然中的阳光、水、空气却毫无感觉,那些曾深深触动无数伟大作家的草原与河流、幽林与飞鸟、冰雪和草叶,还有松间明月、大漠孤烟、野渡横舟、小桥流水、苍山碧海、蓝天白云等等都进不了他们的感觉视野之中。他们只对晚清政府的腐败感光,但对欧洲文明在全球扩张时在非洲和美洲留下的血迹毫无感觉。他们只对发达国家的富裕生活感光,却对周围的低层社会和生活毫无感觉。"跟着感觉走"的感觉崇拜最终却戏剧性地以感觉的贫乏单一迟钝粗糙收场,这不能不让人感慨。韩少功最后认为:"从严格的意义上来说,感觉与理智时时刻刻在互相缠绕,将其机械两分只意味着我们无法摆脱语言的粗糙。正因为如此,当感觉与理性的简单对立被虚构出来的时候,当感觉崇拜成为一种潮流并且开始鼓励思想懒惰的时候,感觉的蜕变就可能开始了,一个前门拒虎后门进狼的过程,即感觉与特定意识形态的重新开始恶性互动的过程就可能正在到来。在这种情况下,文学如果还是一种有意义的行为的话,它面对这种恶性互动的危机,是否需要再一次踏上起义之途?"[①]《暗示》就是对这种感觉崇拜的一次文学起义,它一反以往文学总是将具象感觉当做文艺的素材并做成某种爽口的娱乐饮品的做法,把理论引入作品之中,做成不那么爽口的药剂,以治疗各种感觉盲视症和意识形态驯化的

---

① 韩少功:《文学的根》,山东文艺出版社2001年版,第207—208。

隐疾，在给语言输入有活力的理性理据的同时，打开被感觉崇拜分子封闭了的感觉，比如对自然，对低层，对弱势群体，对人民实践，对资本主义文明的血迹等的感觉。在韩少功看来，没有相应的理性语言的训练，这些感觉是不可能出现的。因此，这一起义，说白了，就是文体置换："把文学写成理论，把理论写成文学。"① 因为思想与感觉、理论与文学并不是截然对立的，而是相互蕴含、相互渗透、相互制造、相互控制的。

单一地强调语言的理据性（无论是感性理据还是理性理据）会造成语言的神圣化与凝固化、教条化，这是否意味着应该强调语言的任意性呢？当然不是。在韩少功看来，过度地强调能指与所指、语言与事实之间的任意性则会造成语言的空心化，韩少功称之为"语言空转"或"叙事的空转""这种语言没有任何负荷，没有任何情感、经验、事实的信息的携带"②。

在《道的无名与专名》中，韩少功认为，中国禅宗其实早就意识到语言的任意性了，所以禅师们强调"不立文字""道隐无名""言语道断""随说随扫"，表达了一种动态的过程语言观。中国禅宗的"道"不是静态的实体，而是动态的、流动的、生成的、变化的存在，因而不可能用任何静止、孤立的语言来表述，只能用动态的语言表述。因此，禅师们对语符（即能指）与义涵（即所指）之间这种任择（arbitrary）关系（即任意性关系）的洞察，比索绪尔或者德里达的类似觉悟更早，因此他们常常采用随说随扫的语言策略。即便如此，禅师们还是不得不说，而且还得反复说有价值理性的有重量的语言，包括要弟子们"不立文字"的慧能，还是留下了沉甸甸的《坛经》。因此，过分强调语言的任意性，会导致像后现代主义那样的语言空转和空心化，导致"无厘头"的泛滥。这是后现代常见的语言形态，这种语言形态只有语言的自我游戏、自我繁殖，语言从语言中产生、飞翔、空转，没有任何理性和逻辑，没有任何情感、经验、事实和价值的重量，没有信息或信息重复，怎样说都行。这种语言的空转和空心化也出现在曾经流行一时

---

① 韩少功：《暗示·前言》，人民文学出版社2002年版，第3页。
② 韩少功：《马桥词典》，人民文学出版社2008年版，第366页。

的假大空语言中,在这种语言中,事实是泥团,语言可以随意把它揉成任何样子,语言与事实、能指与所指完全剥落脱离,没有任何理据关系,言中无事,言中无实,言中无象,言中无理,言中无义,空洞无物。

在韩少功看来,过度强调能指与所指、语言与事实之间的任意性则会造成语言的空心化和语言的空转,而过分强调语言的理据性和固定性则会导致语言的僵化、教条化和神化。韩少功因而认为,应该承认语言的任意性与理据性的各自适用范围极其在特定范围之内的合理性,防止越位,将任意性或理据性推向极端:"道隐'无名(言义任择)'与道涉'专名(言义定择)'各有其适用域,语言的游戏化与语言的权力化也各有其合法性,这无非是我们观察语言时,超出具体语境之外或切入具体语境之内,会有不同的结果。在较为积极的事态里,'游戏'说可以瓦解语言的价值神话,恢复语言无限多变的空间;而'权力'说可以使语言'空心化'的狂欢适时降温,恢复人们对语言必要的价值审查和价值要求。"① 言义任择即语言的任意性,它通向语言的游戏化和过程化,其积极意义是瓦解语言及价值的神圣化和教条化。比利时画家马格利特的画作《烟斗》上面的文字说明却是"这不是一个烟斗",韩少功认为马格利特意在说明烟斗画不是烟斗,物象不是物,媒象不是物象,从而解除了语言与具象之间的定择关系(固定的不可改变的理据关系),突出语言中能指与所指之间的任意性,言(能指)与象(所指)分离为烟斗之象从而为获得重新命名提供了可能。在韩少功看来,通过突出语言中能指与所指之间的任意性,"言、象、意三者之间的关系出现了重组的自由空间"。确实,如果语言只有固定的理据关系,语言就不存在自由性和创造性,因此,"物象的文字命名从来不是天经地义,作为一种临时约定,在不断变化的生活和感受那里,总是有褊狭乃至荒谬之虞。为什么'监狱'一词必定指涉监狱的形象?为什么整个社会不可以被视为无形的监狱?为什么'贵妇'一词必定指涉贵妇的形象?为什么有些贵妇不可以被视为高价长包的妓女?"② 但是,过分

---

① 韩少功:《文学的根》,山东文艺出版社2001年版,第191—192页。
② 韩少功:《暗示》,人民文学出版社2002年版,第349页。

强调语言的任意性又会导致文字游戏和语言的空心化。因此，言义定择即语言的理据性，可以通过强调语言的理性、逻辑、思想以防止语言的空心化和空转。正因为语言是有理据的，其中有人类须共同遵守的基本的价值规范和公约，诸如精神、理性、公平、正义、真理等，所以语言是有重量的，不同的语言的价值含量是不一样的，并不是怎么说都行。

韩少功因此认为，优质的语言要保持能指与所指、语言与事实之间的理据性和任意性的平衡和张力。优质的文学语言一方面在二者之间建立丰富的理据关系来抵制二者关系的单一和单义，另一方面又通过强调二者的任意性以突出语言的创造性，从而使语言一方面能利用有限的能指来真实地表现无限丰富复杂的世界，另一方面又坚守最基本的价值观念；一方面具有坚实的感性基础，另一方面又有丰富的理性。韩少功在创作实践中彻底贯彻了他的语言主张，充分地实现了语言的潜力，使他的语言往往既有很强的解析能力，又有很强的形容能力，既通情又达理。《马桥词典》中"晕街"这一词条就是韩少功利用语言的任意性杜撰出来的（即利用现有语言的能指来指称乡村社会普遍存在但又未被命名的生理和心理现象），但这一杜撰又是有充分理据的，因而显得既合情合理，又形象生动。从语法上看，它是符合构词规律的，因为中文有"晕车""晕船"等词汇，英文也有 carsick/seasick/homesick 等词汇。从现实方面看，它也有现实生活依据，来自实际的生活经验："我曾看见好些农民不愿进城，不敢坐汽车，一闻到汽油味就呕吐，见汽车站就绕着走。城市生活确实让他们犯晕。一个小农社会最容易有这种生理现象。长期的生活方式确实可以改变一个人的生理机能。"[①] 实际上，由于类似"晕街"这样的构词既符合语法理据，又符合现实生活理据，类似构词在汉语其他方言中实际存在着，如雷州方言有"晕田"一词，指称不愿到地里干活的人在田里干活时的生理和心理反应。韩少功认为，"晕街"一词条产生于马桥农村的现实生活，但一经产生后又反过来对马桥人产生心理暗示，从而使他们一上街就产生这种生理和心理反应，这是语言新造的第二级事实，或者说再生性事实。由此，韩少功得出这样的结论："狗没有语言，因此狗从不晕街。人类一旦成为语言生

[①] 韩少功：《马桥词典》，人民文学出版社2008年版，第362页。

类，就有了其他动物完全不具备的可能，就可以用语言的魔力，一语成谶，众口铄金，无中生有，造出一个又一个事实奇迹。——语言是一种不可小视的东西，是必须小心提防和恭敬以待的危险品。语言差不多就是神咒，一本词典差不多就是可能放出十万神魔的盒子。就像'晕街'一词的发明者，一个我不知道的人，竟造就了马桥一代代人特殊的生理，造就了他们对城市的远避。"① 这一解释有理有据，非常有说服力。另一方面，韩少功又以本义的经历形象生动地展现了马桥人是如何"晕街"的，"晕街"又是如何改变他们的命运的，又有很强的形容能力，使读者能从情感上接受马桥人"晕街"这一现象。

韩少功在理论上重视动态的语言过程，重视怎么说，认为说"什么"存在于怎么说的过程之中，在创作中他践行了这一创作理念。《马桥词典》"江"这一词条通过对马桥关于"江"的能指（声音形象）的描绘不仅突出了能指即怎么说，而且也突出了说什么即马桥人的"江"："马桥人的'江'，发音 gang，泛指一切水道，包括小沟小溪，不限于浩浩荡荡的大水流。如同北方人的'海'，把湖泊池塘也包括在内，在南方人听来有些不可思议。重视大小，似乎是后来人的事。""马桥人后来也明白了大小，只是重视得似乎不太够，仅在声调上作一点区分。'江'发平声时指大河，发入声时则指小沟小溪，外人须听得时间足够长了，才不会搞错。我刚到马桥时，就发生过这样的误会，按照当地人的指点，兴冲冲寻江而去。走到那里，才发现眼下哗啦啦的江窄得可以一步飞越两岸。里面有一些幽暗的水草，有倏忽而逝的水蛇，根本不合适洗澡和游泳。""入声的江不是平声的江。沿着入声走一阵，一下走进了水的喧哗，一下走进水的宁静，一下又重入喧哗，身体也有忽散忽聚的感觉，不断地失而复得。碰到一个放牛的老人，他说莫看这条江子小，以前的水很腻，烧得，可以拿来点油灯。"② 按索绪尔的说法，能指即声音形象，能指的差异实际上就是所指的差异，突出能指即突出怎么说，突出所指即突出说什么。马桥人从声音上区分大江和小江使江河获得了细致的区分，只是外人须明白这一差异才能获得同样细致

---

① 韩少功：《马桥词典》，人民文学出版社2008年版，第151页。
② 同上书，第1页。

的区分，他们对声音的细致区分也就意味着他们对江河的细致感受。在这里，韩少功既从学理上说明了马桥语言是如何有效地切分江河及其对江河的感受的，又写得形象生动，充满动感，诗意盎然。

在韩少功那里，一种动态的过程语言和优质语言同时也意味着语言的多样化，因为只有一种语言意味着只有一种观察描述世界的角度和词汇，只有一种语法和逻辑，只有一种世界观和价值观，无法应对丰富复杂而又流动的世界。韩少功认为，作为社会生活的产物，语言蕴含着特定民族或人群的历史经验，智慧和意识形态："语言是生活的产物，因此一个词里经常蕴藏着很丰富的东西，比方历史经验，燃烧智慧，意识形态，个人情感与社会成规的紧张关系。语言并不完全是自然的、公共的、客观的、中立的、均衡分配的什么东西，而是一份特定的符号档案。我在蒙古的时候，知道蒙古人有关马的词汇特别多，一岁的马，两岁的马，三岁的马，如此等等，都有不同的名字。三岁的公马，三岁的母马，也有不同的名字。这在非牧区是不可想象的事情。我在《马桥词典》写到一个'甜'，写到马桥人把很多美味都归结为'甜'。为什么会这样？是马桥人迟钝吗？是马桥人语言贫乏和孤陋寡闻吗？可能事情并没有这么简单。从一个词切入进去，我们有可能走进一个社会的、政治的、经济的、心理的、文化的大课堂。"[①] 既然每一特定的民族或人群出于特定的需要而创造出特定的语言，用它来切分现实，表达他们对世界、人生的看法，那么，每一种特定的语言都凝聚着特定的世界观、人生观、价值观，都有特定的观察世界和人生的角度，因而单一的语言，无论是单一的民族语言还是民族语言内部单一的方言都无法独立完成对丰富复杂的世界和人生的真实描绘，都不足以表达丰富复杂的意义和观念世界，因而必须借鉴其他民族语言和同一民族语言中的不同方言，否则会形成意识盲区。《马桥词典》中"甜"这一词条展示了固着于特定语言所造成的意识盲区。马桥人把好吃的味道都一律称为"甜"，对一切外来的点心也都一律称为"糖"，糖果、蛋糕、酥饼、面包、奶油、冰棒等统统叫"糖"，但本地土产的点心还是各有其名的，比如"糍粑"和"米糕"。这导致了马桥人对外来点心及其味道的意识

[①] 《韩少功王尧对话录》，苏州大学出版社2003年版，第167页。

盲区，无法区分外来的点心及其味道。这种现象其实带有普遍性，讲英语的外国人对一切有刺激性的味道，无论是胡椒味还是芥末味、大蒜味，都一律称为"hot（热味）"。语言的这种味觉盲区应该源于饥不择食饥不辨味的历史，一个人饥肠辘辘的时候，唯一的感觉是腹中的肠胃在剧烈蠕动，一切上等人关于味觉的那些精细的、丰繁的、准确的词汇，都是无意义的没用的废话。韩少功因此认为："一个'甜'字，暴露了马桥人饮食方面的盲感，标定了他们在这个方面的知识边界。只要细心体察一下，每个人其实都有各种各样的盲感区位。人们的意识覆盖面并非彼此吻合。人们微弱的意识之灯，也远远没有照亮世界的一切。"[1] 这种由语言的贫乏所带来的意识的贫乏导致了人们对世界和人生认识的简单化。韩少功发现，对于绝大多数的中国人来说，无论是英国人还是法国人、西班牙人、挪威人、法兰西人一律是"西方人"或"老外"，就像"西方人"或"老外"分不清广东人和河南人、山东人一样。同样，绝大多数中国人乃至相当多数的经济学者也分不清美国的资本主义、西欧的资本主义、瑞典等几个北欧国家的资本主义、日本的资本主义，分不清18世纪的资本主义，19世纪的资本主义，20世纪战前的资本主义，20世纪60年代的资本主义以及20世纪90年代的资本主义，一律笼统地称为"资本主义"，就足够支撑自己的爱意或者敌意了。而美国一本反共的政治刊物的编辑的政治味觉，同样停留在马桥人"甜"的水平，也无法区分不同的共产党、马克思主义，无法区别中国各种各样的"反抗"。显然，人们如果不借助不同的语言是不可能对复杂丰富的世界和人生进行细致区分的，固着某一种语言就会导致意识的盲区。正是在这一意义上，韩少功说他并不是方言主义者，他只是发掘方言中那些有丰富智慧和奇妙情感的文化遗存，力图挖掘出被普通话所遮蔽的隐藏在方言中的独特的文化内涵，在他的作品中，既有方言，又用普通话对方言进行描绘解释。也正是在这一意义上，韩少功在寻民族文化之根的同时致力于学习英语，他是中国当代少数能用英语交际而且能从事高质量文学翻译的作家之一，所翻译的昆德拉的《生命中不能承受之轻》、佩索阿《惶然录》均获得好评。在《也说美不可译》一文

---

[1] 韩少功：《马桥词典》，人民文学出版社2008年版，第16页。

中，韩少功认为，虽然不同民族之间的语言有相互影响和靠近的一面，但形成全球统一的语言为时尚早，现实的情况是，"语种纷繁各异，其长短都是本土历史文化的结晶，是先于作家的既定存在。面对十八般兵器，作家用本民族语言来凝定自己的思想情感，自然要考虑如何扬己之长，擅刀的用刀，擅枪的用枪；同时又要补己之短，广取博采，功夫来路不拘一格"①。主张学习不同民族语言的长处。

还是在韩少功那里，优质动态的过程语言不仅意味着向所有的民族语言开放，向民族语言中的所有方言开放，而且意味着向不同的语言类型开放。人类出于不同的现实需要而创造出不同类型的语言，例如科学语言和文学语言，以满足不同的现实需要。这些不同类型的语言观察世界和人生的角度是不一样的，所看到的世界和人生也是不一样的，因而必须通过不同类型的语言才能掌握丰富复杂的世界与人生。在韩少功看来，小说语言所形成的知识和世界图景与科学语言是不一样的。小说也传播和创造知识，只是这种知识与我们平时理解的知识不大一样，这种知识就是要挑战我们从小学、中学开始接受的很多知识规范，甚至要叛离或超越某些所谓科学的规范。例如，把女人比做鲜花不合逻辑，不合科学常识，但文学语言通过比喻寻找本体与喻体二者之间本来毫无联系的同质关系，找到了科学语言之外的知识与真理。所以，韩少功认为："每一个好的比喻都是挑战现存知识定规，而且最精彩的比喻往往构成了对知识定规最剧烈的破坏。这就是钱钟书先生说的：本体与喻体的关系越远越好。为什么要远？这不光是修辞技术的问题，还是哲学问题。小说家不接受科学家给定的世界图景，而要创造出另一种世界图景，包括女人和鲜花之间，在什么与什么之间，重新编定逻辑关系。"②"比喻是文学的基因，比喻寓含了文学最基本的奥秘——在语言日益科学化和理性化的今天，仍然顽强固守人类的神性，人类的美。中国文学传统之一，就是不仅仅把比喻当作修辞手段，而当作对生活本质的理解，由此建立审美化的人生信仰，使自己宁静而丰足。"③ 正像只有理性的语言

---

① 韩少功：《文学的根》，山东文艺出版社2001年版，第101—102页。
② 韩少功：《马桥词典》，人民文学出版社2008年版，第363页。
③ 韩少功：《在小说的后台》，山东文艺出版社2001年版，第34页。

不是完整的语言一样，只有理性的科学语言所描述的理性世界也不是完整的世界，完整的语言需要感性，完整的世界也需要感性，因此，语言中的比喻不仅仅是修辞技术的问题，还是哲学问题，人生信仰的问题。在《马桥词典》"肯"这一词条中，作为情愿动词的"肯"被马桥人用来描述人之外的天下万物。在他们看来，一切都是有意志有生命的，马桥人因此习惯对它们讲话，哄劝或者咒骂，夸奖或者许诺，这好像很不科学，但却是完整世界的另一面，世界不仅仅是由理性的科学语言构建的冷冰冰的理性世界，而且还是一个到处充满生命活力和感情的世界。在现代社会里，科学成为新的上帝，它确实使人强大，但却使人失去其存在的感性基础和维度，因此，需要文学语言构建的感性世界的补充，使世界变成完整的世界，人变成完整的人。韩少功深情地写道："小的时候，我也有过很多拟人化或者泛灵论的奇想。比如，我会把满树的鲜花看作树根的梦，把崎岖山路看作森林的阴谋，这当然是幼稚。在我变得强大以后，我会用物理或化学的知识来解释鲜花和山路，或者说，因为我能用物理或化学的知识来解释鲜花和山路，我开始变得强大。问题在于，强者的思想就是正确的思想么？在相当长的岁月里，男人比女人强大，男人的思想是否就正确？列强帝国比殖民地强大，帝国的思想是否就正确？如果在外星空间存在着一个比人类高级得多也强大得多的生类，它们的思想是否就应该用来消灭和替代人类的思想？""这是一个问题。""一个我不能回答的问题，犹疑两难的问题。因为我既希望自己强大，也希望自己一次又一次回到弱小的童年，回到树根的梦和森林的阴谋。"[①] 在韩少功看来，无论是一个完整的世界，还是一个完整的人，都离不开理性的科学语言，也离不开感性的文学语言。

在韩少功那里，动态的过程语言观包括对语境的强调。因为语言一旦被文字书写，就获得了固定的形式，但是说出这些语言或写下这些文字的人的语境、表情等因素并没有和语言文字保留下来，后来者如果仅凭文字去理解，难免会出现误解。在《暗示·证据》中，韩少功考察了20世纪60年代中国"文化大革命"的文字检疫运动。在这场文字检疫运动中，无论是政治清查，还是思想批判，大都以当事

[①] 韩少功：《马桥词典》，人民文学出版社2008年版，第68页。

人的文字为依据。言辞就是根据,文字就是铁证,很多人因为一句话或者一张纸片一夜之间就成为叛徒、特务、汉奸、反革命、走资派、"右倾"分子、"5·16"分子。至于这些人说这些话、写这些文字的语境、情境则不予考虑。高君就是因为父亲承认自己在30年代参加过国民党,并且写下"拥护党国领袖蒋介石""永远忠于一个领袖、一个主义、一个政党"一类的大黑话而"把父亲想象成一个歪戴军帽、斜叼烟卷并且在集中营里严刑拷打革命者的凶手,同时把母亲想象成一个珠光宝气浓涂艳抹并且在麻将桌旁恶声训斥用人的阔太太"①。直到父亲获得平反,高君才从一位专案组官员处得知,他父亲确实参加过国民党,但并未做过什么坏事,而是热情地投入了抗日宣传、救济难民、抢修滇缅公路的建设,具有那个时代很多革命者同样的社会热情。韩少功由此写道:"高君父亲的故事使我们知道,任何党派里都有多样的人生。我们后来还知道,白纸黑字可以在历史中存留久远,而历史中同样真实的表情、动作、场景、氛围等等,却消逝无痕难为后人所知,而这一切常常更强烈和更全面地表现了特定的具体语境,给白纸黑字注解了更丰富和更真实的含义。""文字是可怕的东西,是一种能够久远保存因此更为可怕的东西,能够以证据确凿的方式来揭示历史或歪曲历史。"② 在韩少功看来,离开了特定的语境和情境,抽象的文字根本就无法真实地再现当时的情境。这是语言文字的最大困境;这也是从庄子以来一直到禅宗大师们怀疑语言文字的原因。韩少功认为,福柯等西方学者从权力角度考察语言的困境还多少给人以希望,因为随着权力的解除,语言就可以获得生命。而就语言文字本身的特性来考察语言的困境,人们就没法乐观,因为一方面语言文字要么是声音,要么是文字,无论何种形态都无法模仿事物的形状和无形的思想及情感经验世界;另一方面即便抽象的语言文字能触及有形世界和无形世界的某一方面,但它的凝固化、静止化也使它无力全面触及不断流动的世界的所有方面。为了克服语言的这一真正的困境,禅师们特别注重结合特定语境、情景来理解语言文字和

---

① 韩少功:《暗示》,人民文学出版社2002年版,第19页。
② 同上书,第20页。

使用语言文字。一种语言符号产生于特定的语境和情景,说明它有理据的一面,有特定的内涵,但这一语言符号又可以应用于不同的语境和情景,说明它又有任意性的一面,可以和原来的语境和情景相剥离,应用于新的语境和情景,和新的语境和情景建立新的理据关系,形成新的内涵。语言符号的这种既与其过去的语境和情景相联系,又适应新的语境和情景的动态展开才能适应不断流动变化的主客体世界。在《道的无名与专名》一文中,韩少功认为,在20世纪初以白话文挑战文言文的这一特定语境中,白话文本身就意味着民主、科学、大众化、现代性等诸多内涵,但随着白话文的一统天下,随着语境的变化,白话文的这些内涵弱化了,它与民主、科学、大众化、现代性等的理据性关系弱化了,可分离的任意性突出了,它变成了可以表达诸多良莠不齐的意义的工具。在20世纪80年代,朦胧诗的"朦胧"的言语形式本身就意味着感觉的解放和个人主体的人文姿态,与感觉和人文内涵似乎有着不可分离的理据关系,然而,到了90年代,朦胧诗的言语表达方式可以广泛运用于政治和商业等诸多领域,早已和感觉及人文内涵相分离,显示出言语的任意性。因此,"言语中的价值注入,常常是不可重复的初恋,是一次性事件。言语的生命力只能新生,不能再生,更不能成为传家宝一代代往下传"[1]。在韩少功看来,语言中的理据性和相关内涵只存在于特定的语境和时刻,犹如一道闪电,虽然定型于书本和文字,但却无法挽留。正因为如此,"白话文与大众性的联姻很短暂,朦胧诗与感觉化的联盟也并不牢固,这一类现象证明,语言也好,言语也好,任何形式和载体可以与特定的人文价值有一时的相接,却没有什么牢固不变的定择关系。语境变,则含义变,功能变。这如同日常生活中,一句脏话,此时可以表示厌恶,彼时可以表达亲昵;——这种最常见的语言经验,足以证明能指与所指关系极其脆弱,没有一成不变的链接"[2]。在韩少功看来,语言符号的能指与所指之间在特定的语境和时刻有理据关系(定择关系),有似乎不可分离的内涵,但离开那一特定的语境和时刻,进入新的语境和时刻,语言符号就会和原来的内涵

---

[1] 韩少功:《文学的根》,山东文艺出版社2001年版,第188页。
[2] 同上书,第189页。

相分离，获得新的内涵，语言因此显示出变化性和创造性。这一切都源于语境，离开了由特定的生活环境、文化格局、生命实践等因素构成的语境，任何语言符号都只是一些声波和墨迹，都没有任何意义，更谈不上神圣。语境是语言符号获得价值和意义的前提条件，因此，"创造家们既非复古派亦非追新族，其创造力首先表现在对具体语境的敏感、判断、选择以及营构，从而使自己在这一种语境而不是那一种语境里获得最恰切有效的语言表现"[①]。这种敏感既是对语言符号得以产生并获得相应价值意义的历史语境的敏感，又是对将这些语言符号运用于新的语境的敏感，因而既非复古，亦非追新，而是在新的语境中尽可能融合新旧语境和内涵，使语言符号更具表现复杂丰富流动变化的现实的活力。

第二节　词典体——智者的文体选择

无疑，韩少功是一位智者，之所以这么说是因为他的文章所表现出来的理性主义精神，这种理性主义精神表现在他对人类知识的一种有限度和谨慎的怀疑主义态度上，表现在他观察感受世界的那种多元主义的散点透视上。韩少功常常将人对世界的认识比做瞎子摸象，这说明他非常清醒地认识到人类认识和知识的局限性。人既不是先知也不是上帝（韩少功说他不做算命先生），因此，他注定无法像先知和上帝那样全知全能，洞悉世界的一切，指出唯一正确的道路。对于每个人来说，他对世界的观察和认识，就像摸象的瞎子，注定要受自己所处的位置和"视角"所限制，因而，他不可能是全知的，他的知识有效性只限于他所站的位置和"视角"。

韩少功这种智者的理性主义精神决定着他的文化观，并通过其文化观影响他的语言观、文学观和小说观，促使他创作了《马桥词典》和《暗示》这两部以词典形式出现的长篇随笔体小说。

一　小说作为叙述现实的成规

在韩少功那里，小说是讲述现实的叙述成规。一方面，小说是指涉

[①] 韩少功：《文学的根》，山东文艺出版社2001年版，第190页。

现实的,另一方面,小说对现实的讲述又必须借助一定的叙述模式(成规)。要理解韩少功的小说观念,必须先理解他的文化观念。韩少功在《小说的后台》中说,他有个肌肤白净举止斯文的朋友,多年前出过政治风头,一女大学生慕名而来,见面后却大失所望,原因是这位朋友脸上没有伤疤,爱情火花就这样熄灭了。在《暗示·抽烟》中,韩少功又讲了一位没有多少文化的乡下姑娘的故事。有人给这位姑娘介绍对象,对方可以说各方面条件都不错,但这位姑娘却不愿嫁给他,原因是他不吸烟,在她的心目中,男人不吸烟,跟麻雀差不多,算不上男人。在这两个故事中,两位女主人公都在当下毫不犹豫地作出了选择。许多人很可能都惊诧于她们的"草率",她们之间很可能也相互不理解对方的选择。然而,现实中我们每个人实际上也和她们一样,都生活在由各种语言和文化成规所构成的社会潜意识中,都不可避免地受到各种语言和文化成规的制约,不自觉地成为它的俘虏,作出和她们相同的"草率"举动。

　　在韩少功那里,作为生活在语言中的存在物,人总是受语言的制约,总是通过语言成规来观察、评价现实,表达自己的感受的,我们每说一句话都植根于某种约定俗成的知识规约。这里所说的语言是广义的,不仅仅指自然语言,而且指与自然语言一样有其约定俗成成规的广义的语言("文"),即文化。文化构成了无所不在的知识规约(文化成规),正是这种知识规约的符号运作,使我们能把一句话当做值得肯定的真话不假思索地说出来。虽然人类有共同的生理基础,这就是孔子所说的"性相近",但文化塑造着人,不同的文化通过社会潜意识规定着人们观察、感受、思考、评价现实的方式,规定着人们欲望的产生和满足,规定着人们的经验和知识,规定着人们的真理观和价值观,这就是孔子所说的"习相远"。吃饭是天然本能,"但是我吃汉堡还是吃牛肉拉面,这种需求不是天然就有的,而是一种文化塑造出来的。……这种文化观念通过各种各样的传媒灌输到他的脑子里去,然后就产生一种新的需求"[①]。同样的道理,求偶是性本能的天然表现,但求什么偶则是文化成规运作和塑造的结果。女大学生以伤疤论英雄,显然是来自像《牛虻》这样的小说所形成的小说意识形态(语言和社会成规之一种)

[①] 《韩少功读本》,花山文艺出版社2002年版,第386页。

的影响，她实际上是不自觉地按照小说来设计和操作自己。当然，文化是多元的，人们观察、感受、思考、评价现实的方式也是多元的，相应的，人们的真理观和价值观也是多元的。正因为如此，生活中既有女大学生不假思索地以伤疤论英雄的举动，也有乡下女孩不假思索地以烟草论男人的举动。……除此之外，肯定还有五花八门的以某种语言和社会成规论男人、女人的举动。

人们生活在各种语言和社会成规之中，小说家自然也生活在种种语言和社会成规之中，小说叙事自然也离不开成规。在韩少功看来，小说就是一种叙事的模式。用通用的理论术语来说，小说就是一种叙述成规。这种观点主要是针对小说即现实中的这样一种小说观念。这种小说观念首先认为小说是经验和现实的再现，然后倒过来论证只有再现他们心目中的经验和现实才是优秀的小说。这种小说观念往往认为真实的现实和经验只有一个，那就是他们心目中的经验和现实。显而易见，这种小说观念否定小说叙事的成规性，看不到自己心目中所谓的真实和经验其实只是在认同、理解他所运用的叙述成规的读者看来才是客观真实，从而否定了其他小说叙述成规存在的合理性。在相当长的时间和广泛的空间里，这是一种占主导地位的小说观念。其实，小说与现实并不等同。即便有的小说真的再现生活中所发生的事情，但因为叙述成规的介入，出现在小说世界中的事件和现实生活中的事件并不相同。实际上，面对同一事件，如果我们采用不同的叙述成规来叙述，就会形成不同的小说世界。就此而言，小说其实是一种叙述艺术和成规。

所谓叙述成规，就是植根于日常生活中的、大家约定俗成但却习而不察的叙述规则。显然，不仅在不同的民族里，而且在同一民族的不同历史时期，甚至是同一民族同一历史时期中，都存在着种种不同的叙述成规，从而形成不同的"真实"观。所谓现实主义小说其实仅仅是一种小说成规而已，它也仅仅是观察、感受、思考、讲述、评价现实的一种角度和方式，也仅仅是人们对现实"真实"认识的一种。人们完全可以通过与现实主义叙述成规不同的其他观察、感受、思考、讲述、评价现实方式来接近现实，来获得对现实的另一种同样"真实"的认识。对现实的观察、感受、思考、讲述、评价可以是多视角的，"真实"可以是多种多样的。一个小说家一旦意识到这一点，那么，他会探索更适合于自己观察、感受、思考、讲述、评价现实的叙述方式,表达自己对现实的"真实"感受。韩少功就是如此。

关于"真实"问题,韩少功是这样理解的:"从来没有通用的真实,没有符合国际标准老少咸宜雅俗共赏敌我兼容的真话。以己之心度他人之腹,人们只能理解自己理解中的他人,都有各自对真实的预期。"① 因此,所谓的真实其实来自文化符号的成功运作,来自社会潜意识的约定俗成的规定:"时尚握有定义真实的强权,真实总是被某种社会潜意识来选择或塑造。"②在韩少功看来,在基本需要得到满足之后,各种所谓的真实其实都是语言和文化符号运作的结果。

虽然韩少功认为不可能存在通用的真实,而且从行文中可以感受到他对当代社会潜意识所定义的真实颇为不满,但韩少功并不因此而走向另一个极端,像新历史主义那样宣称历史是虚构的叙述。他依然寻求对世界的真实的感受和叙述,认为"今天小说的难点是真情实感问题,是小说能否重新获得灵魂的问题"③。韩少功之为韩少功在于他是一个理性的多元主义者和有限度的、谨慎的怀疑主义者。正因为是理性的,所以,在他那里,不会有小说即是现实或小说即是成规这样的独断论语调,而是认为可以通过不同的叙述成规获得不同的真实。也正因为是理性的,他有着自己的基本的价值立场,因而他并不赞同所有成规中的真实,走向价值虚无主义。而多元主义视野和怀疑主义精神也阻止他走向独断主义。他知道只有通过特定的语言和文化成规才能达到特定真实的现实,但他并不因此而只重成规,不重现实,只重能指,不重所指,他对一味强调文本的不及物性的唯文本论和技术主义是持批判态度的:"文本论正变成唯文本论。这种流行哲学消解自然,颠覆真实,宣布能指后面没有所指,表述不能指涉事实,一句话:梨子的概念并不能反映梨子,梨子无处可寻。"④他对元小说(后设小说)怀疑、取消真实的倾向充满了警惕,认为在元小说创作中,"创作的本身成了创作的主题,艺术天天照着镜子,天天与自己过不去。艺术家与其说仍在阐释世界,

---

① 《韩少功散文》,海南出版社1995年版,第194页。
② 同上书,第194页。
③ 同上书,第77页。
④ 同上书,第281页。

匆宁说更关注对世界阐释的阐释。""这种认识的自戕,具有对伪识决不苟且的认真姿态,但它与传统中的认识自信一样,把真实有点过于理想主义地看待,认为真实必须是高纯度,容不得一点杂质,像宝矿一样藏在什么地方。"① 显然,韩少功并不认同传统的认识自信,认为可以获得唯一的真实,但也不像唯文本论和技术主义者那样,仅仅关注对世界阐释的阐释(文本成规)。

二 叙事艺术的危机

在韩少功那里,渴望表达真实的感受和真诚的信念、人格和灵魂,但又处处受传统小说叙述成规的制约,一写小说就自动陷入传统小说的叙述成规中,"感到模式在推着我走"②,中规中矩地自动运作起来,只看到传统小说成规所允许看到的东西,自己的真实的感受和真诚的信念、人格和灵魂却受到遮蔽,小说创作变成了"话说我"式的轻车熟路的自动运作,小说作为一门叙事艺术,也就陷入了叙事艺术的危机,陷入了叙事的空转。因为它已经背离了小说的内在动力——惊讶,不再向人们呈现现实和思想、人性的新的方面。小说苦恼于受新闻、电视以及通俗读物的压迫排挤,"但小说更大的苦恼是怎么写也多是重复,已很难再使我们惊讶。惊讶是小说的内动力。对人性惊讶的发现,曾推动小说掀起了一个又一个涨涌的浪峰。如果说'现实主义'小说曾以昭示人的尊严和道义而使我们惊讶,'现代主义'小说曾以剖露人的荒谬和孤绝而使我们惊讶,那么,这片叶子两面都被我们仔仔细细审视过后,我们还能指望发现什么?小说家们能不能说出比前辈经典作家们更聪明的一些话来?小说的真理是不是已经穷尽?"③

小说的真理当然没有穷尽,它并没有丧失对现实和人性的新的维面言说的能力。巴赫金甚至说,只有小说这一言语体裁还在像普洛透斯那样不断地变化,获得新生。从来没有哪种言语体裁像小说那样不断地进行自我考验,通过自我考验获得表现新的现实的方法和成规。小说的这

---

① 《韩少功散文》,海南出版社1995年版,第269页。
② 《韩少功读本》,花山文艺出版社2002年版,第354页。
③ 《韩少功散文》,海南出版社1995年版,第75—76页。

种自我考验催生了元小说，元小说关注对现实阐释的阐释，其目的是指出小说叙述的人为性和成规性，鼓励人们去探索新的小说叙述成规，表达新的现实，而不是仅仅关注对现实阐释的阐释，这种对现实阐释的阐释必须指向新的现实。一般说来，有深厚的理论素养，强烈地感受到叙事艺术的危机，然后自觉地探索新的叙述成规的小说家，在其探索的初始阶段，他的小说创作总是带有元小说的性质，企图通过它指出小说叙述的成规性，并为自己的探索提供合法性依据。在创作《马桥词典》的时候，韩少功已在《枫鬼》这一词条中用元小说的笔法讨论传统情节小说叙述模式的局限性，为他在小说中为枫树树碑立传提供合法性理由："动笔写这本书之前，我野心勃勃地企图给马桥的每一件东西立传。我写了十多年小说，但越来越不爱读小说，不爱编写小说——当然是指那种情节性很强的传统小说。那种小说里，主导性人物，主导性情节，主导性情绪，一手遮天地独霸了作者和读者的视野，让人们无法旁顾。即便有一些偶作的闲笔，也只不过是对主线的零星点缀，是主线专制下的一点点君恩。必须承认，这种小说充当了接近真实的一个视角，没有什么不可以。但只要稍微想一想，在更多的时候，实际生活不是这样，不符合这种主线因果导控的模式。一个人常常处在两个、三个、四个乃至更多更多的因果线索交叉之中，每一线因果之外还有大量其他的事物和物相呈现，成为了我们生活不可缺少的一部分。但在这样万端纷纭的因果网络里，小说的主线霸权（人物的、情节的、情绪的）有什么合法性呢？"① 这是在对传统情节性小说进行考验。应该说，韩少功对传统情节性小说的认识是非常深刻的，他并不像一些激进的作家那样将传统情节性小说一棍打死，而是把它当做一种成规看待，作为一种成规，它既指向真实同时也遮蔽真实。确实，传统情节性小说固然可以作为一种有效的视角观察、讲述现实，并获得在这一视角内所观察到的真实的现实，但它也仅仅是一种属于人类的限知的视角，即便它在形式上假借上帝式的全知视角，它也无法掩盖其人为设定性而将世界的全部一览无余地敞开，它在敞开串联在线性因果逻辑链条上的现实的同时，也遮蔽了线性因果逻辑链条之外的丰富的现实世界。其结果必然是不能进

---

① 韩少功：《马桥词典》，人民文学出版社2008年版，第62页。

入传统小说的东西，通常是没有意义的东西。然而，在传统情节性小说中没有意义的事物，在另外一种小说和文化成规中却可能扮演着重要的意义，所谓的意义，正和所谓的真实一样，并不是唯一的、绝对的、无条件的。科学只有在崇尚科学的社会中才有意义，在神权独大的社会中它没有任何意义；自然也只有在尊重自然的人那里才有意义，在人类中心主义者那里它没有任何意义……在韩少功看来，"意义不是与生俱来一成不变的本能，恰恰相反，它们只是一时的时尚、习惯以及文化倾向——常常体现为小说本身对我们的定型塑造。也就是说，隐藏在小说传统中的意识形态，正通过我们才不断完成着它的自我复制。"① 正是基于这样一种认识，正在以词典形式观察和讲述故事的作者便从传统情节性小说的因果主线中跳出来，"旁顾一些毫无意义的事物，比方说关注一块石头，强调一颗星星，研究一个乏善可陈的雨天，端详一个微不足道而且我似乎从不认识也永远不会认识的背影。起码，我应该写一棵树"②。《马桥词典》实际上是为应对这种小说叙事危机而写的，所以，作者事后接受李少君采访的文章标题即为《叙事艺术的危机》。在与李少君的对谈中，他不仅认识到传统情节性小说作为一种叙事模式的局限性（让作者只能看到似曾相识的重复的现实，就像一个人整天吃梨，大小虽不一样，但味道却差不多），而且清醒地认识到自己正在探索的叙事方式也仅仅是一种叙事成规，在敞开世界的某一方面的同时，也会产生新的遮蔽。

三 探索新的小说言语体裁

正是这种危机和创新意识促使韩少功探索新的长篇小说言语体裁（成规），因为只有新的成规才能看到现实的新的方面，给人类带来新的惊讶。

然而，任何新的探索都不可能是白手起家，重起炉灶，而是在现有的言语体裁基础上激活其潜在的可能性。就此而言，现有的言语体裁（言语成规）是新的探索的起点。

---

① 韩少功：《马桥词典》，人民文学出版社2008年版，第62—63页。
② 同上书，第63页。

韩少功以词典这一言语体裁作为他探索新的叙述成规的起点,《马桥词典》当然是词典,《暗示》虽然被作者称为象典,但从言语体裁或文体形式来说,它也是典型的词典。词典作为一种书面言语体裁,早就存在于人类社会的言语交际之中,是人类共同的语言资源和财富,是人类言语交际的一种基本形式。作为表达人类基本知识的言语体裁,它基本上没有虚构、想象、情感、个性等文学因素,是一种非文学言语体裁。韩少功将它与传统的随笔、笔记和现代的理论随笔结合起来,激发其文学表达方面的潜力,使之成为一种小说的言语体裁。

韩少功为什么选择这样一种言语体裁来表达他对现实的真切感受与思考？这和他的思想有关。韩少功的理性主义、有限度的多元主义、谨慎的怀疑主义使他不可能在小说中进行思想独白,思想独白属于一元主义者、独断主义者。有限度的多元主义决定了他在小说叙述上是一种建立在突出作者基本价值观念基础之上的多视角和散点透视。他曾经赞同作家对自我的肯定,"反对写作中那种全知全能的狂妄和企图规制社会的独断与僭越"[1]。他肯定虚无主义在历史上的作用:"虚无主义的造反剥夺了各种意识形态虚拟的合法性,促成了一个个独断论的崩溃。"[2]他总是对自己所言说的对象和方式保持着一种清醒的批评性距离,不轻易许诺终极性结论:"作为一个用语言来写作的作家,我对自己所言时时保持着一种批评性距离,不许诺任何可靠的终极结论,不设置任何停泊思维的港湾。"[3] 因为他清醒地意识到即便是一种真诚的认识也是建立在良性遮蔽基础之上的,他清醒地意识到人类知识的局限性。但韩少功并不因此而走向绝对的多元主义和虚无主义,他不是毫无原则和操守的机会主义者,在他那里有着追求真理的真诚,多元主义只是意味着敞开通向丰富的现实和思想世界的众多视角,并不意味着他在价值上认同所有的现实和思想,在强调多元化、多样性、多视角的同时,他也设定知识的最后底线,这就是所有严肃的人类知识形态所共享的知识公因数:"真理与谬误的差别,也许并不像有些人认为的那样是虚无与独断

---

[1] 《韩少功读本》,花山文艺出版社2002年版,第73页。
[2] 同上书,第79页。
[3] 同上书,第354页。

的差别。真理有点像某些公因数，是数项组合的产物，为多少有些独断的不同知识模型所共享。"① 因此，他主张一种建立在多元视角所共同遵守这种公因数基础之上的良性的多元互动："九十年代以来知识界的分流与分化，需要良性的多元互动，于是不可回避知识的公共性问题，包括交流和沟通的信用规则问题。……在差异和交锋中建立共约，在共约中又保持对差异的敏感和容忍，是人们走出思维困境时不可或缺的协力和互助。"② 因此，他虽然认为"任何真理都有局限性，都是可以怀疑的"，但他并"不赞成'怎样都行'"③，这并不意味着他要重返神学和独断论，而是把对真理的追求当做一种过程。正是这种对真理的追求和对过程价值的信仰，使他区别于极端的怀疑主义者和虚无主义者，在他那里，真理永远在场："相对来说，是有真理可言的。这就是防止虚无主义。认为所有模式都是有限的，并不意味着所有的东西都没有意义，而意义常常表现为：相对来说，这个模型比那个模型更有效。"④

韩少功的这种理性主义、有限度的多元主义、谨慎的怀疑主义精神使他倾向于采用多视角和散点透视来观察、感受、评价、讲述现实，以便敞开现实和思想世界的丰富性。能提供这种多视角和散点透视的非文学言语体裁有词典，文学言语体裁有复调小说，介于文学言语体裁和非文学言语体裁之间的有随笔和笔记。复调小说需要作者退出，让人物成为思想的承担者，这是韩少功所不喜欢的，因为他强调为文要真诚，要文如其人，他想以自己的真面目示人。因此，他所能利用并加以改造的是词典和随笔、笔记。词典的最大好处是它可以不顾及词条之间的因果逻辑关系，可以不顾及思想的统一性，既可以从不同视角对不同词条进行解释，也可以罗列对同一词条的不同视角的解释，因此，利用词典可以将现实世界中没有逻辑因果关系的人物、事件、场景、物象以"是其所是"的方式呈现出来，敞开世界的丰富性，亦可以自由地从不同的视角对不同的人物、事件、场景、物象作出不同感受和阐释，甚至对相同的人物、事件、场景、物象亦可以自由地从不同的视角进行不同的

---

① 《韩少功读本》，花山文艺出版社2002年版，第80页。
② 同上书，第81页。
③ 同上书，第368页。
④ 同上书，第382页。

感受和阐释，敞开作者思想的丰富性。当然，词典仅仅具备这种潜在的可能性，是韩少功通过自己的创造性将这种潜在的可能激发出来，使其变成现实的可能性。《马桥词典》偏向于让世界中没有逻辑因果关系的人物、事件、场景、物象以"是其所是"的方式呈现出来，敞开世界的丰富性，而《暗示》则偏向于或者从不同的视角对不同的人物、事件、场景、物象进行真诚的感受与自由的阐释，或者从不同的视角对相同的人物、事件、场景、物象进行真诚的感受与自由的阐释，敞开作者思想的丰富性。在这两部作品中，作者并没有固定在某一视点上。作者在写作《马桥词典》时，似乎认定人只能生活在语言之中，但《马桥词典》却在每一词条下面让人物、事件、场景、物象以"是其所是"的方式自动呈现，在体证语言的真谛时却偏向象。而在《暗示》中，作者虽然意在挑战"人只能生活在语言之中"这一命题，意在突出言外之象，但在体验无言之象的同时，却是偏向语言的抽象和说理，并且最终认为"具象里藏着语言。人类已经有了语言，已经借语言组织了自己的抽象思维，就不可能还有语言之网以外的物象和事象。……换句话说，本书序言中所称'言词未曾抵达的地方'其实并不存在，严格地说，那只是一些言词偷偷潜伏的地方"[①]。韩少功既从语言视角观察、感受、阐释，亦从非语言的象的视角观察、感受、阐释，更多的时候则在言与象之间的各种视角中游移，这使得他既可展示世界的丰富性，又可展示思想的丰富性。韩少功的探索既重视语言的造型，因而是唯美的，但他更重视寻找新的语言表达新的感受和思想，创造新的世界。语言的生命在于其现实的指涉能力，亦即不断地指涉现实的新的方面，指涉对现实的新的观察、解释、表达的角度。

词典是非文学的言语体裁，它不可能直接通向文学。因此，韩少功又将目光转向介于文学与非文学之间的随笔、笔记。随笔、笔记和词典一样，它可以不顾及人物、事件、场景、物象之间的因果逻辑关系，可以不顾及思想的统一性，既可以从不同视角对不同的人物、事件、场景、物象进行解释，也可以罗列对同一人物、事件、场景、物象的不同视角的解释，既可以敞开世界的丰富性，又可以敞开作者思想的丰富

[①] 韩少功：《暗示》，人民文学出版社2002年版，第300页。

性。此外，优秀的随笔和笔记作品还具有词典所不具备的文学性因素，这就是作者的真性情和真面目。词典条目繁多，而且往往是多人撰写，很难见出作者的真性情真面目，即便是少数个人独撰的词典也是如此。随笔和笔记所记，范围也极广，往往上至天文，下至地理，以及人间万象，无所不包，虽极驳杂，但因所记载的都是作者感兴趣的事，往往能见出在高头讲章中难觅踪影的作者的真性情和真面目。吕叔湘在评价韩少功所喜欢的苏东坡的随笔《东坡志林》时就认为，东坡的随笔"或直抒所怀，或因事见理，处处有一东坡，其为人，其哲学，皆豁然呈现"[①]。并认为他开创了文学价值极高的晚明小品（随笔之一种）的先河。南帆在讨论散文时也认为，相对于诗、戏剧、小说等文类，散文的文类规则是最为松弛的，是最为自由和富有个性的文体。韩少功有意识地从传统随笔和笔记中吸取营养，因此，他的《马桥词典》和《暗示》涉及范围极广，所讲述的事件也不一定存在因果关系，所涉及的理论资源甚至是自相矛盾的，但依然处处显示出一个真诚的富有个性的韩少功，以及他真诚的、独特的感受和思考。

然而，传统的随笔在视角和思想的丰富性上毕竟有限。于是韩少功又转向西方现代的理论，包括像昆德拉这样融入理论的作家。大多数严肃的西方现代理论其实都是对习以为常的文化成规的挑战，它们借助新的视角来挑战作为习而不察的成规的常识和偏见。在韩少功的作品中，我们常常看到他对现代各种理论观点的引用，从语言哲学到意象形态理论，从心理学到莫里斯的生物学理论……这些形态各异的现代理论都有自己观察、感受、评价、讲述现实的视点，都有各自不同的"语言"，都看到现实的不同的新的方面，都形成不同的知识形态和真理，它们就像站在大象周围的众瞎子，真诚而投入，坚持着自己的观点，为人类认识世界作出自己的贡献。韩少功化用种种不同的理论观点让它们在现实语境中相互影照、比较、争论，这就敞开了现实世界和思想世界的丰富性。这样一来，他将词典、中国传统的随笔、笔记和现代理论资源结合起来，形成了独特的以词典形式出现的长篇随笔体小说。

[①] 吕叔湘编：《笔记文选读》，语文出版社1992年版，第53页。

四 词典体长篇随笔小说的意义

韩少功的这一探索引起了争议，《马桥词典》甚至被讥为模仿剽窃之作，《暗示》刚发表，有批评家就认为这是一部失败的探索作品。这里涉及两个问题：是否采用相同文体（言语体裁）的作家就是相互剽窃？是否不具备传统小说要素的探索就是失败的？

我们先来看第一个问题，即是否采用相同文体（言语体裁）的作家就是相互剽窃？答案是否定的。从常识的角度看，很明显，许多优秀的唐代诗人都写近体诗，但从来没有严肃的批评家荒唐地认为他们是相互剽窃和模仿。但当年卷入这一争论，为韩少功辩护的有些批评家也仅仅是从常识角度对这种荒唐的批评提出反批评而已，并未从学理上加以说明和反驳。借助于巴赫金的言语体裁理论，我们其实很容易将这一问题说清楚，也会因此而更深入地理解韩少功这种探索的重要意义。

在巴赫金看来，语言的每一领域都锤炼出相对稳定的表述类型，这就是言语体裁。没有言语体裁，我们根本就无法表述。在巴赫金那里，组织人类言语表述的不是索绪尔的抽象的"语言"，而是介于抽象的"语言"和具体的个人表述（言语）之间的中介——言语体裁。就言语体裁的规范方面而言，言语体裁就像语法形式那样组织我们的言语表述，因此，"如果不存在言语体裁，如果我们不掌握它们，如果我们不得不在言语过程中从头创造它们，自如而且首次地组织每一个表述，那么言语交际、思想交流便几乎是不可能的了"[①]。在巴赫金看来，我们娴熟地运用着各种言语体裁来组织我们的言语表述，但在理论上我们可能一无所知，就像莫里哀笔下的朱尔登，用散文说话但却意识不到这一点。然而，一旦我们不能掌握人类生活某一交际领域的言语体裁的规定，即便我们十分精通自己的母语，也会不可避免地陷入笨嘴拙舌的窘境。这说明离开了言语体裁，我们便几乎不能说话。言语体裁作为相对稳定的表述类型一方面具有社会规范性："对说者个人来说，它具有规

[①]《巴赫金全集》（四），白春仁等译，河北教育出版社1998年版，第162页。

范的意义，不是由说者创造的，而是为他规定了的。"① 然而，言语体裁的规定性毕竟又是灵活的、可塑的，所以，言语表述又存在着说话者的个性和自由："表述是个性的（和自由的）。"② 言语体裁灵活自由的一面使我们能充分发挥自己的创造性，杰出的作家就是充分利用文学体裁的自由灵活这一方面的特性激活隐藏在体裁中的潜在可能性，发挥自己的创造性的："在体裁（文学体裁和言语体裁）中，在它的若干世纪的存在过程里，形成了观察和思考世界特定方面所用的形式。作家如果只是个工匠，体裁对他只是一种外在的固定样式；而大艺术家则能激活隐藏在体裁中的潜在含义。"③

从这一角度来看，文体（言语体裁）不可能完全是作者新创的，作者只能借鉴现有的作为公共语言资源的言语体裁，在借鉴基础上创新，因为言语体裁有社会的、约定俗成的规范的一面，但同时也有供作者自由发挥的一面。在此一意义上，当年说韩少功《马桥词典》剽窃帕维奇《哈扎尔辞典》的批评家不仅从常识上来说不成立，从学理上来说更不成立。言语体裁的约定俗成的、规范的一面使它成为言语表达的公共资源，也使得公众的言语表述和对它的理解成为可能。富于创造力的作家在作为言语表达的公共资源的言语体裁基础上加以改造，用以表达自己对生活的独特的观察、体验、感悟和评价。韩少功实际上就是这样做的，他通过激活词典和随笔、笔记等这些公共的言语体裁的潜在可能性，来挑战现有叙述和文化成规，探索语言表征的新的可能性。当年单正平在《谈谈文学"创旧"如何》一文中就是利用一个看似矛盾实则包含了文学如何在旧的基础之上进行创新来为《马桥词典》进行辩护的，这一辩护是有力的，"创旧"一词既有冲击力，又有学理依据。洛特曼就认为："任何具有创新性的作品都建构在传统之上，要是文本不能维护对传统的记忆，它的创新性就不能被读者所知觉。"④ 正是这种传统记忆使利用传统文体进行创新，激活传统文体活力的作家的作品一方面既令人耳目一新，另一方面又有深厚的文化底蕴和内涵，

---

① 《巴赫金全集》（四），白春仁等译，河北教育出版社1998年版，第165页。
② 同上书，第262页。
③ 同上书，第368页。
④ 洛特曼：《艺术文本结构》，王坤译，中山大学出版社2003年版，第31页。

《马桥词典》《暗示》就是如此。而且，从言语体裁理论来看，语言的探索必须形成某种文体形式，才能将探索成果保存下来。个别字、词、句的创新固然重要，但它并不能保证其整体上对世界的全新观察与描述。就此而言，言语体裁（文体）极为重要，因为它提供了一种对现实的新的观察和描述方式。正是在这一意义上，巴赫金认为："体裁是集体把握现实，旨在完成这一过程的方法的总和。通过这种把握掌握现实的新方面。"①"须知，困难不在于掌握新的内容，而在于表现原则和方法本身。新的不是所看到的东西，而是看的形式本身。"② 从这一角度来看，如果一种创新不能表现为一种新的言语体裁，这种创新意义不大。韩少功的文体探索必须放在这一理论框架中来理解，才能发现他的这种探索的意义。他的文体探索并不仅仅局限于一般的字词句的探索，而是形成一种新的言语体裁（成规），为我们提供了一种新的观察和讲述现实的方式——以词典形式出现的长篇随笔体小说。

第二个问题是：是否不具备传统小说要素的探索就是失败的？对于这一问题，可以有两种不同的回答。如果依然固守传统小说的叙述规范和标准，那么答案是肯定的。如果从这种探索是否有利于作者自由创造、是否表现出令人惊异的新的现实和新的思想角度来看，答案则是否定的。其实，韩少功在其创作谈中说得很清楚，他是不满于传统小说只能表现大体相同的现实而探索新的小说言语体裁的。这并不是说传统小说不好，而是说再怎么好它都只能产生大体相同的作品，就像梨树虽然可以长出大小不同的梨子，但都是梨子一样。因此，如果我们还依然固守传统小说的叙述规范和标准，用这些规范和标准来评价这种探索的话，这种评价就是无的放矢，没有什么意义。我们其实应从这种探索是否能拓展文体（言语体裁）的表现潜能方面来评价。从这方面来看，韩少功的探索是成功的，因为他激活了词典和随笔、笔记等言语体裁的潜在的活力，展现了当代中国社会丰富的现实和思想世界，展现作者对当代中国社会丰富的现实和思想世界的真诚的思考，使作者摆脱了"话说我"式的自动写作，重新获得了创作的自由。在词典体这种新的

---

① 《巴赫金全集》（二），李辉凡等译，河北教育出版社1998年版，第291页。
② 同上书，第160页。

小说言语体裁中，他惊喜地发现："新的形式给了我充分的自由，我可以让本来没有联系的东西产生联系，让本来不能中断的内容暂时中断，我还可以在'特写'、'中景'、'远景'这三种描摹状态中迅速地转换，某些在记忆的黑暗中沉睡的内容，被新的形式唤醒了、照亮了。"[①]

当然，有些批评家之所以认为《暗示》是一部失败的探索之作，是因为它太理论了，它太不像传统小说了。确实，如果说《马桥词典》多少还有让物象是其所是的自动呈现，体现出足够形象性的一面的话，那么《暗示》则充满了理论，尤其是作者的议论。但是否能因此而否定它审美价值呢？我看不能。这里存在着对文学审美的误解。自近现代以来，随着俄苏文学理论的引进，人们不假思索地把文学性等同于形象性，而且偏向于从视觉方面去理解形象性，因而认为哲理性文学审美性和文学性内涵不足。这种看法是非常片面的，因为美学是感性学，它的对象是人的感性世界，而人的感性世界是非常丰富的，它不仅仅局限于视觉对象，而且还有听觉对象等，正像韩少功分析"影响"时所说的，象（感性世界）除了作用于视觉的"影"之外，还作用于听觉的"响"，因此，缺乏视觉形象并不意味着缺乏审美性和文学性。说理文字其实也可以通过听觉世界中的节奏和韵律通向感性世界。这就是在中国古代非常受重视却被现代形象思维理论所排斥的"文气"说。因此，《暗示》虽然充满了议论，但这种议论是文学的，用作者的话来说，那是感受式的议论。这就是古代文人所说的带情韵的议论，里面流荡着源自作者生命体验和思索的文气。韩少功说，现代社会人们知道很多事情，因此，对于小说家来说，重要的是如何感受、解释这些事情。因此，《暗示》出现了大量议论和"理论"。韩少功就是借助"理论"来挑战传统小说所形成的感觉成规、意象形态成规和意识形态成规，表达他对这些生活中无处不在的感觉成规、意象形态成规和意识形态成规的真诚思考的。这是一种融思考于感受的感受式的议论，这种感受式的议论因其感受性而通向审美，又因其议论而通过审美通向审美之外的丰富的思想世界，使文学不再仅仅是爽口的娱乐饮品，而是以审美的方式展示世界和思想的丰富性。这是他有意追求的："文学是'不平之鸣'，

[①] 《韩少功读本》，花山文艺出版社2002年版，第354页。

没有问题追逼的文学是无聊的文学。当然，思想和感觉都能把握问题，而思想对于艺术来说是'载舟覆舟'的问题。一味跟着感觉走，可能是很棒的艺术家，也可能是很糟的艺术家，而有思想兴趣的作家，情况也是这样。与西方'纯文学'传统相比较，中国文学从来以'杂文学'为传统，文史哲不分家，三位一体，思想（甚至理论学术）从来不被排除在文学艺术之外。这个传统我看没有什么不好，至少也是我们文化资源之一吧。"[①] 这种创作所达成的不是纯粹美而是依存美，因此，它注定要从非文学领域中寻找创新的资源。它也许被称为小说，也许被称为词典，也许被称为随笔，也许被称为读物……这又有什么关系呢，只要它能自由地表现这个丰富的世界的新的维面，只要作者这种真诚的思考能感动我们！

---

① 《韩少功读本》，花山文艺出版社 2002 年版，第 376 页。

后　记

　　这本小书是我读书过程中诸多疑惑的产物。为什么《牡丹亭》中的杜丽娘在未见到真正的柳梦梅之前已坠入情网之中？为什么《马桥词典》这样一本原汁原味地描绘中国某地乡村但有世界视野的书被有些人视为抄袭剽窃之作？为什么曾经引领新时期文学借鉴外国现代派文学经验，探索当代中国文学新形式的王蒙最后居然赞同起中国传统文化来？谢榛的"辞后意"的内涵到底是什么？为什么"文"能生"情"？——这些问题曾经让我百思不得其解，直到后来我读到洪堡特、卡西尔、萨丕尔、沃尔夫和巴赫金等人的语言理论，才逐渐解开心中的疑团。诚如洪堡特和卡西尔等人所说的，人类并不是直接生活在物理世界之中，而是生活在由包括语言在内的文化符号所构成的符号世界之中，人类的思维、认识、行为等方方面面无不受到由包括语言在内的文化符号的影响。虽然人类的文化符号不能直接改变物理世界，但正如韩少功所说的，在人类普遍摆脱了生存基本需要的困扰，进入小康社会之后，文化符号不仅可以影响人的心理需要，而且也能在一定程度上改变人的生理本能，本来习惯于饮茶喝白开水的中国人在西方文化符号的影响下，也有相当一部分人转而喝起了咖啡和可口可乐。在恩格尔系数低于0.5的现代社会，包括语言在内的文化符号正日益显示出其强大的影响力，渗透到人类生活的方方面面，这或许是生前并不显赫的索绪尔后来越来越受重视的原因之一，也是率先进入发达社会的西方学术界发生语言学转向的原因之一。循着语言世界观理论的思路，我自以为弄清了为什么《牡丹亭》中的杜丽娘在未见到真正的柳梦梅之前已坠入情网之中的原因，自以为弄清了谢榛的"辞后意"的内涵，自以为弄清了为什么"文"能生"情"，自以为弄清了王蒙创作及其观念转变的逻辑，当然也更坚定地认为《马桥词典》《暗示》等作品是熔中西文学传统和当代复杂的社会现实于一炉的成功之作。当然，这都是我"自以为"，是否这样尚有待学术界同仁的评判。

　　对于我来说，这本小书写作的最大收获是发现持语言世界观观点的理论家和作家基本上都是温和的相对主义者，而非绝对的独断论者和虚无主义者。他们一方面看到不同的语言有不同的世界观，世界不仅仅只有一个中心，只是一个世界，而是多个中心，多个世界，因而需要通过不同的语言理解不同的世界，破除绝对主义和独断论，另一方面又并未因此走向"此亦一是非，彼亦一是非"的绝对的相对主义和虚无主义。确实，人类复杂的世界需要不同的语言从不同的角度进行认识与理解，也需要用不同的世界观和经验加以应对，各种不同的语言和世界观需要相互交流和验证，但不同的语言和世界观在价值上并不等值，并不是怎么都行，这也许是我们所处的这个不同民族文化相互交流争斗的全球化时代最需要的一种态度。

作者
2014.1